왈츠를 추며 인생을 즐기는 저자 이정우

2008년 전국 댄스스포츠 선수권 대회
박종석, 김수연

춤의향연

제1회 사즐모 전국 사교 파티댄스 선수권 대회

제1회 사즐모 전국 사교 파티댄스 선수권 대회

제1회 사즐모 전국 사교 파티댄스 선수권 대회

제1회 사즐모 전국 사교 파티댄스 선수권 대회

춤의 향연

제2회 KLDF회장배 전국 사교 파티댄스 선수권 대회(사즐모 주최)
김달수, 김선민 부부

제2회 KLDF회장배 전국 사교 파티댄스 선수권 대회(사즐모 주최)
성시찬, 박경남 부부

제2회 KLDF회장배 전국 사교 파티댄스 선수권 대회(사즐모 주최)
김달수, 김선민 부부

춤의 향연

제2회 KLDF회장배 전국 사교파티 댄스 선수권 대회(사즐모 주최)
박종석·김수연, 성시찬·박경남 부부

사즐모 카페 모임
신현산, 이현주

제1회 사즐모
전국 사교 파티댄스
선수권 대회
윤성진, 양인규

한국생활댄스연합회 창립 1주년 총회 및 기념댄스파티 (김상민, 최미경)

일시 : 2010. 4. 25(일)
주최 : Daum 사즐모 · 한국생활댄스연합회

 **추천의 글**

위암을 이겨낸 춤

기산 **신 현 산**
전남 함평읍 기각리 기산 출생
음향기기, 산업용마이크로 컴퓨터 설계 30년
'사즐모' 카페 토론방장

 나는 국가안보가 위태롭던 1970년대 초부터 민방공훈련 통제를 위한 방송시스템관리센터에서 15년 동안 국가자격증을 소지하고 근무한 엔지니어였다. 1980년대 초반, 우리나라에 컴퓨터가 도입되어 대중화되던 초창기부터 컴퓨터와 음향기기 설계, 제작 기술을 습득한 컴퓨터 1세대인 셈이다.
 젊은 시절 컴퓨터와 음향기기를 제작·납품하는 일에 모든 정열을 쏟으면서 내 몸에 병이 생긴 줄도 모르고 열심히 사업을 하던 중, 어느 날 갑자기 복부의 통증을 느껴 검사를 받은 결과 위암 3기 판정을 받았다.
 당장 수술을 받지 않으면 목숨이 위태롭다던 담당 의사의 수술 권유도 있었지만, 나는 의사 선생님의 말씀을 듣지 않고 납품 기일을 맞추기 위해 몇 백 대의 음향기기를 설계·제작하느라 통증을 참아가면서 밤잠을 자지 않고 작업을 계속해, 소비자가 피해를 입지 않도록 약속을 지켰다.
 의사 선생님과 약속한 수술 날짜를 한 달이나 지나 2000년 1월 27일 ○○병원에서 수술을 받았다. 수술 후 10개월 동안 항암치료를 받으면서 폐인이 다 된 나는 꿈과 희망과 미래를 상실해버린 인생을 살아야 했다.

항암치료 16개월 중 6개월이 더 남아 있었지만 더 심한 고통을 받기 싫어 그날 이후 병원에 가지 않았다. 죽으라면 죽고, 살라면 사는 것이 내 운명이라 생각하면서 모든 것을 하늘에 맡기고 즐겁게 살아야겠다는 각오를 했다.

그 당시 내가 살고 있던 동네에 평소 친하게 지내던 후배가 무도학원을 운영하고 있어 심심풀이 삼아 그곳에서 하루하루를 보내게 되었는데, 이것이 바로 위암을 이겨내고 건강한 인간으로 살아갈 수 있도록 해준 운명적인 계기가 되었다.

나는 춤에 미쳐버렸다. 후배가 학생들에게 기초적인 스텝을 가르쳐놓으면 나는 하루 종일 정신없이 학생들을 리드해주면서 내 육신이 기진맥진해지도록 신나게 춤을 추었다. 그리고 집에 돌아와 잠에 빠지면 그 다음날 한낮에 일어났다. 이렇게 생활한 지 1년이 지나고 2년이 지나가도 수술한 부위에서 통증 한 번 느껴보지 못했고, 약 한 번 먹지 않고 지낼 수 있었다.

지난 2010년 1월 27일, 수술한 날로부터 꼭 10년이 지났다. 그동안 병원 진료를 한 번도 받지 않았지만 위암 3기 환자였다는 것을 전혀 느끼지 못할 정도로 건강을 되찾았고, 정상적인 활동을 하는 기적 같은 일이 일어났던 것이다.

사교춤은 즐겁다. 음악에 맞춰 흥겹게 춤을 추다 보면 지루하지 않고 재미있다. 춤을 추면 마음이 즐거워지니까 쌓였던 스트레스가 말끔히 달아나버려 몸과 마음이 개운해짐을 느낄 수 있다. 내 몸에 붙어 있으면서 내 생명을 조이고 있던 암세포도 나의 춤에 대한 강한 의지와 집념을 못 이겨 모두가 달아난 것을 확신할 수 있었다.

사교춤은 멋있다. 춤을 추는 사람도 멋있고, 구경하는 사람도 즐겁다. 신바람나는 멋진 춤은 중년 남녀들에게 생활의 활력을 불어넣어줄 것이며, 새로운 인생의 맛을 느끼게 해줄 것이다. 사교춤은 죽어가는 생명도 살려낼 수 있는 묘약이 아닌가 생각해본다.

추천의 글

춤으로 대장암의 고통을 넘다

이근수

해병 청룡부대 중사로 월남전 참전
36년간 서울시 공무원 재직(사무관)
독거노인 도시락, 반찬 배달 3년
서울시 송파구 성가정복지관
경기도 광주시 시립복지관

 정년퇴직을 하면 모든 근심걱정을 다 털어버리고 여행도 다니면서 여유롭게 살아가겠다고 마음을 먹었는데, 정년 3년을 앞둔 2001년 8월, 대장암 3기 진단을 받고 죽음의 나락으로 떨어지는 것 같았다.
 처음엔 그저 두렵기만 했다. 이대로 인생을 마감하게 되는 것 같아 억울한 생각도 들었다. 하필이면 암이란 놈이 착하고 정직하게 공무원 생활만 해온 나한테 생겼는지 세상을 원망도 해봤다.
 2001년 9월 12일에 수술을 받고, 항암치료제 주사를 2~3개월마다 5회를 맞았다. 이후 4년 동안 약물 복용을 계속하자 늘 속이 더부룩하고 식욕이 없었다.
 앞으로 어떻게 잘못되지 않을까 두려운 생각도 많이 했다. 혈소판 수치가 평소의 1/5로 떨어지고 매일 나른한 게 의욕이 없어 방 안에서 낮잠으로 소일하고 있었다. 5년 생존율이 몇 십 퍼센트밖에 안 된다는 소리를 들을 때마다 신경이 날카로워졌다. 괜히 아내에게 짜증내기 일쑤였다. 아내는 이제 정을 떼고 저세상으로 떠나려고 그러느냐고 울먹였다.
 어느 날 아내가 사교춤을 같이 배우자고 했다. 나이 60이 넘어서 무슨 춤이냐고 했지만 곰곰이 생각해보니 근심걱정도 덜고 기분전환도 할 겸 사교춤을 배우기로 했다. 아내와 춤 연습을 매일 한 후부터 짜증내는 일도 없어지고 즐겁기만 했다. 시작한 지 몇 달이 지나 콜라텍에 다니면서 춤도 추고, 음악도 듣고, 다른 사람 추는 걸 구경하며 놀다가 오곤 했다.

이후부터 시간 제약을 받지 않고 열심히 추어보리라 마음을 먹고 매일 콜라텍에 나가 춤을 추고 배웠다. 처음에는 무릎이며 발목이 아파 몇 곡 추지도 못했지만, 몇 달 다닌 결과 다리에 힘도 오르고 아픈 관절도 모두 좋아졌다.

2005년 서울에서 경기도 광주로 이사를 와서도 콜라텍에 열심히 다녔다. 그러다 보니 벌써 수술을 받은 지 8년이 넘었다. 나를 수술했던 원장님이 〈생로병사〉 프로그램에 출연한다고 같이 나가자고 한다. 2007년 7월 24일, KBS1 TV에 치료를 잘 받아서 완치되어 사회에 복귀하여 봉사활동도 열심히 하는 모습이 방영되었다. 모두 치료를 잘 받고 즐겁게 살다보면 완치가 된다는 내용이었다.

지금 생각해보면 병원치료를 잘 받은 것은 물론이지만, 더하여 사교춤을 추면서 즐거운 마음으로 생활한 것이 치료에 큰 도움이 되었다고 생각한다. 사교춤은 크게 힘이 들지도 않고 비용도 많이 들지 않는 아주 경제적인 운동이다.

사교춤은 남녀노소 누구나 즐길 수 있고, 음악에 맞추어 추다 보면 스트레스는 저 멀리 달아난다. 처음 만난 사람과도 같이 출 수 있는 건전 스포츠인 셈이다.

춤을 배운 이후부터 내 몸과 마음을 깨끗하게 가꾸는 생활습관을 가지게 된 내 모습을 보면서 신기하게 생각되었다. 춤을 출 때 상체를 똑바로 세우고 다리를 쭉쭉 뻗으면서 시원스럽게 워킹을 하고 있노라면 내 마음은 즐거웠고, 내 스타일이 세련된 신사처럼 보이자 아내가 제일 좋아했다. 요즘은 '리듬짝'과 '삼삼박'도 인터넷을 통해 배운 후 사교춤과 번갈아 가면서 재미있게 추고 있다. 앞으로 사랑하는 아내와 함께 즐겁게 춤을 추면서 여생을 살아갈 것이다.

작가의 말

춤방의 문을 열면서

  윌리엄 와일러 감독의 영화 〈로마의 휴일〉에서 넓은 플로어에서 아름답고 화려한 드레스를 입은 예쁜 여인들이 예복과 양복을 입은 신사들과 어울려 '화려한 대 왈츠곡'에 맞춰 춤을 추는 장면을 독자 여러분은 기억하실 것입니다.
  영화 속에서 춤을 추는 장면은 한마디로 '멋있다, 즐겁고 재미있게 춤을 추고 있구나' 할 정도로 춤을 전혀 모르는 사람까지 저절로 흥이 나게 했습니다.
  사교춤은 이처럼 춤을 추는 사람이나 구경하는 사람들에게 멋과 즐거움과 흥을 나눠주는 유익한 놀이요, 문화입니다. 저는 사교춤이 현대 의술과 약으로도 고치지 못하는 난치병을 치료할 수 있는 기적 같은 일도 해내고 있는 것을 눈으로 보고 귀로 들으면서 감동을 받아 놀라운 마음에 이 글을 쓰게 되었습니다.
  대장암 3기였던 어떤 분은 5년 동안 의지와 집념으로 사교춤을 춘 보람이 있어 암이 완치되어 2007년 7월 24일 KBS 1TV 〈생로병사〉에 그 내용이 방영되었고, 위암 3기였던 한 분은 10년 동안 사교춤을 춘 결과 암이 완치되어 2009년 7월 16일 KBS 2TV 〈그들이 바람난 이유〉에 출연해 사교춤 때문에 새로운 생명을 얻게 되었다고 인터뷰를 했습니다.
  저는 이분들의 말씀에 흥미와 의구심을 가지고 춤이 우리 몸에 유익한 점을 연구하게 되었고, 또 그분들이 병을 고치기 위해 눈물겹도록 고생한 얘기를 들으면서 사교춤을 여러 사람들에게 알려야겠다는 생각에 이 소설을 쓰게 되었습니다.

사교춤은 사오십 대 중장년들에게는 생활의 활력소입니다. 돈을 적게 들이고 즐거운 마음과 건전한 육체를 단련시킬 수 있는 놀이입니다. 짧은 시간과 적은 노력으로 스트레스에 찌든 울적한 마음을 날려버릴 수 있는 깨끗한 산소통입니다.

저는 사교춤을 남녀노소 모든 사람들이 즐길 수 있도록 건전한 오락과 놀이로 발전시키는 계기를 만들고자 하는 뜻을 이 책에 담았습니다.

몇몇 사람들은 사교춤을 춘다고 하면 이상한 눈으로 바라보면서 불건전하게 생각하는 사람이 있습니다. 세상 어느 집단이든 나쁜 행동을 하는 한두 사람 때문에 손가락질을 받고 있기는 마찬가지입니다. 사교춤을 추는 사람들 중에도 속칭 '제비족'이나 '꽃뱀'이 살고 있어 여러 사람들에게 피해를 입혀 욕을 먹고 있는 것도 사실입니다.

저는 이 글을 통해 제비족이나 꽃뱀에게 피해를 입지 않는 방법과 상대에게 예절을 잘 지키고 존중하면서 춤을 출 수 있는 방법을 제시하고자 많이 노력했습니다.

21세기는 고급문화를 향유하며 살아갈 수 있는 시대입니다. 우리는 사교춤을 생활의 활력소로 이용해 즐거운 인생살이가 되도록 노력해야겠습니다.

이 소설이 세상에 나오도록 도와주신 신현산 선생님, 이근수 선생님, 서울시 축구연합회 최윤성 수석 부회장님, 교정을 도와준 처제 이현진, 이주희, 조카 김미진 양에게 감사드리고, 출판업계가 어려운데도 출판을 맡아주신 청어출판사 이영철 대표님과 직원 여러분에게 감사의 말씀을 드립니다.

상계동 글방에서
이 정 우

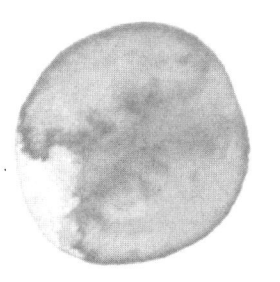

지르박男 블루스女

| 이정우 장편소설 |

지르박男 블루스女

이정우 지음

발행처 · 도서출판 **청어**
발행인 · 이영철
영　업 · 이동호
기　획 · 강보임 | 김홍순
편　집 · 김영신 | 방세화
디자인 · 오주연 | 김바라
제작부장 · 공병한
인　쇄 · 두리터

등　록 · 1999년 5월 3일(제22-1541호)

1판 1쇄 인쇄 · 2010년 5월 1일
1판 1쇄 발행 · 2010년 5월 10일

주소 · 서울시 서초구 서초동 1588-1 신성빌딩 A동 412호
대표전화 · 586-0477
팩시밀리 · 586-0478

블로그 · http://blog.naver.com/ppi20
E-mail · ppi20@hanmail.net
ISBN · 978-89-93563-86-3 (03810)

이 책의 저작권은 도서출판 청어와 저자에게 있습니다.
양측의 서면 동의 없는 무단 전재 및 복제를 금합니다.

지프박男
블루스女

contents

| 화보 | ·················· 춤의 향연

| 추천의 글 | ·················· 신현산, 이근수

| 작가의 말 |

서귀포의 분노 ·················· 23

춤 선생 남희경 ·················· 34

지르박 男 블루스 女 ·················· 47

무지개 카바레 ·················· 60

3전 3패 ·················· 73

도봉산 꽃뱀 88

은하수 무도장 116

파트너 144

재회 173

고니 한 쌍 194

제비족 211

호박씨를 물고 날아간 제비 227

영광의 대상 (大賞) 252

가슴속의 사랑 269

변신 286

서귀포의 분노

삼월의 제주 서귀포 앞바다.

파도 한 점 없이 아주 조용한 바다 위에 고기잡이하는 배 몇 척이 한가롭게 떠 있다. 갈매기 서너 마리가 먹이를 얻으려고 뱃머리 위에서 어부에게 끼룩끼룩 몸 인사를 하는 모습이 정겹게 느껴지는 오후다.

노란 유채꽃이 삼월의 따뜻하고 밝은 햇살을 받으면서 흐드러지게 핀 넓은 꽃밭에는 시원한 봄바람이 지나간다. 서귀포 바닷가의 비릿하고 상큼한 바람이 유채꽃을 희롱하면서 여러 가지 모양의 물결그림을 그렸다가 지우면서 지나갔다. 보는 이들의 마음을 평온하게 하는 풍경이다.

유채꽃밭 끝머리와 연결되어 있는 서귀포 골프장 18번 홀컵 앞에서 일행 중 마지막 버팅을 준비하던 준봉이 즐거운 감탄사를 내뱉는다.

"아아, 상쾌해. 여기까지 바다냄새가 날아오는 거야?"

버팅이 끝난 버터를 캐디에게 건네주고 있던 대봉이 말을 받았다.

"형, 이런 맛으로 서귀포에 골프를 치러 오는 거지. 어, 시원하다."

일행 중 오늘 가장 멋있는 장타를 날린 상봉이도 한마디 거든다.

"이런 날은 다금바리 회로 배를 채우면서 쐬주를 마시는 거야. 경봉아, 횟집 주인에게 얘기 잘 해두었겠지?"

"그럼요, 서울서 내려오기 전에 전화해두었으니까 지금쯤이면 상다리가 부러지도록 차려놓고 기다리고 있을 겁니다. 상봉이 형, 배고프지?"

"배고픈 것을 지나 속이 쓰리고 아프다."

"형, 오늘 저녁에는 서귀포 생선과 소주가 우리 입 안에서 다 살살 녹을 거야. 하하."

준봉 일행은 서둘러 골프가방을 챙기고 몸을 씻은 후 골프장을 나왔다. 저녁식사를 하러 서귀포 부둣가에 있는 단골 횟집인 '한라산'으로 가는 것이다.

일행은 일 년에 서너 번씩 서귀포에 골프를 치러 오게 되면 반드시 한라산 횟집을 이용하기 때문에 주인 여사장에게 후한 대접을 받고 있었다. 횟집 방 안 식탁에는 제주에서도 귀하다고 소문난 다금바리 회를 비롯해 여러 가지 생선회가 싱싱한 야채와 같이 상 위에 그득그득 담겨져 있었다. 운동하느라 배가 고팠던 일행은 생선회로 배를 채우고 소주도 거나하게 마신 후 한라산을 나왔다.

경봉이가 말을 꺼냈다.

"준봉이 형, 배가 부른데 배도 꺼질 겸 입가심 한잔 더하고 가야지요?"

준봉이 대신 술고래인 상봉이가 말을 받았다.

"야야, 막내야. 그걸 말이라고 하냐. 거길 가야 예쁜 아줌마들도 껴안아볼 것 아니냐. 웨이터에게 물 좋은 아줌마 부킹해달라고 얘기해두었겠지?"

"형님들 마음에 드는 쭉쭉 빵빵 아줌마들을 대기시켜 놓으라고 지배인에게 미리 얘기를 해놓았으니까 걱정하지 말고 따라 오기나 하슈."

일행은 언제나 서귀포에 골프여행을 오면 저녁식사가 끝난 후 호텔 지하에 있는 나이트클럽 '백록담'에 들어가 양주 몇 병을 마시면서 신나게 춤을 추어야 서귀포 일정이 끝나도록 되어 있었다.

오늘도 백록담에서 가장 전망이 좋은 자리에 앉아 술 몇 잔을 마신 후 땀을 뻘뻘 흘리면서 신나게 디스코를 추고 있었다. 얼마 후 단골 웨이터가 찾아와 부킹한 아줌마들이 왔다는 얘기를 전했다. 좌석으로 돌아갔을 때 네 사람은 깜짝 놀라 두 눈이 동그랗게 커졌다. 자리에 앉아 있는 여인 넷은 한눈에 보기에도 시원스럽게 생긴 멋있는 여인들이었다.

웨이터에게 귓속말을 들은 경봉이가 입을 열었다.

"지금 여기에 오신 네 분은 서울에 살고 계시는데 유채꽃 구경을 오셨다고 합니다. 형님들 편하신 대로 앉으시면 되겠습니다."

일행 중 가장 연장자인 준봉이가 말을 받았다.

"자자, 이리저리 살필 것이 아니라 내가 시키는 대로 앉는 것이 제일 편하겠다. 대봉이하고 상봉은 왼쪽에 앉아 있는 두 분과 파트너가 되고, 경봉이하고 나는 오른쪽에 앉아 있는 두 분과 각각 파트너가 되면 될 거야. 이의 없는 것으로 하겠다."

준봉이가 알려준 대로 남자들이 여인 옆에 앉자 자동적으로 아주 잘 어울리는 네 쌍의 커플이 탄생했다.

준봉이부터 자기소개를 했다.

"저는 소설을 쓰고 있고요, 오늘 골프대회에서 꼴찌를 했습니다. 하하."

준봉의 말이 채 끝나기도 전에 경봉이는 여인들을 번갈아 바라보면서 힘주어 한 수 거든다.

"준봉이 형님은 소설가이신데, 요사이 인기 있는 TV 드라마 '샛별의 꿈'과 어린이 만화 '꿈돌이'의 원작가이십니다."

"오, 그래요? 선생님, 명함 한 장 주실 수 있으세요?"

"와, 놀랍다! 선생님, 참 멋있으세요."

"영광입니다. 인기드라마 원작가 님도 뵙게 되고요, 호호."

여인들은 준봉이 소설가이자 인기드라마와 만화의 원작가라는 말에 호기심을 가지면서 친밀감 있게 대해 분위기는 더욱 화기애애해졌다.

다음은 몸이 뚱뚱한 대봉이 차례다.

"저는 소아과 의삽니다. 오늘 골프대회에서 일등을 했습니다."

대봉이 파트너 되는 호리호리한 여인이 대봉이를 놀렸다.

"체격이 날씬하신 분이 골프도 잘 치시는가 봐요, 호호."

"하하하······."

좌석에 같이 있던 사람들도 여인의 재치 있는 농담에 호탕하게 웃었다.

다음은 상봉이 차례다.

"저는 서울 명동에서 일식집을 하고 있습니다. 명동에 오시면 한번 모시도록 하겠습니다."

상봉의 명함을 만지작거리고 있던 여인이 깜짝 놀라면서 말을 받는다.

"어머, 그 일식집을 사장님이 운영하세요?"

"네. 와보신 적 있으십니까?"

"몇 번 가봤는데······."

양주를 마셔 발그레한 여인의 얼굴이 예뻐 보였으나 말을 감추려고 하는 것 같아 경봉이가 말을 이었다.

"저는 서울 M대학 교수로 있습니다. 우리 네 마리 봉황새 중 제일 막내입니다. 잘 부탁드립니다."

박수를 치며 깔깔거리고 웃고 있던 경봉이 파트너가 입을 열었다.

"그러고 보니 네 분은 성만 다르고 이름 끝 자는 모두 다 봉(鳳)자가 붙었네요. 어디서 크게 봉 잡힌 일이 있으신가 봐요."

"호호호······."

다른 세 여인도 봉 자 돌림의 네 남자 이름에 대해 궁금해하면서 참았던 웃음을 한 번에 토해내는 바람에 네 남자는 호들갑스러운 여인들의 웃음소리에 다시 한 번 놀랐다.

경봉이는 조금 거들먹거리는 투로 말을 꺼냈다.
"우리는 삼십 년 전 군대생활을 할 때 한 부대에서 근무를 했는데, 이름자가 봉 자라는 신(神)의 뜻에 따라 사회를 위해 큰 일꾼이 되기를 기원하면서, 네 마리의 봉황새라는 의미로 사봉회(四鳳會)를 만들고 지금까지 끈끈한 우정을 다져오고 있습니다."
경봉의 말을 듣고 네 여인이 놀라운 표정을 짓고 있을 때 경봉의 파트너가 말을 이었다.
"삼십 년 우정이시라니 본받을 만하네요. 저희들도 삼십 년 동안 친하게 지내온 여고동창들인데 오늘은 참으로 인연이네요."
여인들은 자신의 신분을 밝히기 난감할 줄 알기 때문에 남자들은 강요하지 않았으나 여인들은 아주 간단하게 자기소개를 했다.
백준봉의 파트너 이름은 은하영, 세 아이의 엄마라고만 말했고, 강대봉의 파트너 이름은 오지은, 미술학원 원장이라고 했고, 남상봉의 파트너 이름은 박윤지, 피아노학원을 운영한다 했고, 문경봉의 파트너 이름은 장현주, 유치원을 운영한다고 했다. 오십 대 초반의 여인들은 모습과 차림새가 자신이 밝힌 신분과 잘 어울려, 신분에 대한 의심은 논할 바도 되지 못했다. 여인들의 소개가 끝나자 경봉이 말을 이었다.
"이제 각자 소개가 끝났으니까 우리 사봉회의 맏형인 준봉이 형님께서 건배 제의를 하도록 하겠습니다."
"자, 여러분, 잔을 듭시다. 지금 이 자리에는 서울에서도 보기 드문 미인 네 분이 특별히 동석을 해주셔서 우리 사봉회 모임이 더욱 멋진 자리가 되었습니다. 자리를 같이해주신 네 분께 감사드리고, 이번 우리의 영원한 우정을 위하여, 건배!"
"건배! 건배! 건배!"
준봉의 잔을 가운데로 여덟 개의 술잔이 부딪히며 내는 부드럽고 경쾌한 마찰음소리와 함께 각자는 시원스럽게 술잔을 비웠다. 여인들을 대표해 경봉의 파트너가 축배 제의를 한 후, 준봉 일행과 여인들은 더욱 친숙해져 술잔을 주고받기도 하고 귓속말도 속삭이기도 해 술자리 분위기는 최고조에 달했다.
 그때 마침 무대에 있던 악단이 '토요일은 밤이 좋아'를 흥겹고 경쾌하게 연주하자 경봉이가 일어나면서 자신의 파트너 손을 잡고 춤을 추러 나갔다.
 "형님들, 형수님들. 춤을 추러 나갑시다."
 일행은 약속이라도 한 듯이 홀의 가운데로 나가 흥겨운 음악에 맞춰 땀을 뻘뻘 흘리면서 신나게 몸을 흔들어댔다.
 흥겹고 경쾌한 디스코 음악이 세 곡이나 끝나고, 환하게 밝던 홀 안의 조명이 서서히 흐려지면서 블루스 음악이 흘러나오자 시끄럽던 홀 안은 갑자기 쥐 죽은 듯 조용해졌다. 감미로운 음악에 맞춰 홀딩하는 여인을 부드럽게 리드하면서, 서로 부딪힐 것같이 아슬아슬 좁은 공간을 스치면서 미끄러지듯 사뿐사뿐 지나가는 모습을 보던 준봉은 그들이 부럽기만 했다.
 또 어떤 커플들은 블루스 음악이 시작되면서부터 준봉이가 보아도 느끼할 정도로 부둥켜안고 그대로 서 있기도 했다. 블루스 춤을 추지 못하는 준봉은 옆 사람들처럼 은하영 여사를 껴안고 그냥 서 있을까 생각도 해봤지만, 왠지 용기가 나지 않아 머뭇거리면서 행동으로 옮기지 못해 자신이 바보같이 느껴졌다.
 뚱보의사 대봉이도, 일식집 사장 상봉이도, 교수인 경봉이도 각자 여인을 홀딩하고 준봉이를 놀리듯 부드럽게 춤을 추며 가볍게 껴안고 말을 주고받으며 웃고 있는 모습을 보면서 그들이 얄미워지기도 했다.
 블루스 음악이 시작되었을 때 준봉은 양손을 촌스럽게 은하영 여사의 양 어깨에 대고 거리를 약간 둔 채 어정쩡하게 서 있다가 옆 사람들이 하는 모습을 보고 얼굴이 새빨개지면서 얼른 양손을 홀딩했다. 준봉은 지금까지 나이트클럽에서 디스코 춤을 추다가 블루스 음악이 나오면 블루스를 출 줄 모르기 때문에 파트너를 껴안고만 있었다. 그런데 오늘은 못 추는 블루스이지만 발을 움직여보고 싶은 충동을 느껴 어떻게든 시도를 해보려 했으나, 은하영 여사가 조심스러워 껴안으려 하지도 않았고 생각으로만 끝내야 했다.

준봉은 은하영 여사에게 미안하고 부끄러운 마음이 들어 살짝 은하영 여사의 얼굴을 봤다. 예쁜 얼굴은 일그러져 있었고 시선은 딴 곳을 보고 있었다. 준봉은 은하영 여사의 눈치를 살피랴, 옆 사람들에게 부딪히지나 않을까 곁눈질하랴, 두 손바닥은 행주를 짜낸 것처럼 촉촉하게 땀이 배었고, 얼굴에는 조명 빛에 반사될 정도로 땀이 번득번득 빛났으며, 등줄기에는 구슬 같은 굵은 땀방울이 주르륵 바지 쪽으로 흘러내리는 것을 느꼈다.

짧은 시간이 지났는데도 왜 이렇게 지루하고 길게 느껴지는지! 준봉은 미안한 마음에 은하영 여사를 껴안으려고 허리를 감싸고 있던 오른손을 살짝 당겨 봤으나 은하영 여사는 꼼짝도 하지 않았다. 준봉이 한 발 다가서자 은하영 여사는 뒤로 두 발 물러서는 바람에 두 사람의 간격은 더 멀어져 아주 어색한 자세가 되었다.

'은하영 여사는 나를 싫어하고 있구나. 안기려 하지도 않고 왜 뒤로 물러서지? 내가 블루스를 못 추니까 좌석으로 돌아가자고 얘기해볼까?'

이 생각 저 생각 하면서 창피함과 수치스러움에 감정 억제가 제대로 되지 않았다.

준봉은 얼굴의 땀을 닦기 위해 자신의 오른쪽 뒷주머니에 있는 손수건을 꺼내려고 은하영 여사의 허리에 감았던 오른손을 뗐다. 순간 은하영 여사는 준봉의 왼손을 떠밀듯이 놓으면서 사람들 사이를 피해 뛰어 나간 후 어디론가 몸을 숨겨버렸다.

행동이 빠른 준봉이도 순간적으로 은하영 여사를 붙잡으려고 사람들 사이를 헤집고 복도를 지나 나이트클럽 입구까지 갔으나 은하영 여사를 찾지 못했다. 혹시 여자 화장실에 있을 것 같아 한참 동안 기다리고 있었으나 기다리던 은하영 여사는 나타나지 않고 경봉이가 헐레벌떡 달려왔다.

"형, 어떻게 된 거요? 형이 보이질 않아 여기까지 찾으러 온 거요. 그분을 여기서 기다리는 겁니까?"

"……."

준봉은 대답을 하지 않았다.

"형, 다들 기다려요. 자리로 돌아갑시다. 그분은 그냥 나가버린 모양이네요. 잊어버리세요."

"……."

준봉은 참으로 부끄러웠다. 고개를 떨구자 경봉이가 준봉의 두 손을 잡았다.

"형, 형답지 못하게 이게 뭐요!"

자신의 초라한 모습 때문에 쥐구멍에라도 숨고 싶은 심정이다.

준봉이 경봉의 손에 끌려 자리로 돌아오자 세 여인은 자리에서 일어나 은하영이 어디 갔냐고 큰소리로 물었다.

"밖으로 나간 것 같습니다."

준봉은 기어들어가는 작은 소리로 대답을 했다. 대봉이 파트너가 앙칼진 목소리로 물었다.

"아니, 춤을 추다가 왜 밖으로 나가요? 은하영은 춤도 잘 추고 매너도 좋아 상대방에게 무례한 행동을 할 사람이 아닌데, 싸우셨어요?"

"아, 아닙니다."

상봉이 파트너는 더 앙칼진 목소리로 다그쳤다.

"아유 답답해, 싸우지 않으셨다면 춤을 추시면서 나쁜 짓을 했나요?"

"나쁜 짓이라뇨, 그게 무슨 말입니까?"

상봉이 파트너는 눈 꼬리를 치켜뜨면서 말했다.

"은하영의 몸이라도 만졌냐고요?"

"네에? 그런 말씀 함부로 하지 마십시오. 저 그런 놈 아닙니다."
"그럼 뭐예요?"
준봉은 자존심 때문에 블루스 춤을 출 줄 모른다는 것을 끝까지 숨기고 싶었으나, 구태여 그럴 필요가 없을 것 같아 사실대로 말했다.
"제가 블루스 춤을 추지 못해 은하영 여사의 손만 잡고 있었는데, 그냥 나가버렸습니다."
"네에? 블루스를 못 추신다고요?"
준봉을 무시하는 말투가 역력했다.
대봉이 파트너가 자리에서 화들짝 일어나면서 상봉이 파트너 손을 잡아끌었다.
"얘, 그만 나가자. 에이, 기분 잡쳤네."
세 여인이 독기를 품고 나가버리자, 남아 있던 네 남자는 서로 눈을 마주치지 않으려고 천장에 매달려 있는 조명불만 멍하니 바라보고 있었다. 한참 후 경봉이가 말을 꺼냈다.
"준봉이 형, 여기서 이럴 것이 아니라 숙소로 돌아가지요."
대봉이 상봉이도 똑같은 생각이었다.
"형, 나이트클럽 분위기는 여기서 싹 접어버리고, 은하영이라는 매너 없는 여자도 빨리 잊어버리세요. 싸가지 없이 우리 형을 골탕 먹여."
"형, 방으로 들어가 새롭게 한잔 하십시다."
준봉은 아우들에게 미안한 마음뿐이어서 뭐라고 할 말이 없었다. 아무 말 없이 방으로 돌아온 일행은 늦게까지 술을 마시다가 잠이 들었다.
'나는 블루스 춤하고 지지리도 궁합이 안 맞는 인연인가 보구나.'
다음날 준봉은 서울로 돌아오는 비행기 안에서 창밖으로 흐르는 구름을 바라보며 오 년 전 블루스 때문에 창피스러웠던 일이 생각나 쓴웃음이 나왔다.

오 년 전 그날. 대학교 때 친한 동창들끼리 모임을 갖느라 P호텔 나이트클럽에서 술을 마시고 신나게 춤을 추고 있었다. 이날 모임에는 어떤 친구가 단체로 데리고 온 아주머니들이 파트너가 되어 같이 놀았다.

준봉이 파트너 엄 여사는 얼굴도 예뻤고, 술도 잘 마시고, 춤도 잘 추었고, 애교도 많아 여러 사람들에게 인기가 있어 이 친구 저 친구가 서로 안고 춤을 추었기 때문에 준봉이 마음은 즐겁지만은 않았다. 하지만 나이트클럽은 당연히 춤을 추는 곳이고, 엄 여사는 내가 데리고 온 사람도 아닌데다, 괜히 친구들 간에 의리가 상할 수도 있으니 마음에 두지 말자고 생각을 해버렸다.

나이트클럽에서 나오는 길에 일행은 다시 노래방에 갔는데 엄 여사가 너무 심하게 행동을 하는 바람에 준봉이 마음을 상하게 했다. 엄 여사는 준봉이 블루스 춤을 못 춘다는 것을 알고 친구들 중에 춤을 잘 추는 사람에게로 가버려 노래방 분위기가 아주 어색하게 되었던 것이다. 그러나 준봉은 술에 취한 척 능청을 부렸기에 친구들의 우정에는 아무런 지장이 없었다.

준봉은 블루스 춤 때문에 당한 수치스러움을 모면하려면 사교춤을 배워야겠다고 여러 번 맹세를 했다. 그러나 소설 출판 때문에 바쁘다는 핑계를 대고 차일피일 미루다가 오 년이 넘도록 배우지 못하고, 어제 또다시 서귀포 백록담 나이트클럽에서 은하영에게 일격을 당해 입맛이 씁쓸했던 것이다.

비행기 창밖 하얀 구름 속으로 무엇인가 보이는 것 같아 목을 조금 길게 빼고 봤는데 은하영의 미소 띤 얼굴이 보였다. 준봉은 오른손으로 유리를 매만져봤다. 은하영은 없다. 얄미워야 할 은하영의 얼굴이 예뻐 보이는 것은 무엇인가? 준봉의 입가에 은하영을 향한 작은 미소가 살짝 지나갔다.

준봉은 서울로 돌아오는 비행기 안에서도, 김포공항에 내려 집까지 돌아오는 차 안에서도 블루스 춤 때문에 당한 망신과 수치스러움을 이겨내기 위해서 어떻게 하든지 블루스를 배워야겠다고 다짐했다. 그런 다음 은하영을 찾아내 앙갚음을 해야겠다는 졸렬한 생각만 거듭되었다.

춤 선생 남희경

"여보세요, 황제무도학원이죠?"
"사교춤을 배우고 싶은데요."
"삼 개월이면 완전히 배울 수 있다고요?"
"매월 수강료는 얼마죠?"
"저는 여자 선생님에게 배우고 싶습니다."
"지하철 타고 가는데 어느 역에서 내리면 됩니까?"
"내일 오후에 원장 선생님 찾아뵙겠습니다."

수화기를 내려놓은 준봉의 마음은 설레고 있었다. 쉰 살 나이에 사교춤을 배우겠다고 결정을 내린 자신의 용기에 자신도 놀랐고, 무도학원 원장과 전화로 상의했다는 자체가 기분이 좋았다.

준봉은 서귀포에서 돌아온 후 사교춤을 배우기 위해 여러 가지 준비를 했다. 혹시라도 준봉이 춤바람이 났다는 헛소문이 돌았을 때, 주변 사람들을 이해시킬 수 있는 합리적인 구실을 만들어둘 필요가 있을 것 같았다. 춤과 관련된 전문서적을 구입해 이론적으로 완벽하게 정리를 해두었다.

춤은, 손짓과 발짓을 하며 율동적으로 우쭐거리고 뛰노는 예술적 행동이다.

　사교춤이란, 연회나 무도장에서 교제와 오락을 목적으로 하는 왈츠, 탱고, 블루스, 지르박 따위의 춤이다.

　결론적으로 춤은 예술이고, 사교댄스는 교제와 오락의 방법이요, 수단인 것이다. 이를테면 술꾼들이 밤을 새우면서 술을 마시는 것과, 낚시꾼이 밤새워 고기를 잡는 것과, 수영 좋아하는 사람이 수영하는 것과, 헬스클럽에서 운동하는 것과, 잡기에 능한 사람이 장기, 바둑, 포커, 고스톱을 하면서 여가를 즐기는 것과 똑같다는 얘기다.

　그런데 사교춤은 상대가 이성이어야 한다는 점이 설득과 이해의 난제가 되었다.

　사교춤에 경험이 많은 고수들을 만나 춤이 좋은 이유를 들어봤다.

　춤을 추면 인생이 즐거워진다, 춤이야말로 가장 즐겁고 신나는 스포츠다, 음악에 맞춰 춤을 추다 보면 지루한 시간을 잊게 해준다, 춤이 운동이나 노래의 단조로움과 지루함을 이겨낼 수 있는 것은 남녀가 같이 호기심을 가지고 즐겁게 운동을 할 수 있기 때문이다.

　또 춤을 추면 스트레스를 해소할 수 있다, 현대인은 스트레스의 공해 속에 살고 있다, 가정과 가족들 사이의 여러 가지 문제, 직장과 동료 사이의 문제, 경제적 문제, 공동생활에서 오는 짜증스러움 등은 자신의 건강을 위협하고 있음을 우리는 잘 알고 있다, 많은 사람들은 이것들을 해소하기 위해 술로 위로하는데 술은 만병의 근원이 된다, 도박을 하는 사람은 가산을 탕진한다, 골프나 등산 혹은 낚시에 빠지는 사람은 가족을 외롭게 한다, 이처럼 정신적으로 억눌려 있을 때 이것을 날려 보내는 방법으로 춤보다 더 좋은 것이 없다, 음악에 맞춰 춤을 추다 보면 동반자와 심리적으로 교감이 되어 엔도르핀이 수없이 생성되기 때문에 정신건강에 유익하다.

　춤은 노후건강보험이다, 60대까지는 다리 근육에 힘이 있어 골프, 테니스, 등산, 마라톤 등을 할 수 있다, 70대가 되면 뼈와 몸을 보호해야 하기 때문에 가벼운 산책이나 여행, 독서 등으로 소일하게 되므로 노후생활에 지루함을 많이 느끼게 된다.

우리 주변의 모든 운동과 오락은 값비싼 유니폼을 입어야 하고 입장료, 사용료, 관리비 등 각종 비용이 많이 들어야 한다, 그러나 사교춤은 아주 적은 비용을 들여 남에게 금전적인 부담을 주지 않고 놀고 싶은 만큼 즐겁게 놀 수 있기 때문에 좋은 점이 많다…….

그러나 딱 한 사람 설득과 이해가 어려운 상대는 자신의 아내 한정임 여사다. 한정임 여사는 질투심이 아주 심하다. 부부가 같이 길을 가다가 지나가는 여자와 시선이 마주쳤다고 구박을 할 때도 있었고, 동창회나 부부동반 모임에 참석해 어떤 부인과 눈이 마주치든지, 얘기를 오래하든지, 술잔을 주고받든지, 악수만 해도 집에 돌아오면 반드시 앙칼진 투정을 부려야 직성이 풀리는 성격의 소유자이다.

준봉이 사교춤을 배운다는 사실을 아내는 몰라야 한다. 만약 아내가 알게 된다면 "바람이 났느냐, 당장 이혼하자"며 보따리를 싸고 집을 나가든지 하루라도 집안이 조용하지 않을 것이다. 아내의 반응을 예상하자 춤을 배우고 싶은 생각이 사그라졌다.

그렇다고 아내의 질투가 두려워 춤에 대한 꿈을 접어버리기에는 그 이유가 너무나 빈약하다. 사교춤을 춘다고 반드시 불륜을 저지르는 것은 아니지 않은가. 지금까지 준봉은 어느 여인에게도 한눈을 팔지 않고 오직 아내 한정임만 아끼고 사랑하며 살아왔다. 그것은 아내도 잘 알고 있다. 아내와 같이 춤을 배워볼까 생각은 해봤지만 아무리 해도 잘 안 될 것 같았다. 준봉은 아내가 모르도록 조심하기로 하고 춤을 배우기로 결정했다.

준봉은 쉰 살 늦은 나이에 춤을 배운다는 기대감과 설레는 마음으로 전철에서 내려 '황제무도학원' 간판이 보이는 건물 입구에 섰다. 그런데 이상하게도 계단 쪽으로 발이 잘 떨어지지 않았다. 혹시나 자신의 얼굴을 아는 사람들이 보고 있지 않을까 걱정이 되어 두리번거리며 머뭇거리고 있었다. 그때 2층 계단 쪽에서 사람들이 내려오는지, 발자국 소리와 말소리가 들렸다. 준봉은 빨리 학원 건물 앞을 지나쳐 플라타너스 나무 뒤에 몸을 숨기고 계단에서 내려오는 사람들을 엿봤다. 남자 한 명과 여자 두 명이 배운 춤에 대해 얘기를 하면서 준봉의 앞을 지나갔다.

검정색 양복을 깔끔하게 입은 남자가 긴 머리 아줌마의 어깨를 툭 치면서 말을 건넸다.

"김 여사는 춤이 금방 늘겠어. 워킹도 잘 하고, 턴(turn)도 부드럽게 잘 해."

"어머, 선생님 그래요? 아유, 좋아라. 빨리 배웠으면 좋겠네."

키가 작고 커트 머리를 한 아줌마가 물었다.

"선생님, 저는 어때요?"

"박 여사는 워킹할 때 다리를 덜렁덜렁 들고 하니까 보기가 흉해요. 내일부터 다리와 몸에 힘을 더 빼고 가볍게 워킹하시면 될 겁니다."

"선생님, 그럼 내일은 워킹만 가르쳐주세요."

세 남녀가 지나가면서 하는 얘기를 듣고 있던 준봉은 고개를 갸우뚱거리며 혼자 중얼거렸다.

"춤이 저렇게 어렵나. 워킹이 무엇이고, 턴이 무엇이고, 다리를 덜렁덜렁 들면 안 된다고?"

준봉이 용기를 내 1층 계단을 오르기 시작해 2층 계단에 막 발을 올려놓으려 하는데, 또 3층 쪽에서 여자들이 호들갑스럽게 떠들며 내려오는 소리가 들려 다시 뒤돌아 나왔다. 심장이 콩닥콩닥 뛴다.

'내가 이렇게 용기도 없는 새가슴인가?'

준봉은 자신이 한심한 생각이 들어 근처에 있는 슈퍼에 들어가 생수 한 병을 사 마시고 뛰는 가슴을 달랬다.

조금 후 다시 계단을 올라갔다. 여인 두 사람이 또 내려왔으나 이번에는 조금 면역이 된 것 같아 얼굴만 약간 돌리면서 못 본 척해버렸다.

드디어 5층에 도착했다. 출입문 좌측 간판에 '황제무도학원'이 보였다. 출입문의 손잡이를 잡으려는데 손이 떨린다.

'어휴 답답해.'

스스로 생각을 해도 너무나 한심스럽다.

'준봉아 용감해라'를 속으로 생각하는데, 누군가 뒤에서 말을 건넨다.

"혹시 백 선생님 아니십니까?"

준봉은 가슴이 철렁 내려앉는 것 같았다. '나를 알아보는 사람이 무도학원에도 있나?' 준봉은 놀란 가슴을 달래면서 뒤를 돌아다보자 그 남자가 다시 말을 건넨다.

"어저께 전화하신 백 선생님이 맞으시지요?"

"네, 맞습니다."

"저는 이 학원 원장인 박도원입니다. 오후에 오신다기에 기다리고 있었습니다."

"아, 예. 원장 선생님이시군요. 반갑습니다."

"안으로 들어가시지요."

준봉이 무도학원에 들어섰을 때 플로어에서는 남녀 몇 사람이 춤을 배우고 있었고, 나무의자에는 몇 사람이 앉아 음료수를 마시면서 휴식을 취하고 있었다. 준봉이 원장실로 들어가 마주 앉아 얘기를 주고받고 있을 때, 한 여자가 커피 잔을 들고 들어와 두 사람 앞에 놓았다. 그러자 원장이 소개를 했다.

"남 선생, 인사드리세요. 남 선생이 오늘부터 가르쳐드릴 백준봉 선생님이십니다."

"안녕하세요. 남희경입니다. 어제 원장 선생님에게 얘기를 잘 들었습니다."

"백준봉입니다. 잘 부탁드립니다."

남희경이 엷은 미소를 지으면서 원장실을 나가자, 원장은 준봉의 연락처를 적고 수강료를 받은 다음 주의사항을 얘기해주었는데, 그중에서도 예절을 잘 지켜달라고 신신당부를 했다.

"백 선생님, 사교춤은 예절입니다. 어디에서 누구하고 춤을 추시더라도 예절을 잘 지키면서 춤을 추셔야 합니다. 사교춤이 남들로부터 퇴폐적인 춤이라는 손가락질 받지 않도록 신사답게 춤을 추시길 당부드립니다."

원장으로부터 예절을 잘 지켜달라는 의미심장한 얘기를 되새기며 남희경을 따라 플로어로 들어섰다.

그때 무도학원 스피커에서 오승근의 '장미꽃 한 송이' 음악이 빵빵하게 흘러나왔다. 그 음악에 맞춰 여러 사람들이 스텝을 연습하고 있었다. 준봉은 무도학원에 처음 나타난 자신을 바라보는 사람들의 시선을 강렬하게 느끼면서 쥐구멍에라도 들어가고 싶은 심정이었다. 입 안이 건조해지면서 긴장이 되었고, 손바닥에는 촉촉하게 땀이 배었다.

'춤을 추는 곳이 이런 곳인가? 춤이고 뭐고 다 팽개치고 나가버릴까?' 하는 생각을 하는데, 남희경이 준봉의 생각을 읽기나 한 듯이 준봉에게 가까이 와 작은 소리로 알려준다.

"백 선생님, 춤방에 처음 들어오시면 모든 분들이 백 선생님처럼 어리둥절한 표정이거든요. 조금 지나면 괜찮아지니까 걱정하지 마세요."

준봉은 의젓한 척, 괜찮다는 대답 대신 고개를 끄덕였지만 마음은 불편했다.

"백 선생님, 음악 좋아하세요?"

"네, 좋아합니다."

"저 노래 누가 부르는지 아세요?"

"오승근 씨가 부른 장미꽃 한 송이 아닙니까?"

"잘 아시네요. 지금부터 무도학원에 오시면 음악과 함께 사셔야 해요."

"음악이요?"

"춤은 곧 음악이거든요. 음악소리에 귀가 열려야 춤을 추실 수 있는 거예요."

"귀가 열리려면 시간이 얼마나 걸립니까?"

"본인들의 노력 여하에 따라 한두 달씩 차이는 나지만 대략 삼 개월 지나면 귀가 열려요."

"삼 개월이라……."

준봉은 귀가 열린다는 말뜻을 잘 알고 있었다. 대학교 때 4년 동안 AFKN 방송을 들으면서 영어회화에 귀가 열렸기 때문에 음악소리에 귀가 열리는 것은 쉽게 적응이 되리라 생각했다.

"음악에 귀가 열려야 리듬과 박자에 맞춰 발이 움직이는 거예요. 음악을 열심히 들으세요."

"그렇게 하겠습니다."

남희경은 준봉을 자신의 코앞에 세워놓고 춤이 시작되는 과정부터 설명했다.

"저는 지금 백 선생님을 처음 뵙습니다만, 선생님의 손을 잡아야 춤이 시작됩니다. 손을 잡기 전에 먼저 두 사람이 인사부터 해야 하거든요. 인사는 평상시 하시는 대로 공손하게 하면 되는 거예요."

준봉이 인사를 끝내고 고개를 들었을 때 깜짝 놀랐다. 준봉의 바로 앞에 남희경의 동그랗고 커다란 두 눈이 자신을 똑바로 보고 있는 것이다. 준봉은 평상시 여자들에게 느껴보지 못했던 묘한 기분을 느끼면서 이런 것이 춤방의 분위기일 것이라고 생각했다. 준봉의 얼굴이 빨개지고 민망스러워하는 것을 보던 남희경은 재미있는지 깔깔거리고 웃었다.

"백 선생님, 뭐가 그렇게 부끄러우세요. 제 눈을 피하지 마시고 똑바로 보셔야 춤을 추실 수 있으세요."

남희경과 너무 가까운 거리에 서 있기 때문에 준봉은 엉거주춤한 자세로 남희경을 곁눈질해 보자 남희경은 미소 띤 얼굴로 차근차근 설명해주었다.

"처음 보는 여성과 춤을 추려고 마주 보고 섰을 때 남자의 시선은 항상 상대방의 시선과 마주 보고 있어야 하는 거예요. 그것이 불편하면 여성의 왼쪽 귀 끝을 보고 있어도 돼요."

준봉은 남희경과 두 발자국 간격을 두고 마주 보고 서서 남희경이 시키는 대로 시선을 고정시키다가 귀 끝 쪽을 보기도 했지만 어색하고 불편해 시선을 어디다 두어야 할지 난감했다.

"남자가 여자의 시선과 마주 보면서 춤을 추어야 하는데 한눈을 판다거나 시선을 피하면 여성들은 자기를 싫어하는 줄 알고 음악이 끝나는 것과 동시에 퇴짜를 놓는 거예요."

"퇴짜를 맞는다고요?"

"그럼요, 그만큼 시선처리가 중요한 거예요. 예를 들어 파트너를 너무 바라보면서 춤을 추면 혹시 이놈이 제비가 아닌가 의심을 받을 수도 있고요."

"그 다음은요?"

"파트너의 손을 잡으면서부터 화가 난 사람처럼 천장만 바라본다든지, 파트너 얼굴은 보지도 않고 저 혼자 신나게 춤을 춘다든지, 다른 여자들 얼굴이나 보면서 한눈을 팔고 있으면 즉각 퇴짜를 맞는 거니까 주의하셔야 해요."

"그렇다고 파트너 얼굴만 보면서 춤을 출 수는 없을 것 같은데요."

"그러니까 적당하게 시선 조절을 하는 거예요. 파트너와 가까이 있을 때는 살짝 눈을 맞추다가 조금 멀리 떨어지면 시선을 피할 수도 있겠지요."

준봉은 평상시 모르는 여성들은 별다른 관심 없이 바라봤으나 남희경으로부터 얘기를 들으면서 춤을 추는 동안 파트너에게는 특별히 관심을 가지고 바라보면서 춤을 추어야겠다고 생각했다.

"백 선생님, 오늘은 첫날이니까 여기까지만 하고 내일 다시 뵙겠습니다."

남희경이 공손하게 인사를 했으나 준봉은 이제까지의 습관대로 입으로 대답만 하면서 나오려는데, 남희경의 소프라노 목소리가 준봉의 발을 멈춰 세웠다.

"백 선생님, 저는 여기서 공손하게 인사를 드렸는데 백 선생님은 그 전처럼 무관심하게 입으로만 인사를 하면 어떻게 해요. 춤은 예절이라고 말씀 드린 것 벌써 잊으셨어요. 이쪽으로 오셔서 다시 한 번 해보세요."

남희경은 준봉의 손을 끌어당겨 마주 보고 선 다음 두 사람은 다시 공손하게 인사를 했다.

"남 선생님, 수고하셨습니다."

무도학원을 나오는 준봉의 발걸음은 처음 들어올 때하고 전혀 다르게 가벼웠다.

다음날 오후, 준봉은 황제무도학원 플로어에서 남희경과 마주 보고 인사를 했다.

"백 선생님, 인사를 아주 잘 하셨어요. 지금처럼 하시면 아줌마들이 줄줄 따를 거예요."

"인사 한 번 잘했다고 아줌마들이 줄줄 따라요?"

"그럼요, 춤을 다 배우신 다음 무도장에 가시면 지금 제가 말씀 드린 것을 자연히 알게 되실 거예요."

"……."

"오늘은 워킹을 해보도록 하겠습니다."

"워킹을요?"

"워킹은 아기가 첫 걸음마를 하는 것이랑 똑같아요. 워킹은 춤의 가장 기본이거든요. 워킹이 잘 되어야 춤이 잘되는 거예요. 제가 워킹하는 것을 보시고 이대로 하시면 됩니다."

남희경은 무도학원 플로어 끝에서 끝까지 워킹을 했다. 하이힐의 뾰족한 구두 굽 소리 한번 나지 않도록 사뿐사뿐 아주 예쁘게 워킹을 끝내고 준봉의 앞에 서자, 주위에서 이 모습을 보고 있던 학생들까지 박수를 치면서 칭찬해주었다.
 "잘 보셨죠. 이번엔 백 선생님이 한번 걸어보세요."
 "선생님처럼 워킹을 하라고요?"
 "아니고요. 백 선생님께서 평상시 걸어가는 대로 걸어보세요. 백 선생님 걸음걸이가 어떤지 참고하려고 하는 거예요."
 준봉은 잠깐 동안 망설이다가 자세를 반듯하게 하고, 시선은 정면을 보고 걸었으나 구두 굽 소리가 뚜벅뚜벅 들렸고, 거울에 비춰진 준봉의 걸음걸이는 군인들이 걸어가는 모습과 똑같이 딱딱해 보였다.
 "백 선생님께서 지금 워킹하신 모습은 군인 아저씨들이 걸어가는 것 같았어요. 춤을 출 때는 무릎이 구부러지거나 몸과 어깨가 출렁거려도 안 되는 거예요."
 준봉은 남희경의 얘기를 들으면서 무슨 말인지 이해를 하지 못한 채 남희경의 얼굴만 바라볼 뿐이다.
 "워킹을 할 때 마룻바닥에서 구두 굽 소리가 나지 않아야 되고요. 다리에 힘을 빼시고 고양이처럼 사뿐사뿐 걸어야 되는 거예요."
 "고양이처럼요?"
 "백 선생님의 워킹은 마치 통나무가 걸어가는 것 같았어요. 목 전체가 긴장되어 딱딱해 보였고, 다리는 힘이 들어가 뻣뻣했고요, 발바닥은 다리 아픈 환자처럼 터벅터벅 걸었거든요."
 남희경은 준봉을 앞에 세워놓고 어깨, 가슴, 배, 다리를 손가락으로 지적하면서 설명했다.
 "백 선생님은 서 계시는 자세가 아주 보기 좋아요. 양쪽 어깨와 가슴이 쫙 펴져 있고요. 배도 안 나왔고요, 허리도 구부러지지 않으셨고요, 다리는 힘이 있어요. 선생님 같은 체형은 춤을 잘 추실 수 있는 체형이에요."
 춤을 잘 출 수 있는 체형이라는 칭찬에 준봉은 기분이 좋아졌다.
 "다리에 힘을 뺀다고 해도 자연히 힘이 들어가나 봅니다."

"걱정하지 마세요. 제가 잘 가르쳐드릴게요. 워킹은 백 선생님 몸에 배도록 익히셔야 되거든요. 발바닥이 아프고 다리가 퉁퉁 붓도록 열심히 연습을 하셔야 되는 거예요."

"몇 개월이나 연습을 해야 됩니까?"

"사람마다 다르겠지만 기본적으로 삼 개월은 열심히 연습해야 해요."

"삼 개월 동안 다른 스텝이나 피겨 연습을 할 때 워킹도 같이 하는 거니까 워킹은 계속 해야 되는 거예요."

"워킹이 그렇게 중요하고 어렵습니까?"

"춤을 출 때 남들이 보아서 보기 좋아야 되거든요. 춤의 기본이 되는 것은 워킹이에요."

준봉은 남희경의 말에 동의한다는 뜻으로 고개를 끄덕거렸다.

"워킹은 아주 어려운 거예요. 아까 제가 예쁘게 워킹하는 것 보셨지요. 저도 그렇게 걷기 위해 피눈물 나게 열심히 연습을 한 것입니다."

준봉은 아주 작게 한숨을 내쉬었다.

"백 선생님은 자세가 좋으니까 워킹은 금방 배우실 거예요. 다른 사람들은 자세를 고치는 것도 시간이 많이 걸리거든요."

"열심히 배우겠습니다."

"자, 우선 몸 전체에 힘을 뺀다는 생각을 하시고 체중을 발 앞쪽에 실으면서 다리는 곧게 펴세요. 지금 이 자세가 춤을 출 때의 워킹 자세예요."

준봉은 고개를 끄덕거렸지만 종아리가 당겨오면서 몸이 기우뚱거려 중심을 잡기 어려웠다.

"백 선생님, 그 자세로 걸어보세요."

남희경이 준봉의 손을 잡고 몇 발자국 걸어가다가 손을 놓자, 준봉은 몸의 균형을 잡지 못하고 넘어지려 하다가 겨우 제자리에 섰다.

준봉의 얼굴에 땀방울이 흘러내리자 남희경은 깔깔거리고 웃었다.

"백 선생님, 늦은 연세에 춤을 배우기 어려우시지요."

남희경은 자신의 뽀얀 종아리가 보일 정도로 바지를 걷어 올린 다음 설명했다.

"제 발을 보세요. 발 앞쪽에 힘을 주고 발뒤꿈치를 들면서 몸의 균형을 유치한 채로 걷는 거예요. 새털처럼 가볍게 가볍게. 백 선생님, 제가 걷는 모습 예쁘죠?"

남희경이 백조가 걷는 것처럼 조용하면서도 부드럽고 예쁜 모습으로 걸어가자 준봉은 넋을 빼고 바라보았다.

준봉은 남희경이 가르쳐준 대로 발끝을 세우고 무릎을 곧게 편 채 어깨를 출렁거리지 않고 가볍게 걸어보려고 노력했으나 생각하는 대로 잘 되지 않아 신경질이 났다.

준봉은 며칠 동안 워킹 연습을 하느라 종아리가 무거울 정도로 딴딴해져 무도학원에 나가기 싫을 정도가 되었다.

쉰 살 나이에 발레 연습을 하는 것도 아니고 발끝을 세워 워킹을 한다는 것은 보통 어려운 일이 아니라는 것을 느끼자 춤을 그만둘까 여러 번 생각했으나 꾹꾹 눌러 참고 열심히 연습했다.

남희경은 준봉이 열심히 연습을 하자 놀리기라도 하듯이 한마디 했다.

"워킹이 잘 되어야 지르박 6박을 시작할 수 있거든요. 더 열심히 연습을 하셔야 해요."

준봉은 마음속으로 부담감을 가지면서 땀을 뻘뻘 흘리고 연습을 했다. 처음 몇 발자국은 제대로 되었으나, 그 다음엔 몸의 균형이 흐트러지면서 다리에 힘이 들어가 발바닥 전체가 마룻바닥에 닿은 채 뚜벅뚜벅 소리가 날 정도로 워킹이 되었다.

"백 선생님, 처음 동작은 아주 좋았어요. 그런 자세로 춤이 끝날 때까지 유지되어야 하는 거예요."

"힘이 듭니다."

"연습을 많이 하셔야 해요. 무도장에서 아줌마 손잡고 지금처럼 터벅터벅 워킹을 하면 초보자인 줄 알고 음악이 끝나자마자 손을 놓고 나가버린답니다."

"춤을 추다가 손을 놓고 나간다고요?"

"그럼요, 아줌마들이 춤방에서 춤 못 추는 남자를 만나면 재수 없다고 퇴짜를 놓는 것은 다반사예요."

"왜 그러는 겁니까?"

"아줌마들이 춤방에 한번 놀러 나오려면 복잡하거든요. 귀한 시간 내야 하고, 머리 파마도 해야 하…… 그렇게 멋을 부리고 왔는데 초보가 걸리면 김이 새는 거예요."

"……."

무도장에 한 번도 가보지 않아 아줌마들의 심리를 전혀 모르는 준봉은 남희경의 말뜻을 알아들을 수 없었다.

"자, 고민하지 마시고 다시 해보세요. 발 앞쪽에 체중을 완전히 실으시고, 다리를 곧게 펴면서 힘은 완전히 빼시고, 천천히 오른발, 왼발, 오른발, 왼발…… 네네, 그렇게 걸으시면 되는 거예요. 지금 워킹 자세 아주 좋아요."

남희경이 칭찬을 해주자 준봉은 자신도 모르게 힘과 용기가 솟았다. 준봉은 남희경이 가르쳐준 대로 워킹을 하면서 중얼거렸다.

'다리에 힘을 빼고 가볍게 가볍게 걸어라. 새털처럼 가볍게 가볍게 걸어라.'

준봉은 다리에 힘을 뺀다는 생각을 집중하면서 땀을 뻘뻘 흘리며 연습을 했으나 통나무 같은 두 다리는 힘이 잘 빠지지 않았다. 춤을 그만두고 싶은 마음이 하루에도 수백 번씩 반복되었지만, 서귀포에서 은하영에게 당한 수모를 생각하면서 이를 악물고 워킹 연습을 했다.

준봉이 워킹 연습을 한 지 어느새 열흘이 지났다. 열심히 노력한 보람이 있어 두 다리에 힘이 빠지고 부드러워진 걸 완연히 느낄 수 있어 기분이 날아갈 것만 같았다.

지르박男 블루스女

 준봉의 워킹이 조금 부드러워진 것을 확인한 남희경은 밝게 웃었다.
 "백 선생님은 역시 제가 본 대로 춤을 잘 추실 수 있을 것 같아요. 워킹이 생각보다 많이 좋아지셨어요."
 "감사합니다."
 "오늘부터 6박 스텝을 배우도록 하겠습니다."
 "6박이요?"
 "사교춤에는 지르박, 트로트, 블루스가 있거든요. 그중에서 가장 대중적으로 쉽게 출 수 있는 춤이 지르박인데, 지르박을 추려면 6박 스텝부터 시작을 해야 하는 거예요."
 준봉은 남희경의 말뜻을 하나도 알아듣지 못했다.
 "백 선생님, 여기 족형도 그림 위에 서보세요."
 남희경은 족형도가 그려진 그림 위에 준봉을 세워놓고 설명을 했다.
 "이 그림을 보시면 하나, 둘, 셋, 넷, 다섯, 여섯 번 발을 옮기면서 스텝을 밟기 때문에 6박 스텝이라고 하는 거예요."
 준봉은 마룻바닥에 그려놓은 발바닥 모양의 그림 속에 써놓은 숫자를 관심 있게 보고 있었다.

"제가 6박 스텝을 밟을 테니 잘 보세요."

경쾌한 음악소리에 맞춰 6박 스텝 시범을 보여주는 남희경의 세련된 모습에 준봉은 감탄을 했다.

'아, 멋있구나. 저런 멋과 매력 때문에 춤을 배우는가 보다. 나도 멋있게 춤을 출 수 있도록 배워야 되겠다.'

준봉은 마음속으로 다짐을 했다.

"백 선생님, 제가 여기 족형도를 따라 발을 옮기는 걸 잘 보시고 그대로 따라하시면 금방 배울 수 있으세요."

남희경은 족형도에 그려진 대로 한 발씩 또박또박 천천히 옮기면서 수십 번 반복을 시켰다. 준봉이 발을 옮기는 순서가 조금 익숙해지자 남희경은 조금 전처럼 음악에 맞춰 다시 6박 스텝 시범을 보여주었다. 준봉은 남희경이 두 발을 옮기는 모습을 세심하게 봤으나, 왼발이 오른발 같고 오른발이 왼발 같아 도대체 이해가 잘 되지 않았다.

어느 때는 왼발이 먼저 나가고, 또 어느 때는 오른발이 먼저 나간다. 더욱 놀란 것은 셋에 앞을 향하던 오른발이 다섯에 진행하던 방향 반대로 돌아서면서 왼발을 모으며 서는 것이다. 자신이 저렇게 할 수 있을까 걱정이 되었다.

"백 선생님, 걱정하지 마세요. 선생님 운동신경이면 쉽게 할 수 있으세요. 여기 족형도 위에 서보세요."

남희경이 준봉의 종아리 쪽 바짓가랑이를 잡고 열심히 가르쳐주었다.

"왼발 옆으로 나가시고, 오른발 따라 모으시고, 오른발 앞으로 나가시고, 왼발 따라 나가시고, 오른발 턴 하시면서 왼발 모으시고."

남희경은 허리가 아픈 표정을 지으면서 일어섰다.

"이제부터 백 선생님 혼자 해보세요. 저 음악소리 중에 쿵 소리가 들리시죠?"

"네."

"쿵 소리에 박자를 맞추면서 발을 옮기셔야 해요. 춤은 머리로 추는 것이 아니라 발로 추는 것이거든요."

준봉은 아직도 음악소리에 귀가 열리지 않아 스피커에서 쿵 소리가 나와도 구분이 잘 되지 않아 그 소리가 그 소리 같았다.

족형도에 맞게 발을 옮기랴, 음악을 들으랴, 박자를 맞추랴, 다리에 힘을 빼랴, 이것에 신경을 쓰면 저것이 안 되고, 저것에 집중을 하면 이것이 안 되었다.

족형도가 그려진 대로 발을 옮기면서 연습을 했지만 이제 막 걸음마를 시작하는 아이처럼 몸이 기우뚱거리는 자신의 모습이 우습게 보였다. 세상에 태어나 걸음걸이를 시작한 후 지금까지 오십 년 동안 왼발이 먼저 나가는 버릇이 몸에 배어 있었는데 사교춤을 배우는 며칠 사이에 그 버릇이 쉽게 고쳐진다는 것은 무리였다. 6박 스텝에서 어느 때는 오른발이 먼저 나가고 어느 때는 왼발이 먼저 나가고, 또 어떤 때는 나간 발이 또 나갈 때도 있어 헷갈렸다.

준봉은 족형도 위에서 연습을 하다가 어느 정도 순서가 익숙해지자 족형도가 없는 마룻바닥에서 연습을 해봤다. 하나, 둘, 셋, 넷까지 진행은 되었으나 다섯 번째 동작에서 오른발이 잘 틀어지지 않아 짜증이 났다.

옆에서 지켜보던 남희경이 쉬운 방법을 알려주었다.

"백 선생님, 다섯 동작 때 한 번에 오른발과 몸을 반대방향으로 틀기 어려우니까 지금은 오른발이 틀어지는 만큼 조금씩 숙달을 시키면서 완성을 하도록 하세요, 아셨죠?"

준봉은 남희경이 알려준 대로 다섯, 여섯 동작을 수없이 반복했지만 바라는 만큼 잘 되지 않았다.

"백 선생님, 힘드시죠, 오늘은 그만하시고 내일 뵙겠습니다."

준봉은 무도학원 수업이 끝나자 족형도가 그려진 자리에 섰다. 메모지에 6박 스텝의 족형도를 그리고 있는데 남희경이 가까이 왔다.

"백 선생님은 이제부터 춤에 흥미를 느끼셨나 봐요."

"집에 가면 연습을 하려고 합니다."

"그 정도 관심이 있으시면 금방 배울 수가 있으세요, 호호."

남희경은 놀리듯 한마디 한 후 원장실로 사라졌다.

준봉은 메모지에 족형도를 그려가지고 무도학원을 나왔다. 길을 걸으면서도 메모지를 꺼내 입으로 숫자를 중얼거렸고, 발은 6박 스텝을 밟는 모습을 하며 걸었다. 지하철 플랫폼에서 열차를 기다리는 중에도 계속 발을 움직였다. 지나가는 아줌마들이 흘깃흘깃 쳐다보면서 피식피식 웃는 걸 보아 아줌마들도 춤을 배운 여인들 같았다.

지하철 손잡이를 잡고 서 있던 준봉은 옆 사람의 눈치를 살펴가면서 살짝살짝 6박 스텝 연습을 하다가 열차가 급정거하는 바람에 옆에 서 있던 아가씨의 몸을 밀면서 발가락을 밟고 말았다.

"아저씨! 남의 발가락을 아프게 밟으면 어떻게 해요!"

앙칼진 아가씨의 말에 준봉의 얼굴이 붉어졌다. 준봉은 죄송하다는 말을 뒤로하고 도망치듯 다른 칸으로 옮겨갔다.

집으로 돌아온 준봉은 아내 한정임 여사와 식사를 할 때만 얼굴을 마주한 후 서재에 들어가 6박 스텝 연습을 했다.

양치질을 할 때도, 샤워를 하면서도, 좌변기에 앉아 용무를 보면서도, 발이 움직이는 작은 공간만 있으면 어디서라도 6박 스텝을 연습했다. 어떤 날은 잠을 자려고 침대에 누워 컴컴한 천장을 쳐다보면서 발을 꼼지락거리다가 아내에게 잔소리를 들었다.

"여보, 당신 발이 가려우면 발을 씻으세요."

"아, 아니. 발이야 벌써 씻었지."

준봉은 깜짝 놀라 아내 반대쪽으로 돌아누우면서 피식 웃었다.

준봉은 황제무도학원 플로어에 그려진 족형도 그림의 검정색 페인트가 흐려질 정도로 턴(turn) 연습을 열심히 했다. 쉰 살 나이에 발목과 몸통은 근육이 굳어 있어 마음먹은 대로 회전이 잘 되지 않아 끙끙거렸다. 그래도 노력을 한 보람은 있어 시간이 지나자 어느 정도 턴이 되었다. 준봉의 6박 스텝 동작이 눈에 띄게 숙달되자 남희경은 밝게 웃었다.

"오늘부터 지르박 피겨를 배우도록 하겠습니다."

"지르박이요?"

"지금까지 열심히 배운 6박 스텝을 그대로 이용하면서 여러 가지 피겨를 섞어 상대방 여성을 리드하는 것이 지르박이예요."

"리드를 한다고요?"

"6박 스텝을 밟으면서 남성이 생각하는 피겨를 손과 몸과 눈빛으로 상대 여성에게 전달해주는 기술을 리드라 하거든요."

"그렇게 리드를 하면 춤이 서로 맞추어집니까?"

"그게 바로 춤의 매력이고 멋이지요. 남성 손가락 한 개의 표현에 맞춰 여성이 정확한 피겨로 움직여줄 때 두 사람의 호흡은 척척 맞는 것이고, 춤의 황홀함과 환희를 맛볼 수 있는 거예요. 백 선생님도 나중에 그렇게 하실 수 있을 거예요."

설명을 하는 남희경의 눈빛은 당장 춤의 황홀경에 빠져 있는 사람처럼 반짝반짝 빛났다.

"손가락으로 자신의 의사를 전달한다는 것은 그동안 남 선생님에게 배워왔기 때문에 어느 정도 이해는 되지만, 몸과 눈빛으로 전달한다는 말은 아직 이해가 되지 않습니다."

"그건 춤을 다 배우시고 시간이 지나면 알게 되니까 지금은 모르셔도 돼요."

"알겠습니다."

"지금 저 음악소리가 들리시죠?"

"네."

"저 음악은 4분의 4박자이거든요. 저 음악소리에 맞춰 피겨를 구사하는 거예요."

"피겨가 뭡니까?"

"스텝은 한 발 한 발 옮기는 것을 말하고, 피겨는 한 발씩 옮긴 스텝을 완성시킨 한 가지 폼을 말하는 거예요."

준봉은 말뜻을 모르겠다는 듯 남희경의 얼굴만 바라봤다.

"춤을 머리로 하는 것이 아니고 발로 한다고 말씀 드렸잖아요. 외우려 하지 마시고 발과 몸에 배도록 하셔야 해요."

"그렇게 하겠습니다."

"여기서 제자리 스텝을 밟으시다가 제 손을 오른쪽으로 밀면서 손을 놓아보세요."

준봉은 남희경과 두 손을 잡고 제자리 스텝을 밟으면서 남희경의 오른손을 밀면서 놓아주었다. 남희경은 두 바퀴를 회전한 후 준봉이 앞에 섰다.

"백 선생님, 이게 우회전이라고 하는 피겨예요."

"우회전이요?"

"네, 초보자들은 한 바퀴만 회전하는 것도 힘들고 어렵지만, 저는 두 바퀴를 회전한 거예요."

준봉은 가슴이 쫙 펴지면서 기분이 우쭐해짐을 느꼈다. 자신의 리드 하나에 남희경이 멋있게 두 바퀴나 회전을 하고 제자리에 선 것이 신기했다.

"백 선생님이 저를 오른쪽으로 회전하도록 리드했기 때문에 저는 백 선생님의 리드를 그대로 따라한 것이죠."

준봉은 리드의 의미를 조금은 느낄 수 있을 것 같았다.

"제자리 스텝에서 이번에는 저를 왼쪽으로 회전시켜보세요."

준봉이 제자리 스텝을 하면서 남희경의 오른손을 왼손으로 돌리면서 놓아주자, 남희경이 두 바퀴 회전을 한 후 제자리에 섰다.

"지금 리드하신 피겨는 좌회전이라고 해요."

"좌회전이요?"

준봉은 새롭게 배우는 피겨와 자신의 리드에 조금씩 흥미를 가지기 시작했다.

"6박 스텝을 하시다가 제 등 뒤에서 어깨를 당겨보세요."

준봉의 앞에서 제자리 스텝을 하는 남희경의 어깨를 당기면서 지나가자 남희경은 두 바퀴를 회전한 후 제자리에 섰다.

"지금 하신 피겨는 어깨걸이라고 해요."

"어깨걸이요?"

"6박 스텝을 밟으면서 여성의 어깨를 당기면 여성은 자신에게 맞는 스텝을 밟으면서 움직이기 때문에 남성과 스텝의 속도가 맞는 거예요."

"아, 이제야 리드의 의미를 조금은 알 것 같습니다."

"백 선생님은 음악 감각이 있으시니까 무척 빨리 배우시는 거예요. 음악 감각이 없는 분들은 진도가 엄청 느리게 나가거든요."

"잘 가르쳐주셔서 감사합니다."

"다음은 허리 잡고 돌기를 해보겠어요. 6박 스텝을 하시면서 셋 넷에 백 선생님 오른손으로 저를 살짝 당기시고, 다섯 여섯에 오른손으로 제 허리를 싸잡으셔서 턴을 하시는 거예요."

다섯 여섯에 준봉의 오른쪽 팔뚝이 남희경의 허리를 감싸 안으면서 턴을 하는 동작이 너무 어설프게 연결되어 수십 번 반복 연습한 후에야 제대로 되었다.

준봉은 춤을 배우러 온 이후 남희경을 처음 안아봤다. 남희경의 허리를 감싸 안기 위해 자신의 상박이 남희경의 오른쪽 겨드랑이와 연결된 젖가슴 부분에 살짝살짝 부드럽게 닿는 순간, 이상한 느낌이 들어 마음속으로 능글맞게 웃었다.

"백 선생님, 오늘 새로 배운 피겨는 우회전, 좌회전, 어깨걸이, 허리 잡고 돌기입니다. 음악에 맞춰 연결하면서 춤을 춰보도록 하겠어요."

준봉은 조금 긴장되었다. 호흡을 가다듬은 다음 남희경의 양손을 잡고 실제로 춤을 추는 방법으로 시작을 해봤다. 워킹 두 번, 제자리 스텝

두 번 한 다음, 우회전 좌회전은 제대로 했으나 어깨걸이와 허리 감고 돌기는 어설프게 끝마쳤다.

남희경은 박수를 치면서 칭찬을 아끼지 않았다.

"백 선생님, 아주 잘 하셨어요. 아직은 서툴지만 연습을 계속하시면 좋아지는 거예요."

"감사합니다."

"앞으로 무도장에 가셔도 춤은 지금처럼 추는 거예요. 용기를 가지세요."

"더욱 노력하겠습니다."

"백 선생님, 저기서 혼자 연습하는 김 원장님하고 오늘 배운 것 실습 한번 해보실래요?"

"네에?"

"왜 그렇게 놀라세요. 지금 저하고 추신 것처럼 하면 되는 거예요. 김 원장님도 춤을 배운 날짜가 백 선생님이랑 비슷하세요."

준봉은 용기가 나지 않아 머뭇거리고 있었다.

"김 원장님, 이리 오셔서 백 선생님하고 연습 한번 해보세요."

남희경이 김 원장이라고 소개한 아주머니 얼굴을 쳐다본 순간, 준봉은 속으로 깜짝 놀랐다. 그 아주머니는 준봉이 황제무도학원에 처음 등록하러 오던 날 검정색 양복을 입은 남자와 같이 가던 긴 머리 아주머니였다. 세상은 참으로 좁다고 생각되었다.

준봉은 김 원장과 마주 보고 공손하게 인사를 한 다음 손을 잡았다. 준봉이 춤을 시작한 이후 처음으로 잡아보는 여인의 손이었지만 너무나 긴장한 탓에 여성의 부드러운 손을 만지는 감촉은 느낄 수 없었고, 나무 막대기를 잡고 있는 느낌만 있었다.

준봉은 김 원장과 눈이 마주치자 부끄러워 김 원장의 두 눈을 똑바로 쳐다볼 수 없어 고개를 돌린 채 스텝을 밟았다. 가슴이 뛰고 긴장되어 부드럽게 잘 되던 워킹도 잘 되지 않았다. 우회전과 좌회전은 어설프게 연결을 했으나 어깨걸이에서 스텝이 엉켜 춤이 몇 번 중단되었다. 허리 잡고 돌기를 할 때는 준봉의 몸이 김 원장의 몸 가까이 접근하는 것이 어색해 간격이 많이 떨어졌기 때문에 두 사람의 스텝이 잘 맞지 않아 춤이 이상하게 끝났다.

"백 선생님은 김 원장님과 몸이 서로 부딪히는 것이 민망하니까 동작과 스텝이 잘 맞지 않았어요. 그러다 보니 춤이 잘 안 된 거예요, 맞죠?"

준봉은 그렇다는 대답 대신 고개만 끄덕거렸다.

"백 선생님은 김 원장님 쪽으로 몸을 가깝게 해야 다음 스텝을 연결하기 쉬운데 두 분의 간격이 너무 멀어지니까 춤이 이상하게 된 거예요. 그건 전적으로 춤을 리드하는 남성의 책임이예요. 앞으로 두 분의 몸을 최대한 가깝게 하면서 춤을 춰보세요."

남희경의 지적을 받은 두 사람은 조금 쉬었다가 다시 시작을 했다. 역시 남희경의 가르침이 맞아 떨어졌다. 준봉이 민망스럽고 부끄러운 마음을 접고 김 원장과 가벼운 몸의 접촉이 자주 생기면서 춤이 자연스러워졌다.

"그것 보셔요. 백 선생님이 김 원장님과 몸의 접촉이 가볍게 되니까 서로 자세가 부드러워지면서 춤이 되는 거예요."

이마에 흐르는 땀을 닦고 있던 준봉이 질문을 했다.

"선생님, 상대가 바뀌니까 춤이 잘 안 되는데 그건 왜 그런 겁니까?"

"이제야 백 선생님께서 춤의 깊이를 조금씩 알아내는 것 같아요. 아주 중요한 것을 찾아내셨어요."

남희경의 칭찬에 준봉은 멋쩍은 얼굴이 되었다.

"백 선생님은 매일 무도학원에 나오시면 저에게만 배우셨잖아요. 손을 마주잡고, 얼굴을 보고 여러 가지 스텝과 피겨를 하면서 리드는 제 스타일에 맞추어졌기 때문에 저하고 춤을 출 때는 호흡이 잘 맞는 거지요."

"그렇습니까."
"그런데 상대가 바뀌면 눈을 마주보기도 부끄럽고, 스텝 속도와 리드 방법이 생소하기 때문에 상대방과 호흡이 잘 맞지 않아 그러는 거예요. 그렇죠, 백 선생님?"

준봉은 그 말이 맞다고 고개를 끄덕였다.

"상대 여성과 춤을 한 곡만 추어보면 상대의 춤 수준과 성향을 파악할 수 있기 때문에 그 다음부터 두 사람의 춤이 잘 맞게 되는 거예요. 지금 설명해드린 것들은 춤을 배우다 보면 자연스럽게 알게 되거든요. 걱정하지 않으셔도 돼요."

준봉은 그 다음날부터 더욱 열심히 스텝과 피겨를 배우면서 몸에 익혔다. 가끔씩 미용실을 운영하는 김 원장과 연습시간이 같은 날은 그동안 배운 춤을 함께 연습하면서 실력을 쌓았다.

어느 날, 남희경이 활짝 웃으면서 말을 건넸다.

"백 선생님, 이제 춤에 재미가 붙으셨나 봐요."

"아직도 뭐가 뭔지 잘 모르겠습니다."

"이제 지르박은 어느 정도 숙달이 되었으니까 오늘부터 블루스를 배우도록 하겠습니다."

"블루스를요?"

"지르박이 남성들처럼 박력 있고 힘 있게 추기 때문에 남성 춤이라고 한다면, 블루스는 부드럽고 섬세하고 나긋나긋해야 하기 때문에 여성 춤이라고 할 수 있어요."

남희경으로부터 블루스란 말을 듣는 순간, 서귀포에서 은하영에게 당한 수치스럽던 생각이 떠올라 준봉의 얼굴이 순간적으로 붉어졌다.

"백 선생님은 블루스를 추실 줄 아세요?"

"아, 아닙니다. 전혀 모르니까 남 선생님에게 배우려고 온 것 아닙니까."

"얼굴은 그런 표정이 아닌데요."

준봉의 어색한 표정은 남희경의 날카로운 시선에 금방 감지되고 있었다.

"정말 모릅니다."

"그러면 아주 쉽게 가르쳐드릴게요."

남희경은 준봉을 족형도 위에 세워놓고 기본자세에 대해 설명했다.

"스텐스 자세는 지르박과 똑같이 서시고요, 홀드하실 때 오른손은 여성의 등 뒤에 힘이 전달될 정도로 살포시 올려놓으시고, 왼손은 여성의 오른쪽 손바닥과 겹치도록 살짝 잡으시는 거예요."

준봉은 남희경의 몸이 살짝 스치듯 자신의 몸에 닿자 긴장이 되어 마른침이 꼴깍 넘어갔다.

"이건 록 스텝이라고 하는데 블루스 춤을 처음 시작할 때 사용하는 거예요. 왼발 뒤로 옮기고, 오른발 뒤로 옮기면서 왼발에 모으고, 오른발 앞으로 나가고, 왼발 따라 나가면서 오른발에 모으면 되는 거예요."

준봉은 족형도가 그려진 대로 발을 옮기면서 연습을 하다가 조금 숙달이 되자 그림이 없는 마룻바닥에서 연습을 했다. 그러나 족형도가 없는 상태에서 왼발 두 번, 오른발 두 번을 옮기는데도 순서가 맞지 않아 헷갈렸다.

"백 선생님, 왼발 오른발을 딱 네 번 옮기는 것도 순서가 헷갈리시지요. 그건 오십 평생 걸음을 걸으실 때 왼발부터 시작을 했기 때문이에요. 오른발을 모았다가 다시 오른발이 나가니까 서툰 거지요. 그런 것이 사교춤의 매력이니까 제대로 알고 하시면 되는 거예요."

준봉이 두 발을 옮기는데 집중을 하다 보니 다리에 힘이 들어가 구두 발자국 소리가 뚜벅뚜벅 들렸다.

"백 선생님, 블루스 추실 때의 워킹도 지르박과 마찬가지예요. 다리에 힘 빼시고, 발뒤꿈치 드시고 사뿐사뿐 걸으셔야 해요."

준봉은 한 여성을 자신의 앞에 세워놓고 춤을 추는 자세를 취하면서 족형도에 그려진 대로 발을 옮겨가며 연습했다.

블루스는 지르박보다 더 어려웠다. 자세가 지르박보다 섬세해야 되고 부드러운 감각으로 춤을 추어야 했다. 스텝의 숫자가 많아 발을 옮길 때마다 마음속으로 숫자를 헤아려야 했다. 두 발을 열두 번이나 열네 번씩 옮기다 보면 스텝 순서를 잊어버려 당황스러울 때가 많았다.

준봉은 하루도 빠짐없이 무도학원으로 나와 스리스텝(The three step)과 턴(turn), 샤세(The chass toright)와 지그재그(The zig zag)를 숙달시키는 데 혼신의 힘을 다했다.

"백 선생님, 석 달 동안 춤을 배우신 소감이 어떠세요?"

"아직도 뭐가 뭔지 잘 모르겠습니다."

"무도장에 나가 그동안 배운 춤을 실습해보고 싶지 않으세요?"

"예? 무도장엘 간다고요? 아직 발도 제대로 움직이지 못하고, 음악 소리에 귀가 제대로 열리지 않아 들렸다 끊겼다 합니다."

"춤을 배우려면 끝이 없어요. 저에게 춤을 배우는 학생들은 삼 개월 강습이 끝나면 우선 무도장으로 실습을 나가거든요. 백 선생님 실력이면 가 봐도 될 거예요."

"저 혼자 갑니까?"

"그럼 혼자 가셔야죠. 아 참! 아는 사람이 있으면 같이 가셔서 가르쳐달라고 하세요."

"저는 아는 사람도 없습니다. 남 선생님께서 저를 가르쳐주었으니 무도장에 데려가주십시오. 사례는 잘 해드리겠습니다."

"그럼 언제 시간을 정해 같이 가시도록 하시죠. 그런데 저는 무도학원에서 퇴근을 하고 가야 하는데, 그 시간이면 카바레로 가야 되겠네요."

"카바레를요?"

"왜 그렇게 놀라세요. 카바레나 무도장이나 똑같아요. 카바레는 밤에 춤을 추는 곳이고, 무도장은 낮에 춤을 추는 곳이거든요."

"그렇게 하시죠. 카바레에 가는 날짜와 시간을 알려주시면 남 선생님을 모시고 가도록 하겠습니다."

준봉은 사십 대 시절에 친구들과 카바레에 몇 번 가본 일이 있었다. 그 당시 친구들은 사교춤을 배운 사람이 아무도 없었고, 카바레에 대한 사전지식도 없으면서 그저 여자를 안고 춤을 출 수 있다는 호기심뿐이었다. 웨이터가 부킹을 해준 여성들과 술도 마시고 디스코 음악에 맞춰 신나게 흔들며 춤을 추다가 블루스 음악이 나오면 옆 사람들이 하는 대로 껴안고 있기만 했을 뿐이다.

준봉은 가슴이 설레었다. 석 달 동안 사교춤을 배운 실력으로 남희경과 같이 카바레에 간다는 것이 꿈만 같았다.

'드디어 나도 사교춤을 추는구나.'

준봉은 가슴이 뿌듯함을 느낌과 동시에 은하영의 기분 나빠하던 모습이 스쳐 지나갔다.

무지개카바레

준봉과 남희경은 저녁 8시에 '무지개카바레'에서 만났다.
두 사람이 무대 앞쪽 테이블에 마주앉아 맥주 몇 잔을 마시고 있는 사이에 오백여 평이나 되는 넓은 홀 안은 곧 사람들로 붐볐다.
준봉은 긴장되었다. 홀 안을 가득 메운 신사숙녀들의 숫자에 놀랐고, 화려하고 경쾌한 생음악 소리와 휘황찬란한 불빛이 준봉의 가슴을 흥분시켰다. 천장 여기저기에서 쏟아지는 하이브 빔 조명과 파라다이스 불빛에 눈이 아플 지경이었다.
"백 선생님, 카바레에는 처음 오시는 거예요?"
맥주 몇 잔을 마신 남희경의 얼굴이 조명을 받아 십 년은 더 젊고 예뻐 보였다.
"젊었을 때 몇 번 와본 적은 있는데, 춤은 추지 않았지요."
"그럼 지금 플로어에 나가 시작을 해보실까요?"
남희경을 뒤따라 나가는 동안 준봉은 쥐구멍에라도 들어가고 싶은 심정이었다. 테이블에 앉아 있는 수많은 사람들이 자신만 바라보고 있는 것 같았다. 두 사람이 플로어에 마주 섰을 때 경쾌한 음악이 흘러나와 몸과 발이 자동적으로 움직였다.

준봉은 남희경의 두 손을 잡고 지르박을 시작하려고 했으나 발이 떨어지지를 않았다.

"백 선생님, 지르박 스텝이 기억나지 않으세요?"

남희경이 스텝을 밟으라고 재촉을 하자 그제야 6박 스텝이 떠올랐다. 그동안 무도학원에서 남희경의 손을 잡고 연습을 해오던 그대로 열심히 피겨를 구사했으나 음악이 귀에 잘 들어오지 않아 가끔씩 스텝이 엉키는 횟수가 많아졌다. 춤을 추는 시간이 지루하게만 느껴졌고, 남희경에게 미안한 생각만 들었다. 그런데 남희경은 잔소리 한 마디, 싫은 표정 한 번 짓지 않고 싱글벙글 웃으면서 신나고 멋있게 몸을 움직였다. 준봉은 어리둥절해하면서 착각을 하고 있었다.

'내가 리드를 잘 해 남희경이 춤을 잘 추는 건가?'

사실 준봉의 리드는 남희경의 수준에 맞지 않아 스텝을 맞추기 어려웠기 때문에 남희경은 마음대로 스텝을 연출하면서 춤을 추었던 것이다.

지르박 음악이 끝나고 블루스 음악이 흘러나왔다. 준봉은 남희경과 스탠스 자세를 취한 채 한 발도 움직이지 못하고 그냥 서 있었다. 블루스를 시작하는 첫 스텝이 전혀 기억나지 않았다. 남희경이 귓속말로 다시 재촉을 했다.

"왼발 뒤로 오른발 따라서 모으고, 다시 오른발 앞으로 나오고 왼발 모으면서."

준봉은 남희경이 시키는 대로 발을 옮기다가 남희경의 말이 끝나자 더 이상 스텝이 생각나지 않아 두 발이 멈춰 섰다. 준봉의 얼굴에 땀방울이 흘러내려 남희경의 마음을 안타깝게 했다.

"백 선생님, 스텝이 생각 안 나시면 음악이 끝날 때까지 저를 안고 서 계셔도 되는 거예요."

남희경의 기운 없는 말소리를 들으면서 준봉의 가슴은 아파왔다. 블루스 음악이 끝나자 남희경은 준봉의 손을 잡고 끌었다.

"자리로 돌아가 조금 쉬었다 다시 해요."

좌석으로 돌아와 맥주를 마시면서도 준봉의 마음은 안정이 되지 않았고 미안한 마음만 들어서 남희경의 얼굴을 똑바로 바라볼 수 없었다. 어색한 시간이 흘렀다.

"백 선생님, 춤이 어려우신가 봐요?"

"생각한 것처럼 발이 움직이지 않습니다."

"그건 춤이 발과 몸에 숙달이 안 되었다는 증거예요. 음악소리도 잘 들리지 않으니까 스텝순서도 기억나지 않지요?"

"그렇습니다. 무도학원에서 연습할 때하고 여기에서 춤을 추는 것은 전혀 다릅니다."

"제가 이 술을 마시고 플로어에 나가 춤을 추고 올 동안 백 선생님은 춤을 추는 사람들의 모습을 보고 계세요. 보는 것도 많은 공부가 되는 거예요."

남희경이 술잔을 비우자 기다리고 있던 웨이터가 젊고 건장한 남자 한 사람을 데려와 남희경에게 소개를 시켰다. 남희경과 남자가 플로어에 나가 서로 인사를 한 후 지르박과 블루스를 추는 모습을 보면서 준봉은 넋을 잃은 사람 같았다.

남희경의 춤을 추는 모습은 멋있었다. 보기 좋았다. 훌륭한 춤 솜씨라고 생각을 했다. 보는 사람으로 하여금 저절로 흥이 나고 같이 춤을 추고 싶게 할 정도로 어깨와 몸이 흔들거렸다. 무지개카바레에서 일정을 끝내고 나온 후 준봉은 남희경에게 마음 깊은 사례를 하고 집으로 돌아왔다.

이후 준봉은 남희경의 지도를 받으면서 두 달 동안 집중 연습을 해 어느 정도 수준까지 도달할 수 있었다. 기존에 배웠던 기본적인 스텝과 피겨에 추가해 리드하는 방법, 손놀림과 몸놀림, 리듬에 맞춰 춤을 추는 방법까지 배운 다음, 무지개카바레에서 두 번이나 현장실습을 마쳤다. 교습이 끝나는 마지막 날, 준봉은 남희경과 저녁식사를 같이 했다.

"이제부터 백 선생님 혼자 무도장이나 콜라텍에 나가 아줌마들 손을 잡고 노시면서 숙달을 시켜야 해요."

"몇 달이나 해야 퇴짜를 안 맞고 춤을 출 수 있습니까?"

"그거야 사람마다 다르겠지만, 한 일 년 동안 무도장에서 살다시피 해야 되는 거예요."

"예? 일 년 동안 무도장에서 살아야 한다고요?"

"백 선생님의 지금 춤 실력으로는 콜라텍에서 아줌마들이 손을 잡았다 하면 당장 퇴짜를 맞게 되거든요."

"제 실력이 그 정도밖에 안 됩니까? 남 선생님은 저보고 잘 춘다고 하셨잖아요."

"저하고 추실 때는 제가 모든 스텝과 피겨 때마다 리드를 해주었으니까 그 정도지, 백 선생님이 직접 리드를 하면 아줌마들이 리드를 받아낼 수 없거든요."

준봉은 실망을 했다. 오 개월 동안 열심히 연습을 했는데도 퇴짜를 맞는다는 얘길 듣는 순간, 온몸에 기운이 빠졌다.

"백 선생님, 그렇게 실망하지 마세요. 백 선생님은 춤 재주가 많은 분이시거든요."

준봉은 대답 대신 머리만 긁적거렸다.

"앞으로 춤을 추면서 참아내면서 지켜야 할 중요한 몇 가지를 말씀드릴게요."

"말씀하시지요."

"아줌마들에게 퇴짜를 맞더라도 절대로 기죽지 마시고 틈나는 대로 아줌마들 손을 잡으세요."

"제 마음대로요?"

"아직은 부킹언니들이 부킹을 시켜주는 대로 춤을 추어야 합니다."

"부킹을 안 시켜주면 시켜줄 때까지 기다려야 합니까?"

"무작정 기다리면 지루하고 짜증이 나니까 주위를 살펴보고 마음에 드는 아줌마에게 춤을 추자고 신청하시면 되는 거예요."

"아줌마들이 저 같은 초보자를 잘 잡아줄까요?"

"그러니까 기죽지 말고 용감하셔야 된다고 말씀드렸잖아요. 퇴짜를 맞더라도 기죽지 말아야 해요. 아줌마에게 춤 신청을 했는데 응하지 않으면 기분이 나쁘거든요. 그럴 때는 홀 안을 한 바퀴 돌면서 다른 아줌마를 골라보는 거예요."

"그렇게 하겠습니다."

"초보 때는 아줌마들 눈치 보느라 말을 건네기도 어렵지만, 그렇다고 가만히 앉아 있으면 춤 한번 춰보지 못하고 무도장을 나올 수 있거든요. 부끄럽더라도 할 수 없어요. 뻔뻔해지도록 노력하셔야 해요. 그러다 보면 아줌마들의 심리도 파악되고 춤 실력도 향상되는 거예요."

"잘 알겠습니다."

"지르박이나 블루스를 추시면서 스텝이 엉킬 때가 자주 있더라도 그 순간순간을 예의 있게 행동하며 넘어가야 해요. 음악은 흐르는데 미안하다고 가만히 서 계시면 안 되는 거예요."

준봉은 며칠 전 남희경을 따라 처음 무지개카바레에 갔을 때 스텝이 생각나지 않아 멍청하게 서 있던 모습이 머릿속에 스쳐 지나갔다.

"아줌마들 중에는 손을 잡고 춤을 시작하다가 한 곡이 채 끝나지 않았는데도 손을 놓고 나가는 경우도 있거든요."

"네에? 아니 그렇게 예의 없는 아줌마도 있습니까?"

"많이 있지요. 아줌마들은 엄청 냉정해요. 춤을 못 추는 남자가 걸리면 인정사정 안 보고 그냥 나오는 거예요."

준봉은 남희경의 말이 잘 이해되지 않았으나 아줌마들의 마음은 알 것 같았다.

"아줌마들이 손을 놓고 나가면 엄청 창피하지만 그땐 얼른 플로어를 벗어나와 화장실에서 손이라도 씻으면서 마음을 가다듬고 다시 도전하셔야 해요. 기분 나쁘다고 무도장을 빠져 나오면 춤을 배우기가 어렵거든요."

준봉은 대답 대신 고개만 끄덕거렸다.

"그리고 춤을 다 배우실 때까지 무도장 안에 있는 식당에서 절대로 술은 마시지 마세요."

"춤을 추면서 술을 마시는 사람도 있어요?"

"많이 있지요. 자주 춤을 추다 보면 아줌마 아저씨들은 서로 얼굴을 알게 되니까 술을 마시게 되는데, 백 선생님은 술을 마시지 마세요."

"그렇게 하겠습니다."

"술을 마시고 춤을 추게 되면 우선 술 냄새 때문에 아줌마들 기분이 상하잖아요. 고약한 입 냄새도 날 것이고, 술을 마셨으니 발의 움직임도 좋지 않아 스텝이 엉키게 되면 춤이 안 되거든요."

남희경은 목이 마른지 컵에 담긴 맥주를 한 번에 마셔버렸다.

"한 6개월 동안 열심히 노력을 하다 보면, 어느 정도 무도장이나 콜라텍의 분위기도 알게 되고 아줌마들의 심리상태도 파악할 수 있을 거예요."

"그동안 바보가 된 마음으로 춤을 추어야 되겠군요."

"그렇게 하셔야 춤을 배울 수 있어요. 그런데 아줌마들에게 여러 번 퇴짜를 맞다보면 파트너를 만들어야겠다는 생각을 하게 되거든요. 백 선생님은 절대로 파트너 만들지 마세요. 아셨죠?"

"파트너라니요?"

"파트너는 춤을 출 때 언제나 같이 춤을 출 수 있는 상대를 말하는 거예요. 초보 때는 춤을 못 추니까 계속 퇴짜를 맞잖아요. 기분도 나쁘고 춤을 빨리 배우고 싶은 욕심이 생기니까 춤을 잘 추는 아줌마가 필요하게 되거든요."

"남 선생님 말씀을 들으니 춤을 빨리 배우려면 파트너는 꼭 필요하겠습니다."

"지금 당장 백 선생님은 파트너가 없으니까 파트너 있는 남자가 부럽겠지만, 파트너 있는 남자 입장에서 보면 파트너란 여자는 족쇄나 마찬가지예요."

"족쇄라니요?"

"항상 파트너 한 사람에게 매여 있어야 하기 때문에 춤맛을 제대로 느끼지 못한다는 것이죠."

"그렇긴 하겠습니다."

"어느 무도장이나 콜라텍에 가더라도 인물 잘생기고, 춤 잘 추고, 매너 좋은 아줌마들이 많으니까 아직은 파트너 구할 생각은 절대로 하지 마세요."

"걱정하지 마십시오. 춤을 다 배우고 난 다음 남 선생님 허락을 받고 파트너를 구하도록 하겠습니다, 하하."

사실 준봉은 마음속으로는 자신도 파트너를 빨리 사귀고 싶다는 생각을 하고 있었다.

"춤방에서 파트너가 생기면 금방 정이 들어요."

"정이 든다고요?"

"매일 두 사람이 같이 만나 손잡고, 눈 맞추고, 몸을 부대끼며 스킨십도 하면서 춤을 추게 되니까 금방 정이 들 수밖에 없는 거예요."

준봉은 남희경의 말뜻을 이해할 수 없었다.

"춤방에 가시면 고정적으로 한 아줌마만 잡고 춤을 추지 마세요. 지금 백 선생님 수준이면 금방 정이 들 거예요."

"난 절대로 그렇지 않습니다."

"만약 꼭 파트너를 정하고 싶으시다면 아줌마 천 명 정도는 손을 잡아보신 후 파트너를 정하세요. 그렇게 해야 백 선생님의 성격과 몸에 맞는 춤을 완성할 수 있어요."

"천 명이라……."

준봉은 혼잣말처럼 중얼거렸다.

"춤은 상대 여성마다 다른 거예요. 템포가 빠른 스텝을 좋아하는 여성, 느린 스텝을 좋아하는 여성, 부드러운 스텝을 좋아하는 여성, 운동하는 것처럼 힘이 있게 추는 춤을 좋아하는 여성, 많이 움직이는 것을 좋아하는 여성, 가만히 서 있기를 좋아하는 여성, 감미로운 춤만 춰주길 바라는 여성 등등 여러 가지예요."

"아줌마 천 명 손을 잡으려면 일 년 동안 하루도 빠짐없이 무도장에 나와야 되고 하루에 세 명은 잡아야 되는군요."

"그러니까 일 년은 열심히 배워야 된다는 근거가 거기서 나오는 거예요. 그래야 아줌마들의 심리를 파악할 수 있고, 어떤 여성과 춤을 추어도 자신감을 가지고 춤을 출 수 있거든요."

준봉은 일 년 동안 무도장이나 콜라텍에서 춤을 배워야 된다는 부담감 때문에 머리가 어지러웠다.

"그렇게 많은 여성들과 일정한 무도장에서 춤을 추게 되면 꽃뱀에게 당할 수 있으니까 한 곳에만 가지 말고 여러 곳을 다니면서 춤을 추어야 해요."

"네에? 꽃뱀도 있습니까?"

"그럼요. 무도장마다 꽃뱀이 많아요. 특히 백 선생님처럼 초보자일 때 제일 조심하셔야 해요. 초보자들은 꽃뱀의 먹잇감이거든요."

꽃뱀이라는 말에 준봉은 정신이 번쩍 들었다.

"꽃뱀은 어떻게 알아봅니까?"

"지금 백 선생님의 춤 실력과 눈으로는 꽃뱀을 골라내기는 어렵지요. 춤을 잘 추는 사람들 눈에는 꽃뱀이 잘 보이거든요."

"우선 생각나는 대로 몇 가지만 알려주십시오."

준봉은 금방 꽃뱀에게 잡히기라도 한 사람 같았다. 남희경은 잠깐 동안 생각을 정리한 다음 입을 열었다.

"꽃뱀의 특징에 대해 몇 가지 알려드릴게요. 꼭 기억하셨다가 세심하게 살펴보시고 절대로 꽃뱀에게 걸려들지 말아야 해요."

"그렇게 하겠습니다."

"꽃뱀들이 찾는 먹잇감은 우선 무도장이나 콜라텍에서 처음 보는 남자예요."

"아무 남자나요?"

"아니지요. 돈이 있을 만한 남자를 잡는 거지요."

"돈이 있는 남자인지 없는지 어떻게 압니까?"

"꽃뱀들은 그런 것들을 간파해낼 수 있는 능력을 가졌거든요."

"재주가 대단하군요."

"먹잇감이 눈에 보이면 꽃뱀은 부킹언니에게 찾아가 점 찍어놓은 남자를 부킹시켜 달라고 부탁을 하는 거예요."

"부킹언니들이 그런 것까지 합니까?"

"부킹언니들은 손님이 부탁을 하면 당연히 들어주어야 하는 것이 예의지요."

"꽃뱀들의 외모는 어떻습니까?"

"꽃뱀들은 보통 아주머니들하고는 외모가 달라요. 우선 늘씬하고, 몸매 좋고, 한 미모 하면서 춤도 잘 추고, 화술도 좋아 남자를 가지고 놀 정도가 되지요."

"그렇게 멋있습니까?"

"그렇게 생긴 아줌마들이라야 남자들이 호기심을 가지고 매달리는 거예요. 흔해빠지고 펑퍼짐한 아줌마들에게 남자들은 관심도 없지요. 안 그래요, 백 선생님?"

"꽃뱀들은 새로운 남자가 걸리면 어떻게 행동을 합니까?"

"그 여자들의 목적은 돈이에요."

"돈이요?"

"백 선생님 같은 초보자들은 꽃뱀에게 걸리면 단 한 번에 넘어가고 말아요."

"한 번에요?"

"초보 남자들이 바라는 것은 춤을 잘 가르쳐주는 아줌마잖아요. 그렇죠?"

"네, 그렇습니다."

"꽃뱀들은 바로 그 약점을 이용하는 거예요. 춤을 잘 가르쳐주면 눈물 나도록 고마우니까 차라도 한 잔 대접하고 싶은 마음이 생기고, 꽃뱀이 맥주 한잔 마시자 하면 술을 사주는 게 아깝지 않아요."

준봉은 남희경의 말에 동감이라는 표현으로 고개를 끄덕거렸다.

"술 한잔 마시고 나면 춤을 더 가르쳐주겠다는 핑계를 대고 노래방에라도 가야 되잖아요."

"그러고요?"

준봉은 남희경의 말에 빠져들고 있었다.

"노래방에서 노래를 부르다가 블루스 음악이 나오면 서로 껴안고 춤을 추게 되고 그러다 보면 모텔까지 가게 되거든요."

준봉은 문득 꽃뱀의 행동에 대해 스스럼없이 얘기를 하는 남희경이 꽃뱀이 아닌가 의심스러워졌다.

"그 다음에는요?"

"꽃뱀은 모텔까지 가면서 다시 계산을 하는 거예요. 이 남자가 일회용인가, 돈을 더 뜯어낼 수 있는 봉인가."

"그게 무슨 말씀이십니까?"

"일회용은 돈이 별로 없어 보이니까 남자가 샤워하는 사이에 현금이나 카드만 가지고 도망 나오는 거예요."

"네에? 현금을 훔쳐가지고 도망간다고요?"

"돈을 더 많이 뜯어낼 수 있을 만한 남자 같으면 온갖 아양을 떨면서 남자 코를 꿰는 거예요."

"그 다음에 돈을 달라고 요구하는 겁니까?"

"처음엔 의심을 받지 않도록 일상적인 것부터 시작을 하죠."

"어떻게요?"

"춤을 잘 가르쳐주겠다, 신발이 불편한데 구두 한 켤레만 사 달라,

돈은 현금으로 주면 좋겠다."

"그 다음엔요?"

"내일은 춤이 끝나고 교외로 드라이브 나가 맛있는 것 먹자고 하면 남자들은 굴러들어온 호박인줄 알고 아무런 의심 없이 냉큼 집어삼키는 거죠."

"그 다음엔 무얼 합니까?"

"내일이 내 생일인데 생일선물 사 달라."

"그러면 남자들이 사줍니까?"

"춤에 빠지면 저절로 사주게 되는 게 남자들의 심리죠."

"그 다음엔요?"

"꽃뱀은 자신이 요구하는 대로 남자의 반응이 좋다고 생각되면 그 다음부터 춤을 더 열심히 가르쳐주면서 남자가 꼼짝달싹 못하도록 묶어두는 거죠."

"그때부터 돈을 요구합니까?"

"장사를 하는 데 급전이 필요하다, 이틀만 쓰고 줄 테니 돈을 빌려 달라 하는 식으로 조르는 거지요."

"남자는 돈을 빌려줍니까?"

"남자는 당연히 빌려주겠지요. 안 빌려주면 끝장나는 줄 알게 되니까요."

"안 빌려주면 어떻게 합니까?"

"휴대전화로 협박을 하는 거지요. 우리 관계를 남자 집에 알리겠다, 성폭행 당했다고 경찰에 고발하겠다는 식이죠. 남자는 혹시나 자신의 주변이 시끄러워지고 창피한 일이 생길 것 같으니까 여자의 요구를 들어줄 수밖에 없는 거지요."

"그럼 이 여자가 꽃뱀이라는 걸 알게 되었을 때 어떻게 해야 합니까?"

"그게 가장 중요한 거예요. 꽃뱀이라고 직감이 되면 즉시 돈 몇 푼 주고 끝내든지 휴대폰 번호도 바꿔버리고 숨어야 해요."

"몇 푼 주어도 끝나지 않게 되면요?"

"꽃뱀들은 남자가 강하게 나오면 벌써 자신의 신분이 노출되었다는 걸 알고 스스로 조심을 하면서 적당한 선에서 끝내려 할 거예요."

"그건 왜 그럽니까?"

"꽃뱀도 직업이니까 장사를 계속하려면 자기관리도 잘 해야 하잖아요."

두 사람은 잠시 동안 아무 말 없이 맥주만 마셨다.

"남 선생님, 꽃뱀에게 걸리지 않으려면 어떻게 해야 합니까?"

"남자들이 춤을 잘 추면 꽃뱀은 절대로 접근을 할 수 없어요. 그러니까 열심히 춤을 배우셔야 해요."

"춤을 잘 추면 꽃뱀이 접근 못해요?"

"그럼요. 꽃뱀은 춤을 못 추는 남자에게만 붙어요. 춤을 잘 추는 남자에게는 얻어먹을 게 없잖아요."

준봉은 꽃뱀 얘기를 듣고 난 후 자신이 춤을 잘 추게 되면 꽃뱀을 잡아봐야 되겠다는 오기가 발동을 했다. 준봉은 남희경이 참으로 고맙게 생각되었다.

"남 선생님, 춤을 배우려면 어디에 있는 무도장이나 콜라텍을 가야 합니까?"

"무도장이나 콜라텍은 여러 군데가 있지만 지하철역에서 가까운 곳이 좋아요."

"지하철역이요?"

"그런 곳이라야 교통이 편하니까 손님들이 많이 오거든요."

"남 선생님께서 한 곳을 알려주시면 그쪽으로 가겠습니다."

"R 전철역 부근에 가면 은하수무도장이라고 있거든요. 거길 가세요."

"남 선생님, 그동안 잘 가르쳐주셔서 감사합니다. 춤을 열심히 배운 다음 남 선생님께 춤 신청을 하도록 하겠습니다."

"제발 그렇게 해주시길 손꼽아 기다릴게요, 호호."

 춤 선생 남희경과 준봉은 오 개월 동안 아름다운 춤의 추억을 만들고 헤어졌다.

3전 3패

　준봉은 지하철에 내려 남희경이 알려준 은하수무도장을 찾아갔다.

　지하철역에서 은하수무도장까지 십 분 정도 걸어오면서 혹시라도 자신을 아는 사람을 만날까 걱정이 되어 죄를 지은 사람처럼 좌우를 두리번거리면서 무도장 입구에 섰다. 지하로 내려가는 계단 좌우측은 손님들의 안전을 위해 보안등이 환하게 켜져 있었고, 계단 바닥에는 붉은색 카펫이 깔려 있어 춤을 추러 오는 손님들의 마음을 평온하게 해주려는 무도장 주인의 배려하는 마음을 읽을 수가 있었다.

　그러나 준봉의 마음은 불안해졌다. 춤이 잘 될까? 초보자라고 아줌마들에게 퇴짜를 몇 번이나 맞을까? 춤을 추는 동안 혹시 아는 사람이라도 만나면 뭐라고 변명을 할까? 이 생각 저 생각 때문에 준봉의 머리가 혼란해졌다.

　지하 1층 계단을 내려오자 안쪽으로 은하수무도장 프런트가 보였다. 프런트 데스크에는 직원 한 명이 입장료를 받고 있었고, 그 주변에는 십여 명의 여자와 남자들이 서성대는 것으로 보아 누굴 기다리고 있는 것 같았다.

휴대폰으로 전화를 하는 사람들을 바라보는 준봉은 발걸음이 잘 떨어지지 않았다. 용기를 내 데스크 앞으로 가 깍두기 머리를 한 직원에게 입장료 이천 원을 내고 보관소에 양복저고리를 맡겼다. 옷 보관소를 관리하는 아줌마에게 보관료 오백 원을 건네주고 동전 오백 원 가치가 대단하다는 것을 새삼 느끼면서 오백 원에 대한 감사한 마음을 가졌다.

옷깃을 여미면서 생전 처음으로 와보는 무도장 출입문을 열었다. 무도장 안은 컴컴해 사람들의 얼굴은 잘 보이지 않았으나 쾅쾅거리는 지르박 음악이 준봉의 마음을 얼떨떨하게 했다. 무도장 플로어에는 천장에서 내려쬐는 사이키 조명 불빛을 받으면서 수많은 남자와 여자들이 춤을 추는 모습이 보였다.

시야가 조금 환해지는 것을 느끼면서 주위를 둘러봤다. 출입문 주위에는 중년 남자들이 주위를 두리번거리면서 서 있었다. 건달들처럼 팔짱을 힘 있게 끼고 인상을 찌푸리고 있는 남자와 눈이 마주치자 준봉은 움찔했다. 지금이 오후 세 시면 중년 남자들은 각자의 직장에서 열심히 일을 할 시간인데 무도장 안에 빼곡히 들어찬 남자들을 바라보면서 한심한 생각이 들었다.

'모두 다 놀자 판이구나.'

무도장 벽을 따라 설치된 의자에 형형색색의 옷을 입은 아줌마들이 끝도 없이 앉아 있는 것이 보였다. 파마 머리 아줌마도 보였고, 긴 머리 아줌마도 보였는데 그들의 시선이 준봉이에게로 모이는 것 같은 생각이 들자 준봉은 아찔함을 느꼈다.

준봉은 한마디로 무도장 분위기에 기가 죽어버렸다. 발 디딜 틈도 없이 빼곡하게 들어찬 사람들의 숫자에 놀랐고, 아줌마들이 바라보는 시선에 주눅이 들었다. 지난번 남희경과 카바레에 갔을 때는 주눅이 들지 않았지만, 무도장 분위기는 사뭇 달랐다. 카바레는 술 위주로 춤을 추는 곳이면, 무도장은 춤 위주로 즐기는 곳이기 때문에 무도장에 오는 손님들의 춤 실력이 대단하다고 하던 남희경의 말이 기억났다.
 남희경의 말 그대로 플로어에서 춤을 추는 사람들은 신나게 춤을 추고 있음을 느낄 수 있었다. 준봉은 정신을 가다듬고 플로어 가장자리 사이를 비집고 한 바퀴 돌아보면서 벽에 기대어 앉아 있는 아줌마들의 반응을 살폈다. 남자가 걸어가면 아줌마들의 시선이 따라 움직이는 것 같았다. 이 남자가 춤을 추자고 신청을 할 남자인가 아닌가를 측정하는 눈치다. 그러나 준봉은 아직은 무도장 경험이 전혀 없으므로 아줌마들에게 감히 춤 신청을 할 마음조차 없었다. 준봉은 아무런 목적의식 없이 그냥 무도장 가장자리를 세 바퀴나 돌다 비어 있는 구석자리에 엉덩이를 비집고 앉았다. 그제야 마음이 조금 안정되었다.
 준봉은 춤을 추고 싶은 마음이 간절했다. 어떻게 하면 춤을 출 수 있을까? 긴 머리 부킹언니가 준봉의 앞을 몇 번을 지나갔으나 말을 건넬 용기가 나지 않아 점잔만 빼고 앉아 있는 자신의 모습이 처량하게 느껴졌다.
 준봉은 남자들이 무도장 가장자리를 지나다니면서 부킹을 기다리며 앉아 있는 아줌마들에게 하는 행동을 자세히 살펴보고 호기심을 가졌다. 부킹언니들이 부킹을 시켜주지 않으면 본인들이 무도장 안을 돌아다니면서 마음에 드는 아줌마에게 춤을 추러 나가자고 신청하는 것을 보고 자신도 그렇게 해야겠다고 생각을 했다.
 준봉은 은하수무도장에 입장한 지 삼십 분이 지나면서 마음이 조급해지기 시작했다. 이러다가 춤 한번 춰보지도 못하고 무도장을 나가는 것 아닌가 하는 생각도 들었다. 부킹언니들은 준봉을 본체만체 관심도 보이지 않기 때문에 기분도 나쁘고 속상했다. 부킹을 시켜줄 때까지 무작정 기다린다는 것은 참으로 바보스러운 행동 같았다.
 준봉은 시간이 지나가는 것이 아까웠다. 춤을 추지 말고 그냥 나가버릴까 하는 생각도 여러 번 했지만 무도장에서는 무조건 참고 기다려야 춤을 배울 수 있다고 하던 남희경의 말이 기억나 그대로 앉아 기다렸다. 그때 마침 긴 머리 부킹언니가 준봉의 앞에 섰다.
"춤을 추시겠어요?"
"네."

준봉은 반가운 마음에 큰소리로 대답을 했다. 과연 어떤 여성이 나타날 것인가 기대되었다. 조금 후 부킹언니가 데리고 온 여성은 언뜻 보기에 사십 대 초반처럼 보였고 키도 적당하게 컸다. 조명을 받아서인지 얼굴도 예뻐 보여 준봉은 만족스러운 마음에 입은 헤벌쭉 벌어졌다. 남희경은 무도장 조명 때문에 여자들은 스무 살 정도는 어리게 보이니까 나이에 관계없이 춤을 추라고 했지만, 그래도 처음 잡아보는 아줌마 얼굴이 예뻐 보여 준봉은 마음이 즐거웠다.

준봉은 가장자리에서 춤을 추는 것이 불안한 생각이 들어 비좁은 사람 사이를 비집고 플로어 안쪽으로 들어갔다. 아무리 주위를 살펴봐도 두 사람이 마주 보고 서 있을 공간을 만들기 어려웠다. 준봉은 불안한 마음을 가지면서 상대의 얼굴을 바라봤다. 무표정한 얼굴이다. 겨우 자리를 잡고 마주 보고 섰다. 준봉이 상대 여성의 얼굴을 똑바로 보면서 공손하게 인사를 하자, 인사를 하지 않으려고 머뭇거리던 아줌마는 멋쩍은 얼굴을 하면서 겨우 인사를 했다.

준봉이 상대 여성의 두 손을 잡았다. 춤방에 와 처음으로 잡아보는 낯모르는 여성의 손이다. 준봉의 손이 약하게 떨렸다. 침착하려고 했지만 마음은 조바심이 났다. 준봉은 너무나 긴장한 탓에 아줌마의 손이 보드랍다는 느낌만 들었지 여자의 손이라는 느낌은 없었다.

지르박 음악소리에 맞춰 워킹을 두서너 번 해봤다. 아줌마의 스텝이 부드럽고 춤을 잘 추는 아줌마라는 생각이 들자 준봉의 마음은 위축되었다. 워킹을 하는 순간 옆에서 추는 남자와 어깨가 약간 스쳤다. 상대방 남자는 준봉을 바라봤으나 준봉은 못 본 체해버렸다. 손바닥에는 벌써 땀이 나와 미끈미끈할 정도였다.

준봉은 남희경에게 배운 피겨 순서대로 춤을 추기 시작했다. 초보자 스텝인 좌우로 돌기와 어깨걸이를 무난히 해냈으나 허리 잡고 돌기를 시도하려다가 옆에서 추는 남자와 두 번째로 몸이 약간 부딪히자 준봉은 리드를 정확하게 할 수 없었기 때문에 아줌마는 기분 나쁜 표정을 지으면서 제자리걸음만 하고 있었다.

그때 지르박 음악이 끝나고 블루스 음악이 흘러나왔다. 준봉은 블루스 춤을 추기 위해 스탠스 자세를 취했다. 아줌마 몸매가 늘씬해 기분은 상기되었다. 아줌마 허리를 자신 쪽으로 살짝 당겨봤으나 아줌마는 미동도 하지 않았다. 음악소리에 맞춰 록 스텝을 하고 난 후 방향 회전을 시도하려 했으나 그 다음 스텝이 생각나지 않아 스텝이 멈춰졌다. 다음 스텝을 생각하느라 정신이 빠진 사람 같았다. 그때 아줌마 목소리가 준봉의 귀를 울렸다.

"춤을 못 추세요?"

"아, 아닌데요……."

준봉은 중얼거리면서 아줌마를 후진시키려 했으나 아줌마는 발을 움직이려 하지 않았다. 준봉은 불안하고 수치스러운 마음이 들자 얼굴에 땀방울이 흘러내렸다. 참으로 긴 시간이 흐른 것 같았다. 세상에 이렇게나 지루하고 긴 시간도 있었던가. 준봉이 어찌할 바를 몰라 당황하는데 아줌마는 또다시 날카롭게 한마디 했다.

"춤을 더 배워가지고 나오세요. 에잇, 처음부터 기분 망쳤네."

아줌마는 말이 끝남과 동시에 손을 놓고 나가버렸다. 준봉의 등줄기에는 소낙비 같은 굵은 땀방울이 흘러내렸다. 준봉은 그 아줌마가 야속하기만 했다. 춤을 못 추는 자신보다 예의를 지키지 않는 아줌마가 미웠다. 준봉의 주위에서 춤을 추던 수많은 사람들이 자신의 모습만 보고 있는 것 같아 정신을 차릴 수 없었다. 당장 달려가 머리채를 잡아 끌고 싶은 분노를 느꼈다. 그때 남희경의 말이 기억났다.

"아줌마들은 냉혹해요. 초보자가 걸리면 음악이 끝나지 않아도 손을 놓고 나가거든요. 그럴 땐 기분 나빠하지 마시고 화장실로 가 손이라도 씻으면서 차분하게 생각을 한 후 다시 도전하세요. 그렇게 해야 춤을 배울 수 있는 거예요."

준봉은 고개를 끄덕이면서 용감한 척, 아무렇지도 않은 척 그 자리를 피해 나오면서 수건을 꺼내 얼굴에 흐르는 땀을 닦으며 화장실로 갔다. 거울에 비친 자신의 모습을 보면서 후회를 많이 했다. 아까운 시간을 낭비하면서 춤방에 와 이런 수모를 당하는 자신이 처량하고 불쌍하다는 생각이 들었다. 지금 나이에 춤은 배워서 뭘 하려느냐고 비아냥거리던 동생 영봉의 얼굴이 스쳐 지나갔다.

그럴 즈음 블루스 음악이 끝났다. 남자들이 우르르 화장실로 들어오자 준봉은 손에 묻은 물기를 닦으면서 휴게실로 나와 커피 자판기 앞에 섰다. 오백 원짜리 동전을 넣고 커피 한 잔을 꺼내들었다. 상큼한 커피 향이 준봉의 정신을 맑게 해주는 것 같았다. 의자에 앉아 지나다니는 아줌마들의 얼굴을 바라봤다. 즐거운 모습으로 재잘거리며 지나가는 한 패의 아줌마들은 춤을 잘 춘 사람일 것이고, 시무룩한 표정을 지은 사람들은 초보자를 만났거나 신나게 춤을 추지 못한 사람일 거라는 생각이 들었다.

커피를 다 마신 준봉은 마음에 갈등이 생겼다. 춤을 그만두고 무도장을 나가버릴까 아니면 몇 번이고 퇴짜를 맞더라도 수치스러움을 무릅쓰고 춤을 배울 것인가. 고민하고 있을 때 조금 전 춤을 추다가 손을 놓고 나가버린 아줌마 목소리가 준봉의 정신을 차리게 했다.

"춤을 더 배워가지고 오세요. 에잇, 처음부터 기분 망쳤네."

준봉은 다시 도전하기로 마음먹었다. 춤을 잘 배운 다음, 손을 놓고 나간 그 아줌마를 기필코 찾아서 춤 솜씨를 보여줘 본때를 보여줘야겠다고 다짐을 하면서 다시 플로어로 들어섰다. 처음 무도장에 들어왔을 때보다 조금은 용감해졌다는 생각이 들었다. 준봉은 슬며시 미소를 지으면서 빈자리에 앉아 주위를 살펴봤다.

그때 준봉이 앞으로 오십 대 중반의 남자가 나와 준봉의 옆에 앉아 있는 아줌마에게 춤을 신청하는 모습이 인상적이었다. 그 남자는 얼굴에 미소를 지으면서, 허리를 약간 구부린 채 목례를 한 후 오른손을 내밀었다.

"춤을 추시겠습니까?"

아줌마는 그 남자의 얼굴을 한 번 쳐다본 후 고개를 끄덕거리며 자리에서 일어나 그 남자를 따라 나갔다. 그 남자는 준봉의 바로 앞 가장자리에 선 다음 아줌마와 인사를 한 후 바로 지르박 스텝을 밟기 시작했다. 준봉은 그 남자가 여유롭게 춤을 추는 모습을 보면서 부러운 마음을 감출 수 없었다. 비좁은 무도장 안에서 그나마 공간이 넓은 가장자리를 차지하고 춤을 출 수 있는 배짱은 있어야겠다고 생각하면서 유심히 관찰했다.

지르박 음악이 끝나고 블루스 음악에 맞춰 춤을 추던 그 남자는 여인을 자신의 품 안에 꼭 품고 제자리 스텝을 밟는 것을 보면서 준봉은 마음속으로 많이 놀랐다.

'아니, 처음 본 남자와 여자가 블루스 음악이 나오면 부부처럼 꼭 껴안고 춤을 춰도 되는 건가?'

준봉은 눈앞에 보이는 수많은 커플들이 모두 껴안고 있는 모습을 보면서 호기심과 흥미가 발동했다. '배우자, 도전하자'를 머릿속으로 되뇌며 자리에서 일어나 같이 춤을 춰줄 상대를 찾아 나섰다. 자리에 앉아 있는 아줌마들의 얼굴을 바라보면서 걸어가던 준봉은 목례를 하면서 오른손을 내밀었다.

"춤을 추시겠습니까?"

준봉이 또렷하게 말을 건네자 아줌마는 기다렸다는 듯이 자리에서 발딱 일어나 준봉이를 따라왔다. 준봉은 가장자리 한쪽을 비집고 선 다음 공손하게 인사를 한 후 아줌마 손을 잡았다. 긴장을 하지 않으려고 했는데도 자연히 두 손에 힘이 들어간 모양이다. 아줌마는 손이 불편한지 두 발을 뒤로 나가면서 손가락을 약간 빼냈다. 준봉은 더욱 긴장이 되었다. 워킹을 몇 번 하면서 아줌마의 춤 수준을 체크해봤다. 준봉이보다는 월등하게 잘 추는 것 같았다.

지르박 음악에 맞춰 초보자 피겨를 몇 가지 구사하던 준봉은 시간이 흐를수록 불안해지면서 손바닥이 젖어왔다. 옆에도 사람, 앞에도 사람, 뒤에도 사람, 혹시 저 사람들과 부딪히지 않을까 걱정이 되었다. 음악소리에 귀를 집중하랴, 스텝에 신경 쓰랴, 아줌마 눈치 살피랴…… 또 다시 퇴짜를 맞지 않을까 걱정을 하면서 스텝을 밟다가 옆에서 춤을 추던 남자와 충돌했다. 준봉은 어설픈 스텝을 밟으며 그 남자에게 목례를 하며 미안하다고 했고, 그 남자는 투덜거리며 다른 곳으로 자리를 옮겨갔다. 그때 앞에 서 있던 아줌마도 이렇다 저렇다 말 한마디 하지 않은 채 그냥 나가버렸다.

의자에 앉아 있던 사람들의 시선이 준봉이 쪽으로 모여들자 준봉은 정신이 아찔해졌다. 준봉은 주위를 두리번거릴 여유도 없이 즉시 자리를 피해 화장실로 갔다. 손을 놓고 나간 아줌마가 마치 신종 플루에 걸린 환자처럼 지저분하게 느껴져 비누칠을 여러 번 한 후 손을 씻고 또 씻으면서 창피한 마음을 달랬다.

'내 자신이 이 정도밖에 되지 않는 인간인가? 춤이 이렇게도 어려운 건가? 무도장이란 곳은 춤을 못 추는 초보자의 부끄러워하는 모습을 테스트하는 곳인가? 이런 수모를 당하고도 춤을 배워야 하는가?'

준봉은 울화통이 치밀어 미칠 것만 같았다. 그때 지르박 음악이 끝났는지 남자들이 우르르 화장실로 모여들었다. 준봉은 자리를 피해 화장실을 나왔다. 그러다가 안쪽에 있는 식당에서 사람들의 시끄러운 말소리가 들려 들어가 보고 싶은 호기심이 생겼다. 식당 안은 말 그대로 생선 시장처럼 시끄럽고 지저분해 보여 준봉의 마음에는 맞지 않았지만 그래도 같이 앉아보고 싶은 충동이 일어났다.

이십 평 규모의 좁은 공간에는 빈 의자가 없을 정도로 손님이 많았다. 식당 주인은 준봉이 혼자라는 것을 알고 앉으라는 말도 하지 않고 눈길조차 주지 않았다. 준봉은 모른 척하면서 딱 한 자리 비어 있는 의자에 엉덩이를 붙이고 앉아 500cc 생맥주 한 잔을 시켰다.

주로 사오십 대의 아줌마 아저씨들이 끼리끼리 모여 앉아 있는 모습이 인상적이었다. 테이블마다 찌개냄비를 가운데 두고 네 사람씩 둘러앉아 소주를 마시는 사람, 맥주를 마시는 사람, 내 목소리가 크다고 악을 쓰는 사람, 안주와 술을 더 달라고 소리를 지르는 사람, 춤을 그렇게 추려면 춤방에 오지 말라고 잔소리하는 아줌마, 여자는 블루스를 출 때 남자의 품에 안기는 것이 매력이라고 떠들어대는 아저씨…… 손님들이 앉아 있는 테이블마다 춤방에서 일어나는 일들을 재미있게 얘기하는 모습이 정겹게 느껴졌다.

춤방은 장년의 남자와 여자들이 외로움을 달랠 수 있는 장소, 자식과 가정과 남편과 마누라의 고민을 털어놓으며 스트레스를 풀 수 있고, 뚱뚱한 아줌마 아저씨들이 살을 빼기 위해 열심히 춤을 출 수 있는 장소였다. 허리 디스크 수술 후 건강 회복을 위해 매일 춤방에 온다는 아저씨, 유방암 수술 후 우울증 때문에 춤을 추러 온다는 가냘픈 여성, 춤을 추고 싶어 남편에게 곗날이라 거짓말을 하고 춤방에 왔다는 아줌마, 남편을 욕하는 아줌마, 마누라를 흉보는 아저씨 등 춤방은 사오십 대 중년들의 만남의 장소요, 인생살이의 종합판 같이 느껴졌다.

준봉은 문득, 무도장은 중년 남자와 여자들의 낭만과 웃음과 추억이 만들어지는 장소인 것 같아 춤을 배우길 잘했다는 생각이 들었다. 식당 안에 있는 손님들의 떠들썩한 얘기를 들으며 준봉의 응어리졌던 마음도 봄눈 녹듯 사라져버렸다. 첫날 무도장에 나와 아줌마 두 명에게 퇴짜를 맞은 수치스러운 마음도 많이 위안이 되었다.

500cc 생맥주를 다 마신 준봉은 계산을 끝내고 플로어로 나와 가장자리를 돌면서 춤을 춰줄 상대를 찾으려고 아줌마들의 얼굴을 바라봤다. 모두 한결같이 젊고 예뻐 보였다. 조명 아래서 보는 아줌마들은 사십 대 초반처럼 젊고 예뻐 보이지만 그 아줌마들이 식당 안에 들어와

형광등 불빛 아래에서 보면 모두 오십 대 중후반의 후줄근한 모습이기 때문에, 조명의 위력을 다시 한 번 실감할 수 있었다.

준봉은 용기를 내 한 여성에게 미소를 지으면서 손을 내밀었다.

"춤을 추시겠습니까?"

여성은 준봉의 얼굴을 빤히 쳐다보다가 고개를 가로저었다. 준봉은 얼굴이 붉어지고 창피했지만 수치스러움을 참으면서 한참 동안 가장자리를 몇 바퀴 돌아봤다. 다시 다른 여성에게 손을 내밀었다.

"춤을 추시겠습니까?"

이번 여성은 아예 들은 척 만 척하면서 준봉을 쳐다보지도 않았다. 준봉은 수치스러운 마음도 있었지만 오기가 생겼다. 이럴 때 춤방에 오는 아줌마들의 심리도 알아둘 필요가 있을 것 같아 용기를 내고 다시 도전을 하기로 했다. 이번에는 삼십 대로 보이는 젊은 여성에게 신청을 해보기로 하고 그 여성 쪽으로 걸어갔다. 그녀는 준봉이 자신에게로 온다는 것을 직감했는지 미리부터 딴 곳만 바라보며 준봉이 자체를 무시해버렸다. 춤방에 오는 여자들이 젊은 남자만 좋아한다는 새로운 사실을 알게 되자 쉰이 넘은 준봉은 기운이 약간 빠지는 것 같았다.

또 몇 사람을 지나 어떤 아줌마 앞에 섰다.

"춤을 추시겠습니까?"

이 아줌마는 준봉을 쳐다본 후 자리에서 일어서 나오다가 다시 제자리로 돌아가 앉더니만 본체만체 해버렸다.

또 몇 사람을 지나 젊은 아줌마 앞에 멈춰 섰다.

"한번 잡아주시겠습니까?"

앉아 있던 아줌마는 준봉의 말이 끝나기도 전에 두 손으로 무르팍을 치면서 다리가 아파 쉬고 있다고 변명을 했다. 멀쩡하게 앉아 있던 아줌마가 준봉이 초보자인 줄 알았는지 금방 표정을 바꿔 아픈 흉내를 내는 것을 보고 준봉은 아줌마들의 마음을 이해할 것 같았다. 그런데 조금 있다 보니 다리 아프다고 앉아 있던 아줌마가 젊은 남자하고 춤을 추고 있었다. 준봉은 다리에 힘이 빠지고 기운도 없어지는 것 같아 빈자리에 앉아 마음을 가다듬었다.

'부킹이 이렇게도 어려운가?'

그때 마침 머리를 짧게 자른 부킹언니가 준봉에게로 와 말을 걸었다.

"춤을 추시겠어요?"

준봉은 고개를 끄덕거렸다. 잠시 후 부킹언니가 데리고 온 아줌마는 외관상으로도 예순은 훨씬 넘어 보였다. 준봉은 거절하고 싶은 마음이 있었으나 지금 자신은 찬밥 더운밥 가릴 처지도 아니지 않은가. 부킹언니는 준봉의 손을 당겨 아줌마 손을 잡게 했다. 준봉은 아줌마와 마주서자 공손하게 인사를 했다.

마침 그때 트로트 음악이 흘러나왔다. 워킹을 시도하려는 순간 아줌마의 하복부가 준봉의 하복부에 강도 있게 밀착되는 바람에 준봉은 발을 옮기기 거북했다. 아줌마는 발도 옮기기 싫은지 준봉의 가슴에 얼굴을 대면서 두 손으로 준봉의 허리까지 감싸 안았다. 춤을 전혀 못 추는 아줌마인가? 늙은 꽃뱀인가? 꽃뱀 같지는 않았다. 준봉이 몸을 떼내려 했으나 아줌마가 양팔에 힘을 주고 있었기 때문에 제자리에 그냥 서 있을 수밖에 없었다. 주위에서 춤을 추던 사람들이 준봉이를 이상한 눈으로 보고 있는 것 같아 민망하고 창피했지만 아줌마는 전혀 관심도 없다는 듯 눈을 감고 있었다. 준봉이 이 생각 저 생각을 하면서 제자리에 서 있을 때 트로트 음악이 끝났다.

아줌마는 준봉을 흘겨봤다.

"춤도 못 추는 초보자 주제에 병신인가?"

준봉은 병신이라는 말을 확실하게 들었다. '병신'. 내가 왜 병신인가. 최고로 정상적인 육신을 가진 건장한 남자를 병신이라니. 준봉은 기분이 찜찜했지만 춤을 못 춘다는 말로 이해를 해버리고 말았다.

준봉은 허탈한 마음을 달래려 빈자리를 찾아 앉았다. 눈은 초점을 잃어버린 채 춤을 추는 사람들을 바라보고 있었다.

박 언니(58세, 갈비집 사장, 뚱뚱한 체격 때문에 살을 빼기 위해 춤을 시작, 사교춤 경력 15년, 술 잘 마시고 노래 잘 하고 보스 기질이 많은 의리파)는 조금 전부터 준봉의 행동이 묘하게 눈에 띄어 계속 주시하고 있었다. 은하수무도장에서는 처음 보는 얼굴인데 춤은 초보자인 것 같다. 상대 여성마다 깍듯하게 예의를 다하는 모습이 보기 좋았고, 퇴짜를 맞아도 용기를 잃지 않고 계속 아줌마들 앞에게 정중하게 춤 신청을 하는 모습에 매력을 느끼고 있었다. 얼굴에 '착한 남자'라고 쓰여 있는 것 같았다.

박 언니는 준봉의 외모가 순수해 보여, 춤을 잘 가르쳐놓으면 자신의 춤 파트너가 될 인물로 생각을 하고 준봉이 자리에 앉기를 기다리고 있었던 것이다. 기운이 없는 얼굴을 하는 준봉이 옆자리에 뚱뚱한 박 언니가 앉았다.

"내가 한번 잡아드릴까요?"

준봉은 자신의 귀를 의심했다. 동공을 최대한 키우면서 아줌마의 얼굴과 체격을 봤다. 꽃뱀은 아닌 것 같다.

"처음 오셨지요?"

"네에."

준봉은 주눅이 들어 작은 소리로 대답을 하면서 고개를 끄덕거렸다.

"아까부터 유심히 보고 있었어요. 나는 춤 경력 십오 년째인데 사람만 보면 금방 알아요. 날 의심하지 말고 따라오세요."

컬컬한 막걸리 같은 박 언니의 음성은 춤에 대한 의욕이 없어진 준봉의 기운을 북돋아주었고 준봉을 자리에서 발딱 일어서게 했다. 준봉은 박 언니와 마주 서자 고맙고 감격한 마음에 허리를 엄청 구부리면서 마음의 인사를 했다.

박 언니의 손을 잡았다. 권투선수처럼 두텁고 묵직한 손인데도 아주 부드럽게 느껴졌다. 워킹을 몇 번 시도하면서 박 언니의 춤 수준을 가늠해봤다. 몸은 뚱뚱한데 스텝은 새털처럼 가벼웠다.

'고수로구나.'

춤을 처음으로 춰보는 준봉이 눈에도 고수라고 느낄 정도로 박 언니의 몸동작과 손놀림은 멋있게 보여 준봉은 자신도 모르게 흥이 났다.

지르박 춤을 추면서 준봉의 스텝이 엉킬 때마다 박 언니는 얼굴 표정 한번 굳어지지 않았고, 잔소리 한번 하지 않았다. 준봉은 마음이 편해지자 춤도 잘 춰지는 것 같았다. 블루스 음악이 흘러나오면서 준봉은 긴장이 되었다. 잔소리는 들어도 좋은데 제발 퇴짜만 놓지 말아달라고 마음속으로 빌었다. 록 스텝을 한 후 지그재그를 시도하다가 발이 엉켜 춤이 멈추고 두 사람은 제자리에 섰다. 준봉의 이마에 땀방울이 흘렀다.

박 언니는 조용하게 말했다.

"긴장하지 마시고 침착한 마음으로 지그재그를 다시 해보세요."

준봉은 힘과 용기가 났다. 참으로 멋있는 아줌마라는 생각이 들자 박 언니가 존경스러웠다.

박 언니가 지적해준 대로 차분하게 지그재그를 몇 번이고 연습한 후 완전한 동작이 나오자, 박 언니는 만족한 듯 슬며시 미소를 지었다. 준봉이도 감사의 미소를 대답을 했다. 지르박 음악이 나오면 준봉이 자신 있게 구사할 수 있는 피겨만 연결하면서 춤을 추다가 준봉의 리드 기술이 부족하면 박 언니가 준봉을 제자리에 세워놓고 자세하게 알려주었다.

블루스 음악이 나오면 남녀 간의 간격은 주먹 하나 사이는 간격을 둔 채로 춤을 추어야 한다는 지적을 받고 그대로 유지하면서 여러 가지 리드 기술을 배웠다.

"춤을 출 때 남자가 리드를 분명하게 잘해야 여자는 그 뜻을 알아채고 신나게 돌아가면서 춤을 추거든요. 손놀림을 정확하게 하면서 몸놀림도 같이 하면 저절로 흥이 나는 거예요. 아직은 초보자라 잘 안 되겠지만 그렇게 되도록 노력을 하세요."

"네, 노력하겠습니다."

지르박은 남자들이 좋아하는 춤이고, 블루스는 여자들이 좋아하는 춤이라는 얘기를 들으면서 힘든 줄 모르고 열심히 추었다. 역시 춤은 고수에게 배워야겠다는 것을 준봉이 스스로 느꼈다. 박 언니하고 잠깐 동안 춤을 추었는데도 한 가지 한 가지씩 시정을 하면서 바른 기술과 리드 방법을 배운 덕분에 자신도 모르게 몸동작이 조금 가벼워졌다는 것을 느낄 수 있었다. 준봉은 곧 날아갈 듯이 기분이 좋아졌다. 어떤 상대하고 춤을 추어도 퇴짜를 맞지 않을 것 같은 자신감이 생겼다.

무도장 영업시간이 끝나가자 손님들이 하나둘씩 빠져나가 무도장 플로어가 허전해졌다. 준봉은 더듬더듬 조심스럽게 말을 꺼냈다.

"저, 오늘 저에게 귀중한 시간을 내주셨고 어려운 춤도 잘 가르쳐주셨는데, 제가 저녁 대접을 해도 되겠습니까?"

"성의는 고마운데 나중에 다시 만나면 하기로 해요."

박 언니에게 거절을 당하자 준봉은 조금 서먹서먹한 분위기가 되었다.

"춤은 한 번에 배우는 것이 아니라 오랜 시간을 두고 차츰차츰 조금씩 자신의 몸에 배도록 익혀야 자신의 춤이 되는 거예요. 너무 조급하게 서둘지 말고 천천히 배우세요."

"잘 알겠습니다."

"나중에 여기 무도장으로 나오면 나를 찾아보도록 하세요."

"감사합니다. 다음에 만나면 꼭 잡아주십시오."

박 언니에게 공손하게 인사를 하고 무도장을 나온 준봉의 발걸음은 날아갈 것만 같았다. 여섯 시간 동안 무도장에 있으면서 아줌마 세 명에게 퇴짜를 맞아 울화통이 터졌으나, 마지막에 뚱뚱보 아줌마에게 많은 걸 배우지 않았는가. 더군다나 나중에 또 만나면 자기를 찾으라는 말에 준봉은 신이 났다.

준봉은 그 다음날부터 매일 오후 은하수무도장에 나갔다. 그때마다 박 언니를 찾아봤으나 도저히 찾을 수 없어 다른 아줌마들하고 춤을 추다가 계속 퇴짜만 맞았다. 준봉은 퇴짜를 맞을수록 박 언니가 너무나도 간절하게 보고 싶어졌다. 처음 만나던 날 뚱뚱보 아줌마 휴대폰 번호라도 알아두었더라면 좋았을 것이라고 후회를 했다. 뚱뚱보 아줌마는 어디 아픈가? 외국여행이라도 떠났나?

준봉은 매일 은하수무도장에 나가 춤을 추었으나 매번 아줌마들에게 퇴짜를 맞아 춤이 싫어졌고 춤방에 가는 것조차 귀찮아졌다. 준봉은 당분간 춤 배우는 걸 쉬기로 했다. 매일 은하수무도장에 나가 춤을 배우는 것보다 계속 퇴짜를 맞아 수치스러울 때가 더 많아 의기소침해진 것이다.

그동안 춤에 미쳐 만나지 못했던, 사랑하는 사봉회 동생들을 데리고 등산이라도 하면서 회포도 풀어야 될 것 같았고, 은하영의 소식도 듣고 싶었던 것이다.

도봉산 꽃뱀

도봉산(道峯山). 서울의 녹색 산소통.

거대한 바위로 형성된 도봉산은 자운봉을 가운데로 하여 선인봉과 만장봉으로 연결되어 하늘의 힘과 땅의 힘을 모두 모아 기암괴석의 위용을 자랑하고 있다.

천지의 영험한 기운을 많이 받고 있는 도봉산이라 산록의 주변에는 수백 개의 사찰이 산재해 있어 불공을 드리는 사람들이 많이 왕래를 하고 있다. 거대한 바위에 설치한 로프를 이용해 암벽 타기를 즐기는 사람들과 형형색색의 등산복을 입은 남녀노소 수많은 인파들이 도봉산에서 뿜어내는 진한 녹색산소를 마시기 위해 등산로를 가득 메우고 있었다.

준봉은 사봉회 동생들과 같이 배낭을 메고 선인봉, 만장봉, 자운봉에 올라 넓은 가슴으로 대지의 기를 마음껏 들이마셨다. 오봉에서 김밥으로 시장기를 때운 다음 세 시경 하산을 하면서 도봉산 끝자락에 있는 단골 포장마차집인 '서산댁'으로 들어갔다. 포차주인인 서산댁은 준봉 일행이 들어가자 호들갑을 떨었다.

"어머나, 작가 선생님 오셨네, 난 선생님이 바람이라도 나 도망을 가신 줄 알았지요, 호호."

"바람은 무슨 바람이요. 바람날 사람도 없으니까 안심하십시오."

"선생님, 이쪽으로 앉으세요. 언니, 시원한 얼음냉수 네 잔만 갖다드리세요."

서산댁은 냉장고에서 얼음수건을 꺼내 한 개씩 나누어준 다음 자신이 직접 수건 한 개를 풀어 준봉의 얼굴에 묻은 땀도 닦아주고 등짝을 안마해주었다. 이 광경을 보던 소아과 의사인 둘째 강대봉의 목소리가 커졌다.

"아니 서산댁, 형님만 땀을 흘리신 거요? 우리는 눈에 보이지도 않으슈."

셋째 남상봉도 한마디 했다.

"우리도 똑같이 땀 흘리며 자운봉까지 갔다 왔는데 다리 아프고 힘든 건 마찬가지라고요. 공평하게 합시다!"

막내 경봉은 주먹을 불끈 쥐고 시위대가 구호를 외치는 흉내를 내면서 큰소리로 말했다.

"손님을 차별하는 포장마차 서산댁에 다시는 오지 맙시다, 오지 맙시다, 오지 맙시다!"

대봉과 상봉도 주먹을 쥐고 경봉을 거들자 갑자기 포장마차 안이 시끄러워졌다. 서산댁이 대봉이 어깨를 만지면서 애교를 떤다.

"알았어요, 알았다니까요. 오늘은 의사 선생님이 좋아하시는 도루묵 구운 것 한 접시를 특별서비스로 드릴게요."

"도루묵이 왔다고요? 아, 서산댁이 나를 알아준다니까. 야야, 아우들아, 이제 그만 조용히 하고 도루묵이나 먹자."

잠시 후 밑반찬이 나오고, 막 구워낸 따끈하고 고소한 도루묵 구이가 네 사람의 술맛을 돋우고 있었다.

네 사람은 배가 고프던 참에 말 한마디 하는 사람 없이 도루묵 구이를 밥 먹듯이 먹어치웠다. 그에 곁들여 글라스에 소주와 맥주를 섞어

서너 잔씩 원샷으로 마시고 난 후 배가 불러오는지 젓가락을 움직이는 속도가 느려졌다.

막내 경봉이 소주를 마시면서 준봉에게 말을 걸었다.

"큰형님, 이제 춤은 다 배우셨지요? 오늘 한번 돌리러 가실까요?"

준봉은 못 들은 척하면서 젓가락으로 도루묵 대가리에 붙어 있는 살점을 떼어먹었다.

둘째 대봉이가 거든다.

"그래, 맞아. 준봉 형님이 춤을 배운다고 얘기한 게 육 개월은 넘은 것 같은데 형님, 춤은 다 배우셨어요?"

"등산 왔으면 등산 얘기나 할 것이지 재미없게 춤 얘기냐."

이때 일행의 얘기를 듣고 있던 서산댁이 끼어들었다.

"요사이 작가 선생님이 안 보인다 했더니 그동안 춤바람이 나셨나 봐."

"춤바람은 무슨 춤바람이야."

"선생님 품에 한번 안기고 싶은데, 호호."

셋째 상봉이 퉁명스럽게 한마디 했다.

"아휴, 서산댁처럼 펑퍼짐한 뚱보 아줌마를 우리 형님이 좋아하실 것 같으슈. 꿈 깨요, 꿈 깨."

"어머, 놀리지 마세요. 몸은 뚱뚱해도 스텝 하나는 새털처럼 가볍게 잘 돌아간다고요."

서산댁은 앉아 있던 준봉을 일으켜 세우더니만 오른손을 잡고 회전을 하다가 의자에 걸려 넘어질 뻔해 식탁에 올려져 있던 밑반찬과 술이 쏟아져 식탁이 지저분해졌다. 주방에서 이 광경을 보던 우혜영(45세. 꽃뱀. 얼굴 예쁘고, 몸매 좋고, 화술 좋고, 춤을 잘 춘다. 무도장에 돈이 될 만한 남자가 보이지 않자 도봉산 포장마차에서 아르바이트를 하면서 남자를 유인, 무도장에서 춤을 추며 돈을 뜯어냄)이 즉시 행주를 들고 와 준봉의 티셔츠와 바지에 묻은 국물 찌꺼기를 닦아주고 상을 정리했다. 넘어지려다 겨우 일어선 서산댁은 우혜영을 불렀다.

"언니, 오라버니들은 특별한 손님이니까 잘 모시세요. 아이고, 허리야. 큰일 날 뻔했네."

우혜영은 시원한 맥주를 꺼내와 네 사람에게 한 잔씩 따라주었다. 막내 경봉이 잔을 받으면서 한마디 한다.

"예쁘게 잘생긴 언니도 한잔 받으시고, 우리 큰형님 옆에 앉으세요."

우혜영은 대답 대신 술잔을 받은 다음 준봉이 옆에 앉았다. 일행은 술잔을 주고받으면서 등산 얘기를 하다가 상봉이 또다시 춤 얘기를 꺼냈다.

"형님은 춤 배우신다고 몇 개월 동안 동생들도 봐주지 않았는데 춤은 다 배우신 거유? 오늘 카바레 한번 가봅시다."

"아직 카바레로 놀러갈 정도는 아니다. 조금 더 배운 다음에 가보자."

대봉이 답답하다는 듯 맥주를 단숨에 마셨다.

"형님, 춤을 배우는 건 끝이 없어요. 모르는 아줌마들 수없이 잡고 춤을 춰야 빨리 배울 수 있다고요. 아줌마, 안 그래요?"

대봉은 준봉의 옆에 앉아 일행의 얘기를 듣고 있던 우혜영에게 동의를 구했다.

"그럼요, 춤은 기본 스텝만 배우고 나면 창피한 것 생각하지 말고 배워야 되는 거예요."

대봉은 우혜영의 대답을 듣고 반가웠다.

"그러고 보니 아줌마는 춤을 잘 추시게 생겼어요. 한번 일어나보세요."

우혜영은 한두 번 망설이다가 자리에서 일어나 상봉의 손을 잡았다. 포장마차 좁은 공간에서 지르박 스텝을 밟을 수 있는 여유는 없었지만, 우혜영은 준봉의 시선을 끌기 위해 일부러 멋있게 회전을 하면서 자리에 서자 모두 놀라워했다. 입을 크게 벌린 채 감탄을 하던 상봉은 준봉을 일으켜 세워 우혜영의 손을 잡아주었다.

"큰형님이 한번 스텝을 밟아보세요."

준봉은 조금 망설이다가 간단하게 리드를 하자 우혜영은 기다렸다는 듯이 가볍고 멋있게 회전을 하고 제자리에 섰다. 준봉은 입을 딱 벌렸고, 일행은 감탄의 박수를 쳤다.

"와, 잘한다!"

"멋있다. 죽여주네요."

막내 경봉이 말을 꺼냈다.

"큰형님, 이참에 당장 영등포 카바레로 가십시다."

"아니야, 오늘은 등산복 차림이니까 다음날 가도록 하자."

셋째인 상봉이도 준봉을 재촉했다.

"형님 말대로 오늘은 등산복을 입었으니까 카바레는 다음날 가기로 하고, 오늘은 노래방이나 갑시다."

"그게 좋겠다. 노래방으로 가자."

준봉도 상봉의 제안에 동의를 하고 일행과 우혜영은 도봉산역 근처에 있는 노래방으로 자리를 옮겨 밤늦게까지 노래를 하고 춤을 추다가 헤어졌다.

준봉은 노래방에서 우혜영을 안고 춤을 추면서 완전히 감전된 사람같이 우혜영에게 빠져들었다. 첫날부터 준봉은 꽃뱀의 몸놀림에 완전히 마비가 되어버린 것이다. 준봉이 먼저 우혜영의 전화번호를 휴대폰에 입력했다. 드디어 꽃뱀의 혓바닥에 놀아나는 운명적인 사건의 서막이 시작된 것이다.

다음날 오후. 은하수무도장 플로어에서 준봉은 우혜영과 지르박을 추고 있었다. 우혜영은 한마디로 춤꾼이었기 때문에 초보자인 준봉의 마음을 감동시키고 움직이기에 충분한 매력이 넘쳐흘렀다. 인물도 예쁘면서 몸매도 늘씬했고, 스텝을 밟는 동작과 손놀림, 몸놀림은 신들린 여인처럼 부드럽고 멋이 있어 주위에서 춤을 추는 아줌마 아저씨들까지 부러운 눈으로 쳐다봤다. 우혜영이 멋있게 춤을 잘 추자 준봉도 덩달아 춤을 잘 추는 것 같이 보여 준봉도 우월감을 느끼면서 춤을 추었다.

우혜영은 준봉의 스텝 동작과 리드 기술이 부족한 대목이 있으면 바로 춤을 멈추고 준봉의 자존심이 상하지 않게 주의하면서 차분하고 세심하게 교정을 해주었다. 준봉의 춤 동작 중 잘 안 되는 부분이 하나씩 정교하게 교정되고, 몸동작과 손동작이 우혜영의 모습과 비슷하게 닮아가면서 춤 실력이 향상되는 것을 느낄 수 있어 춤을 출수록 준봉은 자신감이 생겼다. 블루스를 출 때는 우혜영의 몸동작이 수양버드나무 가지처럼 나긋나긋하게 움직이자 준봉의 동작도 똑같이 닮아져 준봉이 스스로 자신의 춤이 좋아지고 있다는 것을 느꼈다.

두 사람은 쉬지 않고 세 시간 동안 춤을 추었지만 준봉은 힘들지 않았고, 오히려 기가 살아나는 것 같았다. 역시 춤은 잘 추는 사람과 추어야겠다는 것을 다시 한 번 깨달았다.

"우 여사, 음료수 한 잔 마시고 하실까요?"

"음료수는 나중에 마시고 난 화장실에 갔다 올게요."

우혜영은 음료수를 같이 먹고 싶었으나 일부러 점잖은 척하면서 꽃뱀 냄새를 숨기려고 애를 썼다.

휴식을 하는 동안 준봉이 빈자리를 찾아 앉았다. 주위의 아줌마 아저씨들이 자신을 부러운 눈으로 쳐다보는 것 같아 준봉의 어깨가 으쓱해졌다. 그러나 준봉은 모르고 있었다. 주변 사람들이 준봉을 부러운 눈으로 보는 것이 아니라 꽃뱀에게 걸려든 준봉을 동정의 눈으로 보고 있다는 것을.

우혜영이 십 분쯤 지나 플로어에 나타나자 사람들은 멸시하는 눈으로 꽃뱀을 바라봤지만 준봉은 그것을 눈치재지 못했다.

준봉은 우혜영과 어울려 무도장 영업시간이 끝날 때까지 춤을 추었다. 단 하루 동안 우혜영에게 집중적으로 지도를 받고 눈에 띨 정도로 춤 실력이 향상되는 걸 느낀 준봉은 만족하고 있었다. 연습이 끝나고 옷 보관소 아줌마에게 옷을 받아든 준봉은 우혜영에게 말을 건넸다.

"저녁식사를 대접하고 싶은데요."

"아닙니다. 저는 오늘 저녁 중요한 약속이 있기 때문에 안 되니까 다음에 하시도록 하세요."

우혜영이 꽃뱀의 냄새를 숨기기 위해 핑계를 대는 바람에 준봉은 서운했지만, 내일 다시 무도장에서 만나기로 하고 헤어졌다.

준봉의 기분은 날아갈 것만 같았다. 지금이라도 당장 다른 무도장이나 카바레로 달려가 어떤 아줌마를 잡고 춤을 추고 싶은 충동을 강하게 느꼈지만 늦은 시간이라 아쉬움을 간직한 채 집으로 향했다.

다음날 오후. 준봉과 우혜영은 은하수무도장에서 만나 춤을 추고 있었다. 준봉은 어제보다 춤이 부드럽게 잘 되었고, 리드감이 좋아지는 걸 느꼈다. 우혜영은 준봉의 리드를 잘 받아내면서 멋있게 춤을 추다가 갑자기 춤을 멈추면서 발이 아픈 표정을 지었다.

"어디 아프세요?"

"아니요, 구두가 이상한 것 같아요. 조금만 쉬었다 하세요."

음악이 끝나지도 않았는데 우혜영은 플로어 의자에 앉으면서 구두를 벗어 속을 들여다본 후 다시 구두를 신고 몇 발자국 걸어본 다음 의자에 앉았다.

"백 선생님, 구두 바닥이 불편해 오늘은 더 이상 춤을 추기 어렵겠어요."

"많이 아프세요?"

"잘못하면 발목을 다칠 수 있겠네요. 저는 구두 고치러 먼저 갈 테니 백 선생님은 더 노시다 오세요."

우혜영이 밖으로 나가려 하자 준봉은 춤을 더 추고 싶은 마음이 앞서 조바심이 났다. 우혜영은 준봉에게 돈을 빼내기 위해 묵시적으로 압박을 가하고 있었지만 준봉은 전혀 눈치를 채지 못하고 있었다.

"아닙니다. 저도 나가야지요."

춤을 시작한 지 삼십 분도 되지 않았는데 우혜영이 구두 때문에 춤을 추지 못하겠다고 하자 준봉은 안타까워졌다.

"우 여사, 가까운 신발가게에서 한 켤레 사면 안 되나요?"

"춤을 출 때 신는 구두는 별도로 맞춰야 되는 거예요."

"한 켤레 맞추는 데 얼마나 합니까?"

"삼십만 원은 주어야 해요."

우혜영은 거짓말을 했다.

"제가 신발값을 드려도 되겠습니까?"

"뭐, 그렇게까지……."

우혜영은 자신의 의도대로 준봉이 돈을 주겠다고 하자 마음속으로 쾌재를 부르면서 겉으로는 딴청을 피웠다. 준봉은 은행에 들러 수표 오십만 원을 찾아 봉투에 넣어 우혜영에게 건넸다.

"우 여사, 춤을 잘 가르쳐주신 선물입니다. 내일 나오시는 거죠?"

"지금 당장 구두방으로 가 신발을 맞추면 내일 신고 올 수 있어요. 내일 오후에 만나요."

준봉은 허전한 마음으로 우혜영과 헤어진 후 다른 무도장으로 가 그동안 배운 대로 춤을 춰보면서 자신의 변화된 모습에 깜짝 놀랐다. 상상 외로 춤이 잘 되는 것을 느끼면서 우혜영이 보고 싶어졌다.

다음날 오후 준봉이 은하수무도장에서 우혜영을 만났을 때, 그녀는 빨간 구두를 신고 있었다. 꽃뱀 우혜영은 평상시 옷 보관소에 구두 몇 켤레를 별도로 맡겨두고 편리한 대로 골라 신고 다녔기 때문에 꽃뱀들의 수법을 준봉이 알아낼 수 없는 일이었다.

"백 선생님 덕분에 새 구두 한 켤레 준비했어요. 예쁘죠?"

"예, 빨간 구두가 빨간 스커트와 잘 어울리십니다."

"백 선생님, 오늘은 더욱 신나게 춤을 추도록 하세요. 잘 가르쳐드릴게요."

우혜영은 다정한 연인처럼 준봉의 팔짱을 끼고 아양을 떨면서 플로어로 나갔다. 무도장에서 휴식 없이 세 시간 동안 춤을 추는 것은 지극히 힘든 일이다. 그런데 우혜영은 억지로 준봉을 붙잡고 이렇게 해라 저렇게 해라 지적을 해주면서 준봉이 자신에게 빠지도록 만들고 있었다. 블루스를 추면서 준봉은 우혜영의 몸을 껴안고 있었다. 늘씬한 몸매의 우혜영을 안고 있는 준봉은 황홀한 마음이었다.

"우 여사, 발바닥이 아픈데 음료수 한잔 드시고 합시다."

"식당에는 들어가지 말고요, 대기실에서 주스나 한 잔 마셔요."

춤이 끝나고 두 사람은 대기실 의자에 앉아 시원한 당근 주스를 마셨다.

"우 여사, 오늘 좋은 일이라도 있습니까? 계속 싱글벙글하십니다."

"있고말고요."

"무슨 일입니까?"

"백 선생님하고 저하고 춤을 춘 지 오늘이 세 번째인데 춤이 아주 잘 맞아요. 백 선생님은 한 가지를 알려드리면 열 가지를 알 정도로 춤을 잘 추시니까 기분이 좋아요."

"네에? 저하고 춤이 그렇게 잘 맞습니까?"

"그럼요. 춤이 잘 맞는 파트너를 찾기는 참 어렵거든요. 그런데 저는 백 선생님을 도봉산에서 찾았잖아요, 호호."

"그날 포장마차에서 우 여사를 만나게 된 것은 도봉산 산신령님이 도와주신 것 같습니다. 하하."

"하긴 그래요. 무도장에서 춤을 추면서 찾아내기도 어려운데, 도봉산에서 만났으니까 산신령님이 인연을 맺게 해주신 것 같네요."

"어쨌든 춤을 잘 가르쳐주셔서 감사합니다."

"저도 백 선생님이 잘 받아주시니까 가르쳐드린 보람이 있는 거예요."

"우 여사 덕분에 춤을 잘 배우고 있는데 오늘 저녁은 제가 멋있는 곳으로 모시도록 하겠습니다."

"아, 이걸 어쩌나. 오늘은 가족들끼리 약속이 있는데요."

"가족들끼리라면?"

"오늘이 제 생일이거든요."

"생신이라고요?"

"백 선생님께서 식사를 같이 하자고 몇 번 말씀하셨는데 그때마다 제가 시간이 안 되네요. 죄송해요."

"허참, 번번이 퇴짜만 맞는 인생인가요?"

"앞으로 자주 만나게 될 텐데 뭐가 걱정이에요."

"자주 만날 수 있다고요?"

"그럼요. 저하고 춤이 잘 맞으니까 파트너를 해도 아무런 손색이 없으세요."

"저를 파트너로 생각하신다고요?"

"네, 파트너가 될 충분한 실력이 되세요. 세 번 만나 춤을 추면서 휴식 없이 세 시간씩 춤을 춘다는 건 어려운 일이잖아요. 그런데 우린 세 시간씩 춤을 추고 있으니까 벌써부터 파트너가 된 거예요."

"파트너로 인정해주신다니 감사합니다. 이럴 때는 어떻게 신세를 갚아야 되나?"

"신세는 무슨 신세……."

"가만있어라, 오늘 저에게 파트너까지 허락을 해주셨고, 또 생신이라고 하니 선물을 사드려야겠습니다. 나가시지요."

"아, 아니에요. 선물은 안 사주셔도 돼요, 호호."

사양을 하는 웃음 뒤에 꽃뱀의 교활함이 그대로 숨어 있다는 것을 초보춤꾼 준봉이 어떻게 알 수 있으랴.

"백 선생님께서 저랑 같이 백화점에 못 가신다는 것을 잘 알아요. 괜히 잘못 움직이셨다가 아는 사람들에게 눈에 띄면 작가 선생님의 체면이 말이 아니잖아요. 받은 걸로 할게요."

준봉이 함부로 자신을 대동하고 길거리나 백화점을 활보하지 못한다는 걸 알고 있기 때문에 우혜영은 놀리듯 말을 한 것이다. 준봉이 잠깐 망설이고 있었다.
 "저는 지금 집으로 빨리 가야 되니까 백 선생님도 나가세요. 백 선생님께서 정말 제 생일을 축하해주신다고 하면 현금으로 주세요. 그러면 제가 필요한 것을 사고 제 방에 두고 보면서 백 선생님을 생각할게요."
 준봉은 은행으로 가 수표 오십만 원을 빼내 봉투에 넣고 '祝生日'을 쓴 다음 우혜영에게 전해주었다.
 "우 여사, 생일 축하합니다. 그리고 파트너가 되게 해주셔서 감사합니다."
 "저도 백 선생님 파트너가 된 것 감사드려요. 내일 또 뵙겠습니다."
 준봉은 우혜영과 악수를 한 후 헤어졌다.
 파트너라……. 춤꾼인 우혜영이 초보자인 자신을 파트너로 인정했다는 사실에 준봉은 구름 속을 나는 것 같았다. 남희경의 말이 기억났다.
 '파트너는 함부로 만들지 마세요. 아줌마 천 명과 춤을 춰보고 난 후 파트너를 정해야 합니다. 아무나 파트너 정하면 봉변을 당합니다.'
 다음날 오후 준봉은 은하수무도장으로 나가 설레는 마음으로 우혜영을 기다렸다. 십 분이 지나고 삼십 분이 지날 때까지 차가 막혀 늦게 오겠지 생각했다. 한 시간이 지난 후 휴대폰으로 전화를 걸어봤으나 신호는 가는데 전화를 받지 않았다. 교통사고라도 났을까? 걱정이 되면서 조바심이 났다. 네 시간 동안 우혜영을 기다리다가 춤도 한번 춰보지 못하고 무도장을 나오는데 휴대폰으로 문자메시지가 왔다.
 ─ 약속 못 지켜 죄송합니다. 급한 업무 때문에 부산에 있습니다. 혜영.
 준봉은 반가운 마음에 통화 버튼을 눌렀다. 신호가 몇 번 울리고 우혜영의 목소리가 들렸다.
 "백 선생님, 지금 엄청 바쁘거든요. 조금 이따가 제가 전화를 드릴게요."
 우혜영은 일방적으로 전화를 끊어버렸다.

우혜영은 압구정동에서 양품점을 하기 때문에 부산 공장엘 자주 간다고 얘기를 한 적은 있다. 그러나 우혜영이 양품점을 한다는 것도 거짓말이었고, 부산에 있다는 것도 거짓말이었다. 준봉의 마음을 애타게 만든 다음 오로지 돈을 빼앗기 위해 거짓말하는 것뿐이었다.

다음날, 준봉이 점심식사를 하는데 휴대폰으로 우혜영이 보낸 문자 메시지가 도착했다.

— 두 시에 무도장에서 만나요.

정각 두 시에 우혜영은 핼쑥한 얼굴을 하고 무도장에 나타났다.

"우 여사, 바쁜 일 있었어요?"

"복잡한 것이 잘 해결되었어요. 춤이나 추세요."

우혜영의 쌀쌀맞은 분위기 때문에 준봉의 마음은 즐겁지 않았다. 블루스 음악이 흘러나오고 스텝을 몇 번 밟은 후 우혜영은 온몸을 준봉에게 기대왔다. 우혜영의 젖가슴이 준봉의 가슴을 압박했고, 하복부로 전해오는 부드러운 촉감은 준봉의 마음을 아찔하게 했다. 준봉이 황홀한 기분으로 제자리 스텝을 하는데 우혜영이 입을 열었다.

"백 선생님, 오늘 승용차 가지고 오셨어요?"

"지하철 타고 왔습니다."

"……"

"왜 그러시죠?"

"드라이브를 하고 싶어졌어요."

"그럼 지금 밖으로 나가 차를 한 대 빌리면 됩니다. 나가시죠."

"오늘만 날인가요. 다음날 가도록 해요."

준봉은 지금 당장 밖으로 나가 드라이브를 하고 싶을 정도로 마음이 달아올랐다.

우혜영이 준봉에게 기대고 있던 몸을 떼면서 간격을 유지하자 준봉은 허전한 마음이 들었고 아쉬워졌다. 준봉은 조금 전의 기분을 생각하면서 멋있게 우혜영을 리드해나갔다. 시원스러운 스텝을 밟으면서 춤을 추는 모습은 한 쌍의 백학이 춤을 추는 것 같이 우아하고 멋이 있어 준봉은 기분이 황홀했다.

우혜영은 가끔씩 짧은 순간 자신의 하복부를 준봉의 하복부에 살짝 밀착시켰다가 떨어져 나가면서 아쉬워하는 준봉을 놀리기라도 하듯 몸을 움직였다. 우혜영의 춤 기술은 무궁무진해 준봉의 마음을 달아오르게 했다가 식혀주면서 세 시간 동안 춤을 추었다.

"우 여사, 오늘 저녁 시간 괜찮으세요?"

"지금 부산에서 사람들이 와 있기 때문에 안 되고요. 내일 오후에 드라이브 어떠세요?"

"드라이브 좋지요. 내일은 승용차를 가지고 오겠습니다."

"그러세요. 그럼 내일 뵙겠습니다."

준봉은 우혜영과 헤어진 후 집으로 돌아와 지하 주차장에 세워둔 차를 몰고 세차장으로 갔다. 차 내부를 깨끗하게 닦고 방향제까지 새것으로 바꿔놓았다.

다음날 준봉은 최대한 멋을 부렸다. 검정색 양복에 빨강 넥타이를 매고 향수까지 뿌렸다. 무도장에서 우혜영을 만나 춤을 추는 준봉은 드라이브를 나가는 것이 목적이었기 때문에 춤은 별로 재미가 없어 지루했다. 꽃뱀 우혜영은 준봉의 심리를 읽고 있었기 때문에 살살 약을 올렸다 풀어주었다 하기를 반복했다. 이 정도면 자신의 요구를 백 퍼센트 들어줄 수 있을 정도로 흐물흐물해졌다는 것을 간파할 수 있었다.

춤을 춘 지 한 시간이 지났다. 블루스 음악이 나오자 우혜영은 자신의 몸을 준봉의 몸에 밀착시켰다.

"백 선생님, 오늘은 어느 쪽으로 나가실 건가요?"

"강화도 쪽도 괜찮고, 청평 쪽도 괜찮은데, 우 여사는 어느 쪽으로 가고 싶으세요?"

"청평 가긴 너무 멀고요, 양수리가 좋겠지요. 한강물 구경도 하면서 뱀장어도 구워 먹고요."

"그럼 양수리로 가시지요."

"이 곡만 끝나면 나가요."

준봉이 휘파람을 불면서 운전하는 승용차는 올림픽대로를 벗어나 팔당대교를 건너 북한강변을 달리고 있었다. 눈에 보이는 신록과 들판에는 푸른 기운이 넘쳐흘러 준봉의 마음을 즐겁고 힘차게 해주었다. 시원하게 한강물을 가르고 지나가는 보트 뒤꽁무니에서 수상스키 타는 사람들의 모습이 멋지게 보였다.

두 사람은 '풍천장어' 앞에 차를 세우고 식당 안으로 들어가 한강이 보이는 곳에 자리를 잡고 앉았다. 막 구워낸 장어구이에서 구수한 냄새가 두 사람의 시장기를 유혹했다. 맥주를 잔에 채운 준봉이 잔을 부딪치고 마시려 하자, 우혜영이 준봉의 손을 잡으며 똑바로 바라봤다.

"백 선생님, 매너 없이 그냥 마시면 어떻게 해요. 자, 러브샷."

우혜영은 자리에서 일어나 준봉의 곁에 붙어 앉은 다음 준봉의 팔을 끼고 러브샷으로 마셨다.

잔을 비운 우혜영은 입맛을 다시면서 준봉의 입술에 살짝 키스를 했다. 준봉은 그 순간 짜릿한 전율을 느꼈다.

"백 선생님, 저를 파트너로 인정하시는 거죠?"

"아니 우 여사, 우 여사가 내 춤 선생님이니까 우 여사가 결정을 하는 것 아닌가?"

"저는 춤만 가르쳐드렸지, 파트너 선택권은 백 선생님에게 있는 거예요."

"나에게요?"

"그러니까 지금부터 우리 두 사람은 파트너가 되기로 약속했기 때문에 헤어지면 안 되는 거예요. 아셨죠."

"그럼요, 헤어지면 안 되는 거죠."

"자, 약속, 손가락 걸고, 도장 찍고, 복사하고, 호호."

우혜영은 준봉의 와이셔츠 속으로 손을 넣으면서 준봉을 껴안았다.

준봉도 덩달아 팔뚝에 힘을 주고 우혜영을 껴안으면서 입술을 포갰다.

어느 모텔 방 침대에 준봉과 우혜영이 다정하게 누워 있다가 우혜영은 갑자기 자신의 휴대폰을 꺼내들고 사진을 찍으려 했다.

"백 선생님, 침대 머리맡에 등을 기대시고 이쪽을 잠깐 보세요."

"……."

준봉은 이상한 생각이 들어 이불을 뒤집어쓰고 있었으나 우혜영이 애교를 떠는 바람에 하는 수 없이 얼굴만 조금 보이게 고개를 내밀었다. 손동작이 날렵한 우혜영은 어느 사이에 준봉의 얼굴 옆에 자신의 얼굴이 보이도록 자세를 취한 후 셔터를 눌렀다. 섬광이 번쩍했다. 불륜의 장소가 기계에 입력이 되는 순간이었다. 준봉은 찜찜한 생각이 들어 지금 촬영한 그림을 지워버리고 싶었지만 설마 하는 생각을 하면서 의심을 하지 않기로 했다.

"백 선생님, 우리 두 사람 파트너까지 되겠다고 약속을 했으니 절대로 마음이 변하시면 안 되는 거예요. 아셨죠?"

우혜영은 아양을 떨면서 준봉의 넓은 가슴팍으로 계속 파고들었고 준봉은 그날 밤 늦게 집으로 돌아왔다.

준봉은 그 다음날 은하수무도장에서 우혜영을 기다렸으나 한 시간 후에 겁에 질린 얼굴을 한 우혜영이 나타났다.

"백 선생님, 휴게실로 잠깐 가세요."

준봉이 자판기에서 커피를 빼내 우혜영에게 건네자 그녀는 다급하게 말을 꺼냈다.

"백 선생님, 지금 저희 가게에 부산 옷공장 주인이 깡패들을 데리고 들어와 외상값 내놓으라고 행패를 부리고 있어요. 저 좀 살려주세요, 흑흑."

"깡패들이 행패를 부린다고요?"

"네, 무서워서 못 살겠어요."

"몸은 다친 데 없어요? 경찰서에 신고는 하셨어요?"

"몸은 괜찮아요. 계속 가게에 있으면 그놈들에게 두들겨 맞을 것 같아 돈을 가지러 간다고 안심시켜놓고 이쪽으로 왔거든요. 백 선생님, 저 좀 도와주세요."

그때 우혜영의 휴대폰에서 진동이 계속 울리자 우혜영은 두려운 표정을 하면서 받을까 말까 망설이다가 떨리는 목소리로 겨우 받았다.

"예, 돈을 빌려서 금방 갈게요. 조금만 기다려주세요."

우혜영은 두려움에 찬 얼굴을 하면서 준봉을 바라봤다.

"지난번 제가 부산에 가던 날, 그 사람들에게 오늘 오후에 우선 천만 원을 갚아주기로 약속을 했어요. 오늘 저에게 돈 천만 원을 갚기로 약속한 사람이 전화도 꺼놓아 연락이 안 되고 있어요."

준봉은 난감했다. 이 말을 믿어야 하나? 이름밖에 모르는 이 여자에게 천만 원을 빌려줘야 하나? 빌려준다 한들 받을 수 없을 것은 뻔한 일이라는 것을 잘 알고 있다. 그렇다고 모른 체하기엔 파트너까지 하자고 약속을 한 처지에 너무 야속한 것 같았다. 망설이고 있는데 휴대폰을 받고 있는 우혜영이 기겁을 하면서 대답을 한다.

"예, 빨리 가겠습니다. 조금만 기다려주세요."

준봉은 잃어버린 셈 치고 오백만 원을 주기로 생각했다.

"우 여사, 여기다 온라인 번호를 적어주십시오. 바로 은행으로 가 오백만 원을 송금해드리겠소."

"오백만 원이요?"

우혜영은 오백만 원이라는 금액이 적은지 고마운 표정이 아니었다.

"왜, 적으십니까?"

"천만 원이 있어야 하는데요."

"나머지 오백만 원은 다른 곳에서 빌려보세요."

"백 선생님, 그럼 지금 송금을 해주세요. 그 돈을 찾아 빚 받으러 온 사람에게 전해주고 다시 이쪽으로 올게요."

"그렇게 합시다."

준봉은 오백만 원을 송금하고 난 후 무도장 휴게실로 돌아와 커피를 마시면서 우혜영을 기다렸다. 그런데 한 시간이 지나도 연락이 없었고 휴대폰 신호는 갔으나 받지 않았다.

준봉은 그제야 그동안 우혜영의 행동에 의심스러웠던 일들이 날짜별로 연상이 되었다. 도봉산 노래방에 갔을 때 춤을 가르쳐준다고 하면서 준봉의 휴대폰에다 전화번호를 입력시켜준 거나, 그 다음날 춤을 추다가 구두가 잘못되어 발이 아파 춤을 못 추겠다는 핑계를 대는 바람에 오십만 원을 준 것, 만난 지 삼 일밖에 안 된 사람에게 생일이라고 알려줘 돈이 나오도록 유도를 하거나, 드라이브를 하던 날 장어구이집에서 파트너를 하자고 제의하여 환심을 사고 성관계를 가진 후 마음이 변하지 말자면서 휴대폰으로 사진을 찍은 것, 오늘 현금 천만 원을 빌려달라고 해 오백만 원을 준 것 등 여러 가지 정황을 연결시켜 봤을 때 이 수법은 꽃뱀들의 전형적인 방법과 동일하다는 것을 직감했다.

춤을 가르쳐준다는 미끼를 던진 다음 조금씩 사람의 마음을 애타게 하면서 돈을 빼낼 수 있는 구실을 만들고, 몸을 준 다음 꼼짝하지 못하도록 사진까지 찍고 난 후 결국엔 많은 돈을 요구하는 것이다.

'내가 기어이 꽃뱀에게 걸려들었구나.'

준봉은 자기 자신이 창피하고 부끄러워 얼굴이 붉어지면서 겁이 덜컥 났다. 그까짓 돈 육백만 원이야 없었던 것으로 하면 되지만 우혜영과 관계를 하고 난 후 휴대폰으로 사진을 찍은 것이 후환으로 남을 것 같아 걱정이 되었다.

남희경이 그토록 꽃뱀을 조심하라고 신신당부를 했는데 왜 자신은 그 말을 기억하고 있으면서도 망각을 했는지 후회스럽고 한스러웠지만 이미 엎질러진 물 사발이 되지 않았는가.

솔직히 말해 준봉이 자신에게는 꽃뱀이 접근하리라 상상도 하지 못했다. 그런데 지금 꽃뱀에게 잡힌 것이 아닌가. 지금 이 시점에서 후회를 해본들 무슨 소용이 있겠나. 이 사건이 더 이상 번지지 않도록 하기 위해 남희경을 만나 해결 방법을 의논해보기로 했다.

　그날 저녁 준봉은 남희경을 만나 그동안 우혜영과 있었던 일들을 모두 설명했다. 남희경이 한심스러운 표정을 지었다.

　"백 선생님은 바보인가 봐. 꽃뱀을 조심하라고 그렇게 일러주었건만 그런 여자에게 빠져버려요."

　"미안합니다. 할 말이 없습니다. 어떻게 하면 좋죠?"

　"그 여자하고 만난 지 일주일 만에 돈 육백만 원을 주었으니까 그 정도면 된 것 같고요. 휴대폰에 있는 사진이 문제인데, 휴대폰을 빼앗아 버리세요."

　"휴대폰을 뺏어요?"

　"그 여자가 돈을 더 달라고 요구를 하면 백 선생님은 안 들어주려고 하잖아요."

　"그렇지요."

　"그렇게 되면 그 여잔 휴대폰에 찍힌 사진을 보이면서 협박을 하겠지요. 인터넷에 올린다든지 사진으로 공개를 한다고 하겠지요."

　"그럴 때 휴대폰을 뺏으라, 이거지요?"

　"기회가 좋잖아요. 일단 휴대폰부터 빼앗은 다음 얘기를 해보세요."

　준봉은 남희경과 의논을 끝내고 집으로 돌아오는 내내 마음이 불안했다.

　다음날 준봉은 평상시대로 우혜영에게 전화를 했으나 우혜경은 받지 않았다. 오후에 무도장에서 만나자는 메시지를 남겼다. 세 시경 우혜영은 화려한 원피스를 입고 무도장에 나타났다. 준봉은 우혜영이 전혀 눈치를 채지 못하도록 표정관리를 하면서 춤을 추었다.

　"언니, 저기 좀 보세요. 꽃뱀이 개구리를 잡았다고 소문이 났는데, 저 남자인가 봐요."

　"어디?"

　"저기 플로어 가운데 쪽에 꽃무늬 원피스를 입고 춤추는 여자 보세요."

"여자는 꽃뱀이 맞고, 남자는 처음 보는 남자인데, 저 남자인가?"

"언니는 저 남자를 아세요?"

"며칠 전에 나도 소문을 들었지. 저 남자를 꽃뱀이 도봉산에서 잡았다고 하더라."

"나도 며칠 전에 소문을 들었거든요. 근데 꽃뱀이 도봉산에서 어떻게 개구리를 잡았을까요?"

"요즘 꽃뱀들은 무도장에서 개구리를 잡는 것이 아니라 등산을 가거나, 골프장, 헬스장에서도 잡는다고 하더라."

"꽃뱀들은 재주가 좋은가 봐요?"

"그게 직업이잖니, 지난번에도 저 꽃뱀이 개구리에게 일 억을 받아냈다는 소문이 있더라고."

"일 억이나요?"

"과장된 소문일 테지만, 여하튼 꽃뱀에게 걸리면 돈을 많이 뜯긴다고 하더라."

"남자들은 바보인가 봐요."

"춤에 미치면 그렇게 변한대. 연 사장 너도 조심해라, 제비에게 잡힌다."

"언니도 참, 내가 이런 데 오는 남자들이 눈에 차겠수. 걱정하지 마세요."

민지원(50세, 주부, 허리 디스크 수술 후 허리 보강을 위해 춤을 시작, 사교춤 경력 3년, 당뇨병 환자)과 연수정(45세, 화장품가게 사장, 유방암 수술 후 우울증 증세가 있어 춤을 시작, 사교춤 경력 1년, 바람기가 많음)은 꽃뱀 우혜영에 대해 얘기를 하고 있었다. 그때 박 언니가 들어왔다.

"아니, 너희들은 뭘 그렇게 재미있게 얘기를 하는 거니?"

"큰언니, 저기 꽃뱀 좀 보세요. 또 한 놈을 잡았대요."

"개구리를 잡았다고? 어디?"

"저기 가운데 쪽이에요."

"그래 꽃뱀은 맞는데. 저 남자는…… 아니? 저 남자는 그 남자인데."

"큰언니께서 아는 남자인가 봐요?"

"아는 남자는 아니고, 한 달 전에 딱 한 번 잡아주면서 몇 가지를 가르쳐주었는데 잘 하더라고."

"춤을 춰보셨군요."

"지원아, 꽃뱀이 언제부터 저 남자를 데리고 나타났다고 하더냐?"

"저도 한 닷새 전에 얘길 들었으니까, 여기 나타난 건 일주일은 되었나 봐요."

"일주일이라…… 벌써 일은 다 끝났겠군."

"끝나다니요? 무슨 일이 있는 거에요?"

"꽃뱀들이야 뻔하지, 돈을 뺏는 거야. 쟤들에게 걸리면 일주일 안에 끝내고 만다. 오래 끌면 들통이 나니까 속전속결이야."

"그렇게 재주가 좋아요?"

"그러니까 꽃뱀이라고 하지 않니. 저년 생긴 꼴하고, 옷 입은 것하고 춤추는 것 봐라. 남자들 죽이게 생겼잖니."

"그렇게 유별나게 눈에 띄지는 않는데요?"

"저년들은 돈이 될 만한 남자라고 생각이 되면 몸으로 남자를 정신 못 차리게 하는 재주가 있다더라."

"그렇게 재주가 좋아요?"

"내가 저 남자하고 춤을 춘 다음날 부산에 가 있는 사이에 저년에게 잡힌 모양이네. 쯧쯧."

"저 남자가 춤을 잘 추었어요?"

"춤은 초보자였지만 사람이 예의바르고 순수하면서 용기가 있더라고. 춤을 좀 가르쳐주면 쓸 만한 남자 같아서 너희들 파트너로 만들어 줄려고 관심 있게 보고 있었는데, 아깝다."

"큰언니가 저 남자를 만나 꽃뱀에게 걸렸다고 얘길 해주시면 되잖아요."

"그렇게라도 해야겠다. 내 말을 들어야 할 텐데."

"꽃뱀이라고 하면 놀라서 금방 떨어지겠지요."

"춤이 끝나면 만나봐야겠다."

민지원과 얘기를 한 큰언니는 곧 박 언니다. 박 언니는 준봉을 처음 만나 춤을 춘 그 다음날부터 한 달 동안 무도장에 나오지 못했다. 부산에 살고 있는 큰딸이 외손자를 낳아 뒷바라지를 해주느라 부산에 가 있었기 때문이다.

춤이 끝나면서 준봉과 우혜영이 휴게실 쪽으로 나오자 박 언니는 긴 머리 부킹언니를 시켜 준봉을 데리고 전무 사무실로 오도록 했다. 준봉이 사무실로 들어오다가 박 언니를 보고 깜짝 놀랐다.

"아니, 여긴 언제 오셨어요?"

"그동안 무도장에 오면 나를 찾아본 적 있으세요?"

"그날 처음 뵙고 그 다음날부터 매일 여기 무도장에서 기다렸는데 보이지 않으시기에 다른 곳으로 가신 줄 알았지요."

"그건 그렇고, 지금 같이 춤을 춘 여자는 누군 줄 아슈?"

준봉은 얼굴이 붉어지면서 대답을 하지 못한 채 박 언니의 시선을 피했다.

"왜 대답을 못 하슈? 아직도 저 여자가 누군 줄 모르는 모양이군요?"

"알고 있었습니다."

"알고 있었다고, 언제부터요?"

"어제부터 알았습니다."

"알고 있었다면 끝을 내야 할 것 아니요?"

"그렇지 않아도 오늘 춤이 끝나면 끝장을 내려 하고 있습니다."

"어떻게?"

"돈을 조금 주고 끝낼 겁니다."

"그동안 돈은 얼마나 준 거유?"

"돈은……."

"이보슈, 그렇게 미적거리니까 꽃뱀이 달라붙는 것 아니요. 남자가 딱딱 잘라내는 멋도 있어야지, 뜨뜻미지근하면 되나."

"죄송합니다."

준봉은 박 언니에게 우혜영을 만나 일주일 동안 일어났던 일들을 소상하게 얘기를 했으나 휴대폰으로 사진을 찍은 얘기는 차마 할 수 없었다.

"벌써 돈은 생각보다 많이 주었으니까 오늘부로 끝내슈. 휴대폰 번호도 즉시 바꾸고, 앞으로 여기에 나오지도 말고 춤을 추지 말아요. 그런 재주로 어떻게 춤을 추겠다고. 그리고 일이 잘 해결되었든 해결 안 되었든 제게 휴대폰으로 알려주세요."

박 언니는 걱정스러워하면서 준봉의 휴대폰에 자신의 전화번호를 입력시켜주었다. 준봉은 박 언니에게 인사를 하고 나온 뒤 휴게실에서 기다리고 있던 우혜영을 데리고 무도장을 나왔다.

주차장에 세워둔 차를 타고 올림픽대로를 지나 팔당댐 부근까지 왔다. 우혜영은 준봉의 환심을 사려고 아양도 부리고 애교를 떨었다.

준봉은 한적한 곳에 차를 세우고 우혜영을 쏘아 봤다.

"우 여사, 언제까지 나를 이용해 먹을 거요?"

우혜영이 깜짝 놀라면서 몸이 움찔거렸다.

"당신, 꽃뱀이지. 그동안의 행적은 소상하게 알고 있소. 나에게 더 이상 돈을 요구하면 경찰에 넘기겠소."

"호호, 뭐가 어째요? 내가 왜 백 선생님에게 터무니없는 돈을 요구해요. 구두 사 신으라고 돈 주었고, 생일선물 사라고 돈을 주었고, 파트너에게 돈 오백만 원 빌려준 게 그렇게 아까우세요? 빌린 돈은 갚는다고요. 누가 그 돈 떼어먹는다고 했나요?"

"그동안 내가 준 돈은 돌려받을 생각도 없어요. 안 줘도 좋으니까 오늘부터 우리 사이 깨끗하게 정리합시다."

"누구 맘대로 정리를 하자는 거예요. 여기 이 속에 증거도 있잖아요. 이걸 인터넷에 올리면 당신 인생은 끝장이 난다는 것 몰라요?"

우혜영은 핸드백에서 휴대폰을 꺼내 지난번 모텔에서 찍은 사진을 보여주면서 돈 오백만 원을 더 주면 없는 것으로 해주겠다고 악을 쓰면서 협박을 했다.

준봉은 그 순간 우혜영의 손에 들었던 휴대폰을 낚아채면서 한강 물속으로 던져버렸다.

우혜영의 날카로운 손톱이 준봉의 얼굴을 할퀴려고 다가오자 준봉을 잽싸게 피하면서 우혜영의 오른손을 틀어잡고 등 뒤로 구부려 힘을 못 쓰게 했다.

"우 여사, 당신이 그동안 꽃뱀으로서 저지른 못된 행동을 은하수무도장 직원들이 알고 당신을 고발하려고 하는데, 그것도 모르고 나에게 이러면 되겠소. 유치장에 가지 않으려면 오늘부터 꽃뱀 일은 끝내고, 숨어 지내시오."

"야, 이 새끼야! 내가 꽃뱀노릇을 한다고 니가 도와준 게 뭐 있다고 까불어. 이 새끼, 이 손 못 놔!"

"내가 춤에 미쳐 당신 같은 꽃뱀에게 걸려들어 병신 짓을 했는데 더 이상 날 만나려고 하지 마시오. 내가 한강 물에 버린 휴대폰은 이 돈으로 사면 될 거요."

준봉은 흰 봉투를 꺼내 우혜영의 손에 쥐어준 다음 차를 몰고 그 자리를 빠져나왔다.

가슴속은 후련했다. 우혜영이 휴대폰을 안 가지고 나오면 어떻게 하나 걱정했는데, 쉽게 휴대폰을 빼앗을 수 있었던 것이 다행스러웠다. 우혜영의 말대로 만약 그 내용이 인터넷에 올려져 수많은 사람들이 그 장면을 보게 되었다면 자신은 어떻게 되었을까 생각을 하자 정신이 아찔해졌다.

춤을 끊자. 춤을 끊어야겠다고 수천 번 다짐을 했다. 박 언니에게도 해결이 잘 되었다고 휴대폰으로 알려주었다.

준봉은 서울로 돌아오면서 잠실 한강 고수부지 공원에 차를 세우고 운동복으로 갈아입었다. 한강변을 뛰면서 땀이라도 흠뻑 흘려 꽃뱀에게 당한 수치스러움을 씻어버리고 싶었다. 우혜영의 얼굴도 지워버리고, 우혜영과 춤을 추던 흔적까지 지워버리려고 더 빠르게 뛰었으나 좀처럼 지워지지 않았다.

준봉은 며칠 동안 우혜영의 환상 때문에 마음이 안정되지 않고 불안해 모든 일이 집중되지 않았다. 우혜영이 또다시 나타나 자신을 괴롭힐 것 같아 소름이 끼쳤다. 휴대폰 번호도 즉시 바꿔버렸고 은하수무도장 쪽을 바라보지도 않았다.

며칠 후 부인 한정임 여사에게 휴대폰으로 전화가 왔다.

"여보, 조금 전에 우혜영이라고 하는 여자에게 전화가 왔는데, 당신을 찾기에 없다고 하니까 자기에게 전화를 해달라고 하데."

한정임 여사도 평상시 남편인 준봉에게 걸려오는 외부 여성들의 전화를 가끔 받고 있었다. 그것은 그동안 준봉이 쓴 소설 내용 때문에 독자들이 궁금한 것을 물어보기 위해 준봉을 찾을 때가 종종 있었기 때문이다. 한정임 여사는 우혜영도 독자인 것으로 생각을 했기 때문에 의심은 전혀 하지 않았던 것이다. 그러나 그 순간 준봉은 사시나무 떨듯 벌벌 떨었고, 들고 있던 휴대폰을 사무실 바닥에 떨어뜨려 몸통과 배터리가 분리되었다. 드디어 올 것이 왔구나. 지난번에 천만 원을 달라고 요구했을 때 그것만 주고 끝냈으면 되었을 걸 괜히 오백만 원만 준 것이 후회스러웠다. 그런데 우혜영은 어떻게 자신의 집 전화번호까지 알아냈을까? 지독한 여자라고 생각을 하자 소름이 끼치고 머리끝이 곤두섰다. 이번 일은 흐리멍덩하게 처리했다간 더 큰일이 벌어질 것 같은 예감이 들었다.

준봉은 박 언니를 만나 다시 의논을 하기로 마음먹었다.

"누님, 조금 전에 우혜영에게 우리 집으로 전화가 왔다고 합니다."

"전화가? 전화 내용이 뭔가?"

"아내가 전화를 받는데 저에게 전화를 해달라고 했답니다."

"전화를 했는가?"

"아직 전화는 하지 않았습니다. 누님하고 의논을 한 다음 연락을 하려고 합니다."

"지난번에 팔당에 갔을 때 미적지근하게 일을 끝냈으니까 오히려 그 여잔 더 약이 오른 거야. 그러니까 더 악랄하게 발악을 하고 있지."

"어떻게 해야겠습니까?"

"뭘 어떻게 해? 돈밖에 더 있나. 그 여잔 돈 때문에 꽃뱀노릇을 하고 있으니 돈으로 입을 틀어막아야지, 안 그래?"

"얼마나 더 주면 되겠습니까?"

"지난번에 천만 원을 달라고 했을 때 오백만 원만 주었다고 했으니까, 오백만 원만 더 주면 되겠네."

"더 요구하지 않을까요?"

"왜? 뭐 켕기는 것이 있는 거야?"

준봉은 휴대폰으로 사진 찍힌 얘기를 했다.

"아휴, 이 사람이 별난 짓을 다 하고 다니는군. 아주 잘 걸렸네. 이참에 혼이 단단히 나야 나쁜 버릇이 고쳐지겠군."

"……"

준봉은 말문이 막혀 대답을 하지 못했다.

"아니, 지금이 어느 세상이라고 그런 장소에서 휴대폰으로 사진을 찍고, 그걸 또 가만둬. 정신 나갔지. 소설을 쓴다는 사람이 정말 소설을 쓰고 있었네. 나중에 꽃뱀을 소재로 소설을 쓰면 정말 재미있을 걸세."

박 언니는 준봉의 속 터지는 마음도 아랑곳하지 않고 놀리듯 말을 하고 있었다.

"누님이 도와주셔야 되겠습니다."

"좋아, 내가 해결을 해주지. 우선 백 선생이 직접 꽃뱀에게 전화를 걸어 만나보게. 그러면 그 여자가 요구하는 게 있을 것 아닌가. 요구사항이 뭔지 확인한 다음에 의논하기로 하세."

"누님, 궁금한 게 한 가지 있습니다."

"뭔가?"

"그 여자가 어떻게 우리 집 전화번호를 알아냈을까요?"

"아니, 소설가라는 사람이 그렇게 추리력이 없어. 그건 간단하지. 휴대폰 신청서 쓸 때 백 선생 집 전화번호를 쓸 거 아니까 그러면 아는 사람을 통해 금방 알아낼 수 있을 것이고, 승용차를 같이 타고 갔을 때 차량번호를 메모해두었다가 그걸 가지고 여러 군데 부탁을 하면 쉽게 알아낼 수 있지."

준봉은 입맛을 다시면서 괜한 것을 물어봤다고 후회했다.

그날 저녁 준봉은 꽃뱀 우혜영을 만나 요구사항을 확인한 결과 돈 천만 원을 주면 깨끗하게 정리를 하겠다고 했다.

며칠 뒤 준봉과 박 언니, 우혜영은 N호텔 커피숍에서 만났다. 박 언니가 말을 꺼냈다.

"혜영 씨, 이거 읽어보고 서명을 해."

"그게 뭐예요?"

"각서야."

"각서요? 그걸 왜 제가 서명을 해야 하나요?"

"돈 천만 원을 받았으니까 당연히 영수증을 써주어야 할 것 아니냐. 그리고 덧붙여 앞으로 꽃뱀노릇을 하지 않겠다는 각서까지 받을 거야."

"제가 꽃뱀을 하든 말든 언니가 왜 참견을 하시죠?"

"서명을 하지 않겠다면 돈을 줄 수 없고 경찰서에 사기범으로 고발할거야."

우혜영은 놀라면서 몸이 움찔거렸지만 마음에 없는 고집을 피웠다.

"고발하려면 하세요. 당하면 저 혼자 당하는 것 아니잖아요."

"그러니까 건방진 소리 하지 말고 서명해. 그래야 돈을 줄 거야. 너는 지금 돈 때문에 더러운 꽃뱀 장사를 하는 것 아니냐."

박 언니는 강한 톤으로 우혜영의 약점을 지적하면서 마음을 움직이고 있었다. 박 언니 말대로 경찰에 고발당하면 자기 신세만 망칠 것이고, 돈 한 푼 받지 못해 결과는 뻔한 일이라는 것을 우혜영도 잘 알고 있었다.

"너는 그동안 꽃뱀노릇을 하면서 선량한 남자들에게 피해를 많이 주었잖니. 우리는 즐겁게 춤을 추려고 무도장에 오는 것이지, 너 같은 아이들에게 피해를 입으려고 무도장에 오는 것이 아니야."

"앞으로 은하수무도장에 안 가면 되잖아요."

"내 생각엔 꽃뱀도 그만두었으면 좋겠다."

"나도 인간인데 왜 꽃뱀을 하고 싶겠어요. 하도 돈 벌기 어려우니까 이 짓을 하는 거지요."

"그래도 다른 직업을 찾아보는 게 좋지 않니?"

우혜영은 갑자기 고분고분해졌다. 그것은 박 언니에게 더 이상 말대꾸를 하면서 대들어봐야 이익 될 것이 없다는 것을 잘 알고 있기 때문이었다. 우혜영은 평상시 박 언니와 만나 한 번도 얘기를 해본 일은 없었지만 박 언니를 잘 알고 있었다. 박 언니는 춤 솜씨도 좋았지만 춤을 잘 못 추는 사람들에게는 친절하게 춤을 잘 가르쳐주어 손님들한테도 존경을 받았고, 옷 보관소 직원, 프런트 직원들에게까지 누나처럼 언니처럼 대해주고 있어 모든 직원들이 존경하는 사람이었다.

"알았어요. 앞으로 이 짓도 깨끗하게 그만둘게요. 각서 이리 주세요."

"백 선생, 돈을 전해드리게."

준봉이 아무 말 없이 현금 천만 원이 든 쇼핑봉투를 우혜영에게 전해주었다. 우혜영은 박 언니에게 각서를 받아 커피 잔 옆에 놓고 읽어봤다.

"각서. 나 우혜영은 백준봉으로부터 천만 원을 받고 앞으로 두 번 다시 선량한 사람들을 괴롭히는 꽃뱀노릇은 하지 않기로 서약합니다. 우혜영."

그녀는 갑자기 각서 종이에 눈물을 떨어뜨리며 흐느껴 울면서 우혜영이라고 쓴 다음, 돈이 든 쇼핑백을 들고 커피숍을 뛰쳐나갔다.

"백 선생, 이제 다 끝났네."

"누님, 감사합니다."

"후련하구먼. 저년도 이젠 정신을 차리겠지."

준봉은 부끄러운 마음이 앞서 박 언니의 얼굴을 똑바로 바라볼 수 없었다.

"백 선생, 비싼 돈 주고 춤 배웠다 생각을 하게. 그래야 마음이 서글프지 않을 거야."

두 사람은 남아 있는 식은 커피를 마신 다음 커피숍을 나왔다.

은하수무도장

"민 여사, 지난번 그 개구리 남자 어떻게 됐대?"

"박 언니 얘기를 들으니까 꽃뱀여자 정말 지독하더라고."

"어떻게 했는데?"

"만난 지 일주일 만에 육백만 원을 뺏어냈고, 그 다음에 또 천만 원을 빼앗은 다음 더 이상 꽃뱀을 하지 않겠다는 각서까지 써주었대."

"그러면 천육백만 원이나 빼앗아갔다 이건데, 꽃뱀도 한번 해볼 만하네. 꽃뱀들은 재주가 좋은가봐, 호호."

"그러니까 꽃뱀이지."

"참으로 무서운 여자네."

"꽃뱀도 직업이니까, 그 여자들의 수법에 안 넘어갈 남자들이 있겠어?"

"그 꽃뱀, 여기 또 나올까?"

"당장 그 얼굴로 어떻게 나오겠어, 못 나오지. 다른 무도장으로 다니다가 여기 사람들 기억에 사라질 만하면 또 한 놈 잡아가지고 나타나겠지."

"민 여사, 그런 여자들이 여기도 많은가봐?"

"여기는 다른 무도장보다 분위기도 좋고, 환경도 깨끗하고, 물 좋고 춤 잘 추는 남자와 여자들이 많으니까 꽃뱀들이 많이 올 거야."

"민 여사는 꽃뱀을 찾아낼 수 있어?"

"난 아직 꽃뱀을 구별할 수 있는 실력은 안 되지만 박 언니는 금방 찾아낸대. 평상시 꽃뱀들의 얼굴을 알고 있기도 하겠지만, 그 여자들의 기법을 보면 알 수 있대."

"민 여사, 박 언니는 요사이 무도장에 잘 안나오시나봐. 며칠 동안 못 만났어."

"박 언니는 지금 저기서 춤을 추고 계셔."

"어디?"

"저기 가장자리 끝 쪽이야."

"오, 박 언니 좀 봐. 저렇게 뚱뚱해도 새털처럼 가볍게 잘도 돌아가시네, 호호."

"박 언니는 춤을 배우고 난 다음 십 킬로나 빼셨대."

"십 킬로나 빼셨다고? 지독하구나. 어떻게 빼셨대?"

"춤으로 뺐대. 저기 봐, 저렇게 신명나게 춤을 추니까 운동이 되고 살이 빠지는 것 아니겠어?"

"정말 신들린 무당처럼 멋들어지게 추시네."

"박 언니는 매일 무도장에 나오시면 물 한 모금도 안 마시고 쉬지 않고 춤을 춘대. 그러니까 살이 빠지는 거야."

"저렇게 뚱뚱해도 스텝이 가볍고 몸놀림이 부드러우니까 얼마나 멋있어. 아유, 부러워 죽겠네."

"저 정도 수준이면 은하수무도장에서 최고 실력자일거야."

"민 여사도 박 언니 못지않은 실력이잖아."

"오 원장도 춤을 예쁘게 잘 추면서 뭘 그래."

"민 여사 춤은 흥이 있어. 다른 사람들은 기계처럼 딱딱하게 돌아가지만 민 여사가 춤을 추는 걸 보고 있으면 저절로 흥이 난다고."

"난 춤을 잘 추는 것보다 허리 디스크 수술한 자리가 튼튼해지도록 보강시켜야 되고, 당뇨 혈당수치도 내려야 하니까 운동 삼아 열심이 춤을 추는 거지."

"당뇨 수치가 얼마인데?"

"춤을 배우기 전에는 삼백이 넘었는데 지금은 정상수치를 유지하고 있어. 즐거운 마음으로 춤을 추면서 운동을 하니까 몸도 마음도 건강해지나봐."

"허리 디스크 수술은 언제 했어?"

"꼭 이 년 되었어. 디스크 수술을 하고 퇴원할 때 담당주치의 말이 허리가 튼튼해지려면 수영을 하라고 했는데, 수영을 해보니까 너무 힘들고 지루해서 사교춤으로 바꾼 거야."

"수영을 하다가 사교춤으로 바꿨다고? 왜?"

"수영은 허리 운동은 많이 되지만 내 체력으로는 수영을 하기가 무리였어."

"힘이 많이 들었나?"

"수영이 끝나면 몸이 개운해야 하는데 오히려 더 피곤해져 누워서 쉬어야 할 정도가 된 거야. 근데 우리 시누이가 알려줬어. 힘든 수영보다는 사교춤을 추면 허리 운동이 많이 된다는 거야."

"뭐? 시누이가 사교춤을 배우라 했다고? 시누이 개방적이네."

"우리 시누이도 디스크 수술을 한 후 사교춤을 배우면서 관리가 잘 돼 이젠 아무렇지도 않아."

"그럼 시누이도 춤을 잘 추겠네?"

"시누이는 지금 부산에 살고 있는데, 부산에서는 춤을 제일 잘 출 걸."

"시누이랑 같이 춤방에 가본 적 있어?"

"춤방에는 못 가고 나이트클럽에는 몇 번 같이 갔는데, 옆 사람들이 같이 춤을 추자고 할 정도로 잘 추더라고."

"어머, 그렇게 잘 춰?"

"얼굴도 모르는 사람들과 춤을 같이 추고 있으니 시누이 남편은 기겁을 하면서 자기 마누라를 꽃뱀이라고 놀리는 거야, 호호."

"시누이 단속도 해야 되겠네."

"우리 시누이는 남자 친구도 많아. 나에게 분양해주겠다고 자랑을 해."

"춤 파트너도 많겠지?"

"나도 처음엔 남자 친구라는 것 때문에 오해도 하고 의심도 해봤지만 그건 잘못된 생각이었어. 우리가 생각하는 저질스러운 남자 친구나 파트너가 아니고 순수한 춤 파트너야."

"춤방에서 만나 춤만 추는 파트너다, 이 말이지?"

"우리 시누이 정도 실력이면 아무 남자하고나 춤을 추면 재미가 없으니까 서로 잘 맞는 사람들끼리 파트너 모임을 만들어 서로서로 파트너도 바꿔가면서 춤을 춘대."

두 여인이 한창 진지하게 얘기를 나누고 있을 때 블루스 음악이 끝나면서 박 언니가 자리로 돌아왔다. 두 여인은 자리에서 일어나 공손하게 인사를 했다.

"언니, 아주 멋있게 춤을 잘 추셔요."

"언니 춤추고 계시는 동안 저는 황홀했어요."

"동생들 왔어? 민 여사는 더 예뻐졌고, 오 원장은 더 날씬해졌네."

시누이 춤 자랑을 하던 민지원이 말을 받았다.

"언니는 요즘 살이 많이 빠져서 아주 보기 좋아요."

"한 십 킬로 빠졌는데 괜찮아 보여? 부산 딸네 집에 있으면서 운동을 안 하고 먹기만 하니까 금방 살이 찌는 거야. 답답해서 혼났네. 난 춤이 보약이고 살 빼는 기계라고."

박 언니는 말을 끝내면서 왼손을 허리에 대고 오른손을 머리 위로 들어 흔들면서 예쁘게 두 바퀴를 회전하고 섰다.

민 여사 옆에서 이 모습을 보던 오 원장(50세, 미용실 원장, 고혈압 때문에 춤을 배우기 시작, 사교춤 경력 3년)이 분위기를 잡았다.

"언니는 내일모레면 환갑이신데 힘이 넘쳐흐르세요. 언니가 춤을 추고 계신 모습을 보고 있으면 저절로 흥이 난다니까요."

민 여사는 오 원장에게 질세라 바로 말을 이었다.

"아까 블루스 추실 때 보니까 수양버드나무 가지가 하늘거리는 것처럼 부드럽고 감미롭게 스텝을 밟는 모습에 저는 언니에게 홀딱 빠져버렸어요."

"아니, 얘들이 오늘은 왜 이렇게 호들갑이야. 내 모습이 그렇게 보기 좋았다고?"

"네, 은하수무도장에서 언니처럼 매력 있게 춤추는 여인은 없을 거예요."

"언니, 이거예요, 호호."

오 원장이 양손 엄지손가락을 세우면서 말했다.

"좋아. 그렇다면 오늘 저녁은 내가 쏜다. 무도장 운동 끝나면 우리 집으로 가자."

"정말이세요?"

"내가 언제 거짓말하는 것 봤니."

"감사합니다, 호호."

세 여인의 떠들썩한 웃음소리에 주위에 앉아 있던 손님들의 시선이 모여들었다. 그때 연수정이 나타나 언니들에게 인사를 했다.

"언니, 일찍 나오셨네요."

"막내야, 오늘은 출근이 늦었구나. 몸이 좋지 않으냐? 얼굴이 까칠해."

"컨디션이 조금 그러네요."

"기분이 우울할 때 바로 춤이 약인 거야, 막내처럼 기분이 다운되었을 때는 신나게 춤을 추면 스트레스도 확 풀리고 기분이 업 되는 것 아니겠어? 내가 부킹언니에게 얘기해 춤 잘 추고 멋있는 머스마 데리고 오라고 할 테니 기다려라."

박 언니는 자리에서 일어나 부킹언니 미스 방을 보면서 오라고 손짓을 했다. 박 언니는 은하수무도장에 십오 년 동안 단골로 다녔기 때문에 터줏대감으로서 직원들까지 예우를 잘해주었다. 무도장 사장을 비롯해 전무, 음악담당 엔지니어, 부킹언니, 식당 종업원들의 이름까지 알고 있을 정도로 인간관계의 폭이 넓었다. 부킹언니 미스 방이 한걸음에 달려왔다.

"언니, 좋은 것 있는 거예요?"

"있다마다. 우리 막내 오늘 기분이 업 되도록 괜찮은 머스마 하나 데려다줘라."

"네, 언니. 조금만 기다리세요."

부킹언니들은 춤 잘 추는 남자들이 무도장 어디에 기다리고 있는지 잘 알고 있다. 무도장이나 콜라텍 어디를 가든 춤깨나 춘다고 하는 남자들은 출입문 입구 좌우측에 우글거리고 있으면서 부킹시켜 주기를 고대하고 있다. 그런 인물 중에서도 팔짱을 끼고 있는 몇몇 제비들은 돈이 있을 만한 먹잇감을 눈여겨보고 있었다.

부킹언니 미스 방은 대답과 함께 출입문 쪽으로 달려가 평소에 안면이 있고 춤을 잘 추는 사십 대 중반의 남자를 데리고 왔다.

"언니, 괜찮으시죠?"

박 언니는 사십 대 남자의 아래위를 한번 쭉 훑어본 후 오케이 사인을 보냈다.

연수정은 그 남자의 뒤를 따라 플로어 가운데로 나가 지르박을 추기 시작했다. 연수정이 춤을 추는 모습을 보던 민 여사가 빈정대는 말투로 박 언니를 불렀다.

"언니는 막내만 부킹을 시켜주는 거예요. 우리는 구경만 하라고요?"

"아니, 내가 여기 무도장 부킹언니라도 되냐, 왜 나에게 부탁을 하는 거야. 방 언니한테 해달라고 그러지."

"미스 방보다 언니가 부킹을 해주는 것이 좋아서 그래요."

"너희들은 춤을 잘 추니까 부킹 걱정은 하지 않아도 되지 않니. 요것들이 언니 골탕을 먹이려고 작정을 했구나."

그때 마침 부킹언니 미스 방이 건강한 남자 한 사람을 데려와 민 여사에게 인계했다. 민 여사와 그 남자가 플로어로 나가 블루스 춤을 추기 시작했는데 박 언니의 시선이 민 여사에게서 떨어질 줄 몰랐다.

박 언니가 중얼거렸다.

"저것이 춤을 배운 지 얼마 되지 않았는데 언제 저렇게 많이 늘은 거야?"

오 원장도 박 언니 옆에 있다가 놀란 모습을 하면서 말을 건넸다.

"언니, 민 여사 춤 실력이 보통이 아니야. 나랑 똑같은 날부터 배웠는데도 저렇게 잘 추잖아요."

"글쎄, 처음 무도장에 나왔을 때 나에게 춤을 가르쳐달라고 조를 때가 엊그제 같은데, 이젠 나보다 더 잘 추는 것 같아, 그렇지?"

"언니보다는 못하지만 그래도 저 많은 사람들 중에서도 금방 눈에 띌 정도로 잘 추고 있어요."

"오 원장, 그런데 넌 왜 춤은 안 추고 그러고 있는 거니?"

"저도 이젠 삼 년 동안 춤을 추었으니까 남자를 골라서 추어야 될 것 같아요. 부킹언니가 데려다주는 남자들과 춤을 추려면 수준이 맞지 않아 재미도 없고 속상해요."

"너도 이젠 한마디로 춤맛을 안다, 이거구나."

"춤맛을 안다니요, 그게 무슨 말씀이세요?"

"삼 년 동안 춤을 추었다면 천 명 이상의 남자 손을 잡아봤기 때문에 남자들마다 춤의 특징을 잘 알 수 있지. 수많은 남자 중에도 내 춤과 잘 맞아떨어지는 남자가 있지. 그 남자와 춤을 추면 저절로 흥이 나고 재미있고, 내가 춤을 제일 잘 추는 것 같고, 구름 위를 둥둥 떠다니는 것처럼 황홀감을 계속 느끼는 거야. 이게 바로 춤맛이다, 이 말이야. 그렇지, 오 원장?"

"아니, 언니는 어쩜 그렇게 제 속마음을 족집게처럼 잘 아세요?"

"내가 춤방 생활 십오 년이라고 하지 않았니. 십 년이면 강산이 변하는 것과 같이 춤의 세계가 변화하는 것을 다 알 수 있거든. 나도 너 같은 때가 있었으니까 다 알게 되는 것 아니니."

"언니, 저도 처음 춤을 배울 땐 춤만 잘 추면 되는 줄 알았는데 이제는 아무 남자랑 춤을 추면 재미가 없어요."

"그래, 네 말이 맞아. 초보 때는 퇴짜 맞지 않게 춤만 잘 추면 되는 줄 알고 정신없이 열심히 추다가, 조금만 지나면 멋있는 남자하고 춤을 추고 싶고, 조금더 지나면 춤이 맞는 남자가 필요하게 되는 거야. 그런 남자가 바로 파트너인데 춤방에서 파트너란 춤이 서로 잘 맞는 짝이다, 이 말이지."

"네, 언니 말씀이 제 생각과 똑같아요. 그러면 언니는 삼 년쯤 되었을 때 파트너가 있었어요?"

"난 춤을 배우면서부터 파트너를 정해 배웠단다."

"처음부터요?"

"무도학원에서 기본적인 스텝을 배운 다음 무도장에 나오면 춤을 빨리 배우고 싶은 욕심이 생기잖니."

"그렇지요."

"그러니까 춤을 잘 가르치는 파트너가 꼭 필요하다는 것을 느끼게 된 거야."

"저도 그런 생각을 여러 번 했었어요. 그 다음엔 어떻게 하셨어요?"

"머리를 썼지. 부킹언니에게 용돈을 두둑이 주고 춤 잘 추는 남자를 소개시켜달라고 부탁을 했지."

"그래서 만났어요?"

"춤을 처음 배울 때는 남자 얼굴이나 성품 같은 것은 눈에 보이지 않는 거야. 그저 춤만 잘 추는 남자가 보이지. 안 그러느냐?"

"저도 그랬어요."

"이 남자는 처음 아주 얌전하고 친절하게 잘 가르쳐주더라고. 나는 고마운 마음에 음료수도 대접을 하고, 밥도 사주었는데 며칠 지나니까 춤을 잘 가르쳐줄 테니 용돈을 달라 하더라고."

"주었어요?"

"줬지. 몇 푼 주니까 돈 값을 하더라고, 그 남자를 만나서 춤을 배운 지 한 달이 지나니까 춤이 조금 되는 거야."

"언니는 순발력이 좋잖아요. 그러니까 빨리 배우신 거예요."

"그런데 이놈이 한 달이 지나면서부터 춤이 끝나면 밖에 나가서 식사를 하자고 그러데. 밥도 많이 먹고 술 한잔 먹은 김에 노래방에도 갔지. 노래를 하다가 블루스 음악이 나오면 춤도 추었는데 이놈이 내 몸을 만지려고 하는 거야."

"몸을 만지려 했다고요?"

"죽일 놈이지, 건달들은 그게 순서인가 봐. 내가 그런 놈을 그냥 놔두겠니? 혼을 내주고 살살 달랬지. 그 다음날부터 더 열심히 춤을 가르쳐주더라고, 호호."

"그 다음엔요?"

"내 춤이 그놈하고 잘 맞아지니까 이놈이 카바레 구경을 시켜준다고 그러는 거야."

"카바레를요?"

"그래, 나도 춤을 배우면서 카바레에 무척 가보고 싶었거든. 그러던 참에 카바레를 가자고 하니 얼씨구나 좋다 하고 따라간 거야."

"카바레가 좋았어요?"

"무도장이나 콜라텍보다는 생동감이 있고 고급스러운 분위기뿐이지, 춤 실력은 무도장이나 콜라텍 쪽이 훨씬 잘해. 카바레는 말 그대로 술판이야. 춤을 못 추는 남자와 여자들은 그저 술 취한 핑계 대고 껴안고 있는 거지. 바람나기 좋은 곳이니까 카바레는 갈 곳이 못 되더라고."

"카바레에서 춤을 잘 추셨어요?"

"처음 가보는 카바레니까 기분부터 들뜨고 흥분되더라고. 지르박을 출 때는 내 몸이 붕붕 나는 것 같았어. 그 남자랑 몸이 슬쩍슬쩍 닿을 때면 찌릿찌릿 전기가 오는 것도 느껴지면서 기분이 엄청 좋아졌지."

"지르박이 끝나면요?"

"지르박 다음은 블루스잖아. 무도장에서 이 남자에게 춤을 배울 때는 전혀 느끼지 못했는데 카바레에서 블루스를 추니까 내가 여왕이나 된 것처럼 기분이 좋았지. 저절로 내 입에서 행복한 탄성이 나오면서 그 남자의 몸이 살짝만 스쳐도 전기가 오는 것 같았고, 나를 조금만 당겨도 그 남자 품에 안겨지는 거야."

오 원장은 박 언니의 얘기에 빠져들면서 마른침을 꼴깍 삼켰다.

"그렇게 즐거우셨어요?"

"근데 이놈이 블루스를 추면서 나를 안고 있다가 내 엉덩이를 노골적으로 만지는 거야."

"엉덩이를요?"

"그냥 두면 가슴까지 만지겠더라고."

"그래서 어떻게 하셨어요?"

박 언니의 얘기를 듣고 있는 오 원장이 더 열을 받은 것 같았다.

"하이힐 뒷굽으로 그놈의 발등을 찍으려고 했지만 너무 박절하게 하면 춤판이 재미없을 것 같아 그놈의 가슴을 살짝 뒤로 밀어내면서 거리를 두었지."

"그러니까 뭐래요?"

"그제야 그놈도 정신을 차렸는지 그 다음부터 제대로 춤을 추는 거야. 아마도 여자들이 춤바람 나는 이유가 다 여자들이 가만히 있으니까 남자들이 더 그러는 것 같다는 걸 느꼈지."

"언니, 그 다음부터 그 남자에게 계속 춤을 배우셨어요?"

"카바레에 갔다 온 이후 그 남자를 떼 내려고 며칠 동안 무도장에 나가지 않았어."

"연락 온 것 없어요?"

"처음부터 휴대폰 번호를 알려주지 않았지."

"다행이네요. 그 이후엔 파트너가 없었어요?"

"춤을 더 배우기 위해 파트너를 꼭 만들고 싶었어."

"그런데요?"

"처음 만났던 그 남자의 더티한 행동 때문에 불쾌한 마음이 남아 망설이고 있다가 며칠 후에 운이 좋아 춤이 잘 맞는 남자를 만나게 된 거야."

"그 남자가 마음에 들으셨어요?"

"사람은 마음에 들진 않았지만 춤이 잘 맞았는데, 오래가진 못했어."

"춤을 배울 땐 남자의 외모나 성품은 눈에 들어오지 않고 춤만 잘 추는 남자면 최고다, 이런 말씀이에요?"

"그래, 오 원장 말이 맞다. 남자하고 춤만 맞으면 뭐든지 다 잘 될 것 같았고, 매일 무도장에만 가고 싶었지. 나도 살을 뺀다는 핑계로 춤바람이 단단히 난 거야."

"그런데 왜 그 남자랑 빨리 헤어지셨어요?"

"그 남자의 춤을 다 알게 되면 춤이 재미가 없어지는 거야."

"그러면 파트너가 또 바뀌는 건가요?"

"그렇다고 봐야지. 처음 파트너가 생기면 한두 달 동안 춤을 출 땐 정신없이 행복하고 신바람 났지, 호호."

지나간 추억을 얘기하는 박 언니는 그 당시를 생각하면서 깔깔거리고 웃었다.

"시간이 지나면서 그 남자랑 춤은 잘 맞는데 그 남자에 대한 신비감이 떨어지니까 춤이 지루하더라고."

"그건 왜 그렇죠?"

"그게 바로 춤이란 거야. 춤이란 살아 있는 생물과 똑같은 거야. 살아 있다는 것은 항상 변화하는 것 아니냐. 춤을 추다 보면 지금 파트너보다 더 춤을 잘 추는 남자는 계속 보이는 거야. 아, 저 남자랑 한 번만이라도 춤을 춰봤으면 좋겠다 하는 욕심이 생겨 자꾸 그 남자 쪽으로 시선이 가거든."

"파트너는 그런 걸 모르나요?"

"당연히 남자도 알고 있지. 이 여자는 다른 남자를 찾고 있구나, 그걸 알면 그 다음부터 두 사람의 춤은 생기가 없어지고 끝나는 거야."

"그러다가 또 파트너가 바뀌는 건가요?"

"또 바뀌지, 좀 더 춤을 잘 추는 남자를 다시 찾는 거야."

"언니는 유별나게 파트너를 많이 바꾸셨나 봐요?"

"나만 그런 게 아니라 춤을 배우는 사람들은 모두 다 그런 과정을 거치는 거야. 처음 춤을 배울 때는 춤만 잘 추는 남자가 좋았고, 춤을 조금 추게 되면 남자의 외모나 매너를 보게 되고, 그 다음은 남자의 경제력과 성품을 보게 되지."

"그래도 춤방에서는 춤만 잘 추면 최고의 남자가 아닌가요? 결혼을 하려고 선을 보러 온 것도 아니고 춤을 추면서 외모나 성품으로 춤을 추는 건 아니잖아요."

"바로 그런 생각이 초보자와 고수의 차이점이지. 나도 오 원장처럼 똑같은 생각을 하면서 춤을 배워왔는데, 지나고 보니 춤과 파트너에 대한 개념이 정립된 거지."

"저도 언니처럼 그런 경험을 얻을까요?"

"오 원장도 마찬가지야. 새로 생긴 파트너랑 몇 달 동안 춤을 추다보면 그 사람의 못된 성품이 보이게 되고, 다른 남자의 외모나 경제적인 능력도 비교가 되면서부터 자연스럽게 멀어지게 되는 거야."

"춤과 파트너의 관계는 참으로 변화무쌍하네요."

"오 원장이 이제야 내 말을 알아듣네. 그래서 진짜 춤꾼들은 파트너가 없는 거야."

"네? 춤꾼들은 파트너가 없다고요?"

"그래, 파트너가 있으면 한 사람에게 구속되잖니."

"구속된다고요?"

"우선 파트너랑 만나는 시간과 장소를 매일 정해야지, 어느 한 쪽이 약속시간보다 늦게 도착하면 올 때까지 지루하게 기다려야지, 춤방에 오면 꼭 파트너하고만 춤을 춰야지…… 만약 다른 사람하고 춤을 추게 되면 두 사람의 사이는 금방 싸움이 벌어지든가 끝장이 나기 때문이야."

"그럼 언니는 그동안 파트너를 몇 사람이나 바꾸셨어요?"

"일 년 동안 다섯 사람이나 바꿨지. 그 이후에는 파트너를 더 사귀지 않았어."

"왜 더 사귀지 않으셨어요?"

"난 여기 은하수무도장에만 다녔는데, 처음엔 춤을 배우는 데만 정신이 팔려 멋도 모르고 이 남자 저 남자하고 파트너가 되어 춤을 추게 되자 남들이 손가락질하는 것 같았고, 또 내 자신이 이상한 여자가 되는구나 하는 것을 깨닫고 그 다음부터 파트너는 사귀지 않았어."

"파트너가 없으면 재미가 없잖아요?"

"파트너가 없을 때는 파트너 있는 사람이 그렇게 부러울 수가 없었어. 그러나 파트너가 있으면 항상 감시당하는 것 같아 불편하고 재미가 없어."

"그래서 춤꾼들은 파트너가 없다는 말씀이시군요?"

"파트너가 없는 대신 춤이 맞는 상대를 친구처럼 여럿 만들어놓는 거야. 그러면 춤방에 왔을 때 시간이 맞으면 부담 없이 즐겁게 춤을 출 수 있거든."

"언니 말씀 들어보니까 그게 춤과 파트너의 철학 같다는 생각이 들어요."

"철학은 무슨 철학, 호호."

두 사람은 마주보면서 깔깔거리고 웃었다.

"나랑 은하수무도장에서 친하게 지내는 남자나 여자들을 만나면 다 똑같은 얘기란다. 우리처럼 춤을 추면 남들이 제일 걱정하는 불륜이 일어날 수도 없고 항상 즐겁고 재미있게 춤을 출 수 있는 거야."

"불륜이라니요?"

"오 원장은 아직 그런 얘기도 못 들었어?"

"무슨 얘기를요?"

"춤방에서 남자와 여자가 자주 만나 춤을 추게 되면 자연스럽게 파트너가 되고, 파트너가 된 다음 마음이 맞으면 밥이나 술도 같이 먹고, 그러다가 정이 들면 드라이브도 같이 가고, 모텔까지 같이 가면 끝장이 나는 것 아니냐. 그렇지만 춤꾼들은 저질스러운 행동을 하지 않는 거지. 진짜 춤꾼들은 도덕적으로 깨끗하고 예절을 잘 지키는 사람들이야."

"언니 말씀대로 언니는 춤꾼의 모습이 보이세요. 깨끗한 학 같으세요."

"오 원장, 나도 처음엔 이 뚱뚱한 살을 빼려고 열심히 은하수무도장에 나와 십오 년 동안 땀 흘려 춤을 추면서 경험한 것일세. 오 원장도 세월이 지나다 보면 나랑 똑같은 얘기를 할 거야."

두 여인이 춤을 추는 것까지 잊고 진지하게 얘기를 하는 도중에, 연수정이 춤을 끝내고 자리로 돌아왔다.

"큰언니, 언니 덕분에 신나게 춤을 잘 추었어요. 감사합니다."

"춤이 재미있었나 보구나. 얼굴이 아주 밝아졌네."

"그 남자가 리드를 아주 편하게 잘 해주었어요. 저보고 내일 또 만나자고 그러데요."

"뭐? 또 만나자고 말했다, 이거지?"

"네."

"또 만날 거야?"

"만나고 싶지만 그 남자가 어떤 남자인지 몰라 대답을 못 했어요."

"막내도 파트너를 사귀고 싶은가 보구나?"

"꼭 파트너를 사귀고 싶은 것보다 춤을 재미있게 춰주니까 또 만나고 싶었던 거예요."

"아까 그 남자는 여기 무도장에서 처음 본 남자인데 내가 알아보고 알려줄 테니 그때 만나도록 해라."

"언니 말씀대로 할게요."

"그래라."

"오늘은 언니 덕분에 신나게 춤을 추었으니까 저녁식사는 제가 대접할게요. 괜찮으시죠?"

"생각은 고마운데, 오늘은 내가 저녁을 사겠다고 오 원장하고 미리 얘기를 해두었으니까 막내 밥은 나중에 먹자. 오 원장, 그렇지?"

"막내야, 큰언니 말씀대로 다음에 사도록 해."

그때 마침 민 여사가 춤을 끝내고 밝은 미소를 지으면서 자리로 돌아왔다.

"큰언니, 오늘은 춤이 잘 되는 날인가 봐요. 그 남자랑 춤이 아주 잘 맞았어요."

"너도 파트너를 사귀고 싶은가 보구나?"

"저도 이젠 파트너가 있어도 되지 않을까요?"

"파트너 얘기는 저녁밥을 먹으면서 얘기하도록 하고, 우리 집으로 가도록 하자."

일행은 무도장 보관소에 맡겨두었던 핸드백을 찾아들고 무도장을 나왔다.

박 언니가 운전하는 BMW를 타고 갈비집 '수랏상'으로 출발했다. 네 명의 여인들이 탄 승용차가 식당 주차장에 도착하자 잘생긴 남자 지배인이 차 문을 열어주면서 반갑게 맞아주었다.
"사장님, 오늘은 운동을 즐겁게 하셨나 봅니다. 얼굴이 환하십니다."
"모처럼 동생들하고 재미있게 놀았지. 지배인! 오늘은 귀한 손님 모시고 왔으니까 우리 집에서 제일 맛있는 메뉴로 준비해주게."
일행은 VIP룸으로 안내되었고 안창살, 차돌박이, 등심이 골고루 상에 올라와 반주와 곁들여 배부르게 먹었다.
오 원장이 혈압 때문에 고기 대신 채소로 배를 채우는 것을 보고 박 언니는 애처로운지 한마디 했다.
"오 원장은 아직도 혈압이 높은가 보구나?"
"요즈음은 식단을 바꿔 채소 위주로 먹으니까 혈압은 정상으로 유지하고 있어요."
"춤까지 열심히 추고 있으니까 혈압 낮추는 데 도움이 많이 되겠네?"
"네, 도움이 많이 되지요. 저는 혈압 때문에 춤을 시작했거든요."
"혈압이 높았니?"
"혈압 약을 먹어도 160이 넘을 정도였고, 어지럽고 숨이 차 몸을 마음대로 움직일 수 없어 집에만 누워 있었어요."
"스트레스를 많이 받았나보구나."
"남편 사업이 부실해지면서 문을 닫아야 했고, 제가 하는 미용실에도 갑자기 손님이 줄어드니까 스트레스를 받은 거예요."
"부부가 한꺼번에 충격을 많이 받았구나."
"혈압이 높고 어지럽다고 계속 누워만 있으니까 죽을 것만 같았어요. 남편 부축을 받고 죽기 살기로 아파트 주위를 산보하다가 조금씩 기력을 되찾은 다음 한강 고수부지로 산책을 다녔지요."
"그런데 춤은 언제 시작한 거야?"
"처음엔 민 여사처럼 수영도 배우고 요가도 해봤지만 재미도 없고 힘만 들고 지루하니까 오랫동안 할 수 없었어요."

"그래서 춤을 시작했구나."

"네, 어느 날 요가를 하러 갔는데 옆에 있는 엄마들이 사교춤 얘길 하더라고요."

"뭐라고 했는데?"

"어떤 아줌마는 혈압이 높아 춤을 배웠는데 지금은 정상이다, 또 어떤 아줌마는 무릎 관절통 때문에 고생을 했는데 춤을 배우고 나서부터 괜찮다고 하더라고요. 그 얘길 듣고 고민하다가 남편에게 허락을 받고 무도학원에 갔는데, 민 여사도 그날 등록을 하러 왔더라고요."

커피를 마시고 있던 박 언니는 호탕하게 웃었다.

"민 여사랑 같이 등록했다고? 학교 동창이나 회사 동기 얘기는 많이 들어봤지만, 무도학원 동기생이 있다는 건 처음 들어보네."

오 원장이 말을 계속 이었다.

"민 여사랑 같이 춤을 배우면서 얼마나 열심히 배웠는지 일주일이 지나니까 혈압 수치가 120으로 내려오는 거예요. 내가 살 길은 오로지 춤을 배우는 것으로 생각을 하고 죽기 살기로 혼자 연습을 했어요."

민 여사도 한마디 거들었다.

"언니, 오 원장이 얼마나 열심히 연습을 하는지 질투가 날 정도였어요. 강습시간이 끝나도 집에 갈 생각은 하지 않고 연습을 하기에 저도 덩달아 열심히 연습을 했어요. 그러니까 당뇨 수치도 떨어지더라고요."

"스텝 연습만 하면 지루했을 텐데?"

"당뇨 수치가 떨어지는 효과가 있으니까 죽기 살기로 연습했지요. 그날 배운 스텝은 옆에서 같이 춤을 배우고 있는 남자에게 잡아달라고 부탁을 해 완전히 몸에 익혀버렸어요. 그러니까 춤이 금방 늘더라고요."

"너희 두 사람은 춤방의 천생연분이구나. 혈압 수치도 낮추고 당뇨 수치도 낮추고, 춤도 잘 추고."

"언니 말씀이 맞아요. 오 원장을 만나지 않았더라면 당뇨 수치가 내려갈 정도로 춤을 열심히 배우지 못했을 거예요. 우정의 경쟁심이 발동했던 거지요. 오 원장, 안 그래? 호호."

"응, 민 여사 말이 맞아. 나 혼자 춤을 배웠더라면 춤도 잘 추지 못했을 거야. 민 여사가 춤을 추는 걸 보면 샘이 나더라고. 그래서 나도 열심히 배운 거지."

"그 말이 맞다. 두 사람의 경쟁심 때문에 춤도 잘 배웠고 병도 고치게 된 거지. 잘했다."

오 원장이 말을 받았다.

"저는 춤이 정말 보약 같았어요. 어떤 날엔 무도장에 나가지 못할 정도로 피곤해 누워 있으면 남편이 억지로 저를 내보내든지 아니면 무도학원까지 데려다줄 때도 있었어요."

"오 원장 남편의 정성이 오 원장을 살렸구나. 남편이 고맙네."

오 원장이 남편 자랑을 하자 민 여사도 지지 않으려고 남편 자랑을 했다.

"오 원장 남편도 극진하게 도와주었지만 우리 남편도 정성껏 보살펴주더라고요. 춤을 시작하고 한 달이 지나면서 당뇨 수치가 정상으로 떨어지니까 뭐가 잘못된 게 아닌가 의심을 하다가 그 수치가 계속 유지되자 남편이 놀리는 거예요. 꽃뱀이 되어도 좋으니까 춤을 열심히 추라고 용기를 줬어요."

"뭐? 꽃뱀이 되어도 좋으니 춤을 추라고 했다고? 야, 민 여사 남편 멋쟁이네."

오 원장도 민 여사를 놀렸다.

"언니, 민 여사는 무도학원에서도 남자 선생님들이 탐을 낼 정도로 아주 예쁘게 춤을 잘 추었어요."

"오 원장도 잘 추었잖아."

"그래그래, 두 사람 다 춤을 정석으로 잘 배웠다는 걸 나도 인정해.

우리 무도장에서 두 사람이 추는 걸 보면 눈에 확 들어오거든."

두 여인은 박 언니에게 고맙다고 목례를 했다.

"나도 매일 무도장에 안 나오면 살이 찌는 것 같이 답답한데, 두 사람도 마찬가지지?"

"맞아요. 하루만 안 나와도 당뇨 수치가 올라가니까 그게 겁이 나 매일 나오는 거예요. 오 원장도 그렇지?"

"저도 매일 무도장에 나와야 몸이 가벼워요. 한 이틀 결석을 하면 혈압 수치도 많이 올라가고 몸이 답답하거든요."

"은하수무도장에 오는 손님 중에 춤을 시작한 지 십 년이 넘은 사람들을 보면 혈압이 높든지, 당뇨 수치가 높든지, 허리 디스크 수술을 했든지, 나처럼 뚱뚱해 살을 빼기 위해 춤을 시작했는데, 이젠 다 치료되었다고 자랑하는 걸 보면 춤은 정말 만병통치약인 것 같아."

"언니 말씀대로 춤이 약이예요. 오 원장이랑 저는 하루라도 무도장에 나오지 않으면 병이 도질 것 같아서 친구들과 외국 여행 가는 것도 안 따라가고 춤을 추러 오잖아요."

"그건 맞는 말이야. 두 사람이 춤을 추었기 때문에 춤이 좋다는 것을 알게 된 것 아니야. 춤은 약이야. 돈 한 푼 안들이고 고질병을 고칠 수 있는 약이다."

"그럼요. 춤은 인간들의 힘과 노력으로 만들어낸 명약이에요. 오 원장도 그렇지?"

"춤을 추면 얼마나 멋있니. 돌아가는 순간순간에는 모든 걸 다 잊어버리고 황홀한 무아지경 속으로 빠져들잖니. 내가 이 세상에서 제일 예쁜 것 같고, 춤을 제일 잘 추는 것 같고, 구름 위를 둥둥 떠다니는 것을 느끼면서 즐겁게 춤을 추다 보면 몸의 기운이 왕성해지고 힘이 생기는 것 아니냐. 아, 춤은 멋있어."

박 언니는 말을 하다가 갑자기 자리에서 일어나 세 사람이 앉아 있는 주위를 멋있게 회전하면서 돌아가다가 살포시 제자리에 섰다. 세 여인은 박수를 치면서 깔깔거리고 웃으면서 한마디씩 했다.

"언니는 언제 보아도 멋있어요."

"언니를 보면 힘이 솟아요. 언니처럼 살아야 사는 맛이 난다니까요."

"언니들은 춤도 잘 추시고 형부들에게 사랑을 받고 사는데 저만 그렇지 못한가 봐요."

막내인 연수정이 갑자기 울먹이자 세 여인은 놀랬다.

"아니, 연 사장. 너 갑자기 왜 이러는 거야. 남편하고 싸웠어?"

박 언니가 흐느껴 울고 있는 연수정을 살며시 안아주면서 등을 토닥거렸다.

"싸우지는 않았는데요, 흑흑."

연수정은 말을 더 잇지 못하고 박 언니의 품에 안겨 아까보다 더 흐느껴 울었다.

"울고 싶을 땐 실컷 울어라. 그래야 속이 시원해진다."

시끌벅적하고 즐거웠던 식사 자리가 연수정의 울음소리 때문에 금방 조용해졌다.

민 여사가 말을 꺼냈다.

"요사이 연 사장 표정이 밝지 않았는데 무슨 사정이 있는가봐. 오 원장, 그렇지?"

"응, 나도 그렇게 느꼈어. 뭔가 말 못할 고민이 있는 것 같아. 언니가 한번 물어보세요."

흐느껴 울던 소리가 조금 조용해지자 박 언니는 딸에게 얘기하는 식으로 차분하게 물었다.

"수정아, 고민거리가 있으면 얘기해봐. 언니가 도와줄게."

"······."

연수정은 아무런 대꾸도 없이 조용히 있었다.

"너랑 나랑 우리 네 사람은 친자매는 아니지만 형제처럼 마음을 주고받는 사이가 아니니. 어려운 것 있으면 털어놓고 의논해야지."

민 여사도 박 언니의 말에 동조를 했다.
"언니 말씀이 맞아. 우리는 비록 춤방에서 만났지만 친자매처럼 친하게 지내고 있잖니. 어려워 말고 언니에게 말씀드려."
오 원장도 한마디 거들었다.
"오늘 무도장에서 연 사장 부킹도 언니가 시켜주셨고, 우리 세 사람을 특별히 여기까지 데려와 맛있는 저녁도 사주셨잖니. 뭐든지 언니에게 의논하는 것이 좋겠다. 민 여사와 나도 도와줄게."
연수정은 눈물을 닦고 난 후 박 언니 품에서 몸을 빼내 똑바로 앉았다.
"큰언니, 죄송해요. 맛있는 음식까지 사주셨는데 예의 없는 짓을 했어요."
"아니야, 괜찮다. 사람이 살다보면 서러움에 복받칠 때가 있는 거야. 마음 편하게 먹어라."
"제가 왜 춤을 배우게 되었는지, 그동안에 있었던 일들을 말씀드릴게요."
"그래라. 속 시원하게 얘기를 해. 언니들이 도와줄게."
"저는 이 년 전에 유방암 수술을 하면서 왼쪽 유방을 잘라냈어요."
연수정이 왼쪽 유방을 잘라냈다는 말에 세 여인은 숙연해졌다.
"병원에서 퇴원 후 일 년 동안 남편은 정성스럽게 간호를 해주었어요. 매일 제 몸도 씻겨주었고, 좋은 약도 준비해주었고, 퇴근을 하면 아파트 산책길도 다니고, 휴일엔 드라이브도 하면서 제 마음을 편안하게 해주었는데…… 일 년이 지나면서 회사 일이 바쁘다는 핑계로 저에게 소홀해지는 것 같더라고요."
민 여사가 목소리를 높였다.
"남편이 바람이라도 난 거니?"
"확실한 근거는 없었지만 가끔씩 딴 여자를 만나고 오는 것 같은 느낌을 받았어요. 수술 전에는 잠을 잘 때 저를 꼭 껴안고 잠을 잤는데 일 년 후부터는 등을 돌리고 잘 때가 많았고, 제 몸을 잘 만지려고도 하지 않았어요. 그때부터 제 몸매와 건강에 자신이 없어졌고, 사는 게 허무했어요. 매사에 소극적이 되면서 하루 종일 우울한 거예요."

박 언니가 화를 벌컥 냈다.

"망할 놈의 자식이 바람을 피워! 아니 연 사장같이 예쁘고 몸매가 좋은 마누라가 아픈 사이에 바람을 피우다니, 쫓아가서 불알을 확 잡아 빼버릴까부다. 부부관계는 제대로 하는 거야?"

"제 컨디션이 좋으면 한 달에 두세 번은……."

연수정은 창피해 말을 다 하지 못하자 오 원장이 말을 받았다.

"나도 오 년 전에 자궁을 들어냈을 때 정말 비통했어. 이젠 여자도 아니구나, 생각하니까 죽고만 싶어 혼자 차를 몰고 서해안 바닷가에 몇 번 갔다 온 적도 있어. 남편은 처음엔 위로해주는 척하다가 관심이 없어지면서 바람을 피웠어. 그러니까 자동적으로 우울해지더라고. 이렇게 살면 안 되겠다 싶어 고민을 하는데, 춤이 좋다는 얘길 듣고 춤을 배우게 된 거지."

오 원장은 말을 마치자 맥주 한 컵을 단숨에 마셔버렸다.

"언니 말씀대로 저도 이대로 가다간 우울증에 걸릴 것만 같았어요. 제 스스로 제 마음을 이겨내야 한다는 각오를 단단히 한 다음, 골프도 배우고, 노래교실도 가고, 에어로빅도 배우면서 활기를 찾으려고 노력을 많이 했는데 잘 안 되더라고요."

"그래서 그만두었어?"

"어느 날 에어로빅을 하다가 쉬고 있는데, 아줌마들이 사교춤 얘길 하고 있더라고요. 남자들이랑 같이 춤을 추기 때문에 재미도 있고 지루하지 않다는 거예요."

"그래서 춤을 시작한 거구나?"

"무도학원에 등록하러 갔는데 아줌마 아저씨들이 춤을 추는 것을 보니까 재미있어 보이고 저절로 흥이 나더라고요. 내가 좋아하는 일에 몰두하고 흥미를 가지는 자체가 건강한 육체와 마음을 갖게 되는 비결이라는 것을 느끼게 되었어요."

"사교춤이 연 사장 성격에 잘 맞았구나."

"한 달 동안 기본 스텝을 배우면서 즐겁고 신나게 춤을 배우니까 새로운 춤꾼이 나타났다고 선생님이 칭찬을 하더라고요. 저도 춤이 재미있으니까 춤에 빠지면 스트레스도 풀 수 있고 우울증도 이겨낼 수 있을 것 같아 열심히 배운 거예요."

"무도장에 갔을 때 퇴짜는 안 맞았어?"

"저는 무도학원 선생에게 배운 실력이면 금방 춤을 출 수 있을 것 같았어요. 아유, 그런데 제가 초보인 줄 알고 지르박 음악이 나오면 남자는 한 발짝도 움직이지 않고 제자리에 서 있으면서 나만 팽이 돌리듯 돌리는 거예요. 블루스나 트로트 음악이 나오면 나를 껴안고 놔주지를 않는 거예요. 창피하고 자존심 상하고 기분도 나쁘니까 춤을 그만두려고 했어요."

오 원장이 언성을 높였다.

"그건 약과야, 난 첫날부터 아주 웃겼어. 남자들은 내가 초보인 줄 알고 '알 품기'부터 하더라고. 미친놈이 내가 숨을 못 쉴 정도로 젖가슴 쪽을 바짝 당겨놓고 아랫도리에 힘을 주는 거야. 구역질이 나더라고. 그러니까 춤을 출 맛이 나겠어? 에이, 더러운 놈들. 남자들은 다 똑같다. 근데 연 사장 같은 몸매라면 남자들이 그냥 놔두겠어? 환장들 하겠지."

"언니 말씀대로 저도 몇 번 그렇게 당하고 나니까 춤을 추기 싫어졌어요. 우울증을 고치기 위해 춤을 추려다가 오히려 더 큰 병을 얻을 것 같아 고민하는데, 어느 날 큰언니께서 제 옆에 앉으시면서 이러시더라고요. 춤을 추러 와놓고 춤을 출 생각은 하지 않고 하루 종일 앉아만 있느냐고. 큰언니, 생각 안 나세요?"

박 언니는 연수정의 말에 깜짝 놀랐다.

"내가 그런 말했다고?"

"네, 저에게 그랬어요. 그래서 제가 그랬지요. 초보자인데 남자들이 알 품기만 하기에 춤을 추기 싫어졌다고 하니까 큰언니께서 제 손을 잡고 당기시더라고요."

"뭐라고 하면서?"

"춤을 가르쳐주시겠다고 하셨어요."

"그랬어? 이제야 생각이 나는 것 같아. 그때는 내가 남자 스텝을 배우고 있었는데, 나도 실습을 해보고 싶었던 게지. 내가 배운 남자 스텝이 맞는지 안 맞는지 확인을 해보고 싶었던 거야."

"큰언니께서 한 시간 동안 가르쳐주셨는데 그날 저는 사교춤의 매력을 알게 되었고 황홀감을 느꼈어요."

오 원장이 놀라면서 말을 받았다.

"연 사장은 춤맛을 빨리 알게 되었구나."

"큰언니께서 아주 편하게 리드를 해주셨으니까 초보자라도 쉽게 할 수 있었어요."

박 언니는 흐뭇한 미소를 지으면서 한마디 했다.

"수정이는 내 리드를 잘 받아주었는데 춤을 아주 예쁘게 잘 추더라고. 그날 이후부터 가끔씩 내가 잡아주었지. 안 그러니?"

"네, 큰언니 덕분에 춤을 잘 배웠어요. 춤의 매력에 빠졌기 때문에 우울증도 이젠 다 없어졌어요. 큰언니, 고맙습니다."

세 여인이 말을 하는 동안 한마디 말도 없이 듣고만 있던 민 여사가 말했다.

"연 사장은 춤 딕분에 우울증도 없어지고 유방암 관리도 잘 된 것은 좋은데, 남편은 어떻게 되었어?"

"남편은 골프바람이 났어요."

"골프바람?"

"골프장에 다니면서 여자를 알았더라고요. 휴일에 골프 치러 나가면

밤늦게 들어왔어요."

"알면서 그냥 놔둔 거야?"

"남편은 친정 부모님에게 몇 번 야단도 맞고 혼이 났어요. 또 그런 짓 하면 이혼시킨다고 하니까 지금은 조용하긴 한데……."

박 언니가 또 화를 냈다.

"아니, 그런 놈을 그냥 둬? 이혼해버려, 나쁜 놈."

"저도 이혼을 하려고 변호사를 만나 몇 번 의논을 했는데 아이들이 마음에 걸려서……."

연수정은 그동안의 설움이 복받쳐오는지 또 흐느껴 울었다. 박 언니가 다시 연수정을 안고 어깨를 토닥거렸다.

"이혼을 하게 되면 아이들이 충격을 많이 받을 거야. 남편이 밉지만 아이들을 생각해서라도 이혼은 더 두고 보도록 해."

민 여사가 박 언니의 말에 동의했다.

"그렇게 해. 남편은 밉지만 아이들에게는 아빠가 있어야 든든하거든. 조금 더 시간을 갖고 기다려봐."

"저도 아이들이 불쌍해 남편이 바람피우는 걸 모른 척하려고 노력을 많이 했지만, 그럴수록 의부증이 생기는 것 같아요."

박 언니가 두 손으로 연수정의 얼굴을 바로 세우면서 말했다.

"이런 비법을 써봐. 점쟁이에게 부적을 받아가지고 몸에 지니고 있으면 남편 바람기를 잡을 수 있다고 하더라. 내가 용한 점쟁이를 소개해줄게."

박 언니의 얘기를 듣고 있던 연수정은 블라우스 윗단추를 푼 후 오른쪽 브래지어 속에서 부적 두 개를 꺼냈다.

"아니, 그건 부적이 아니냐?"

"빨간색 부적은 남편이 바람을 피우지 못하게 하는 부적이고요, 노란색 부적은 부킹 잘 해달라는 부적이에요."

두 개의 부적에 대해 얘기를 듣고 있던 박 언니는 갑자기 깔깔거리고 웃었다.

"빨간색 부적은 이해가 가는데 노란색 부적은 부킹을 잘 해달라는 부적이라니, 그게 무슨 뜻이야?"

"매너 좋은 남자가 부킹되길 바라는 부적이에요. 춤을 못 추고 매너 없는 남자가 걸리면 재미도 없고 짜증나잖아요. 그래서 이걸 차고 다녀요, 호호."

흐느껴 울고 있던 연수정이 깔깔거리고 웃자 세 여인도 덩달아 웃었다. 박 언니가 말을 이었다.

"춤이 좋긴 좋구나. 춤을 추면 마음이 즐거우니까 엔도르핀이 생산되어 몸에 기운이 생기고, 그것 때문에 병 치료가 되면서 행복해지는 거야. 수정이처럼 남편이 바람을 피워 속이 상해도 춤으로 이겨내고 있으니 춤이 얼마나 좋은 거냐, 그렇지, 수정아."

박 언니는 연수정을 꼭 껴안아주었다. 과일을 먹고 있던 오 원장이 말을 꺼냈다.

"언니, 아까 무도장에서 파트너 말씀하시다가 중단되었는데, 계속하셔요."

"어디까지 했지?"

"어떤 사람을 파트너로 골라야 하는지 알려주세요."

"너희들도 이젠 파트너를 만들고 싶을 때가 되었으니까 내가 그동안 파트너 고른 것을 예를 들어볼 테니 참고해라."

박 언니는 목이 마른지 맥주 반 컵을 마신 후 말을 이었다.

"춤을 처음 배울 때는 이것저것 안 가리고 춤을 가르쳐줄 정도로 춤을 잘 추는 사람이 파트너였고, 춤을 조금 추게 되니까 멋있어 보이고 춤 잘 추는 남자가 파트너였고, 그다음엔 돈이 있어 보이면서 춤을 잘 추는 사람이 파트너였고, 제일 마지막엔 춤이 맞고 성품이 좋은 남자가 파트너였지."

"언니 말씀 들어 보니까 파트너의 기본은 우선 춤을 잘 춰야 하고,

멋있고, 매너 있고, 돈 있고, 성품 좋은 남자라야 되는데…… 그런 남자가 어디 있어요?"

"있어, 많이 있다고. 무도장에 나올 정도면 춤은 되는 사람들이야. 춤을 오래 추다 보면 성품 좋은 사람이 보이는데, 그때 그 남자를 잡아야 돼."

"멋있고, 매너 있고, 돈 있는 사람은 외모로 보면 알 수 있지만 춤을 추면서 성품은 잘 나타나지 않잖아요."

"춤을 추다 보면 알 수 있어. 성품 좋은 사람은 춤을 추면서 우선 상대 여성을 존경하면서 배려해주는 게 보여. 낯모르는 남녀가 몸을 부대끼며 춤을 추다 보면 예의에 어긋나는 행동을 할 때가 많이 일어날 수 있지만, 성품이 좋은 남자는 건방진 행동을 삼가면서 예의를 잘 지켜."

"그게 다예요?"

"춤을 추면서 여성을 즐겁게 해주는 남자. 한마디로 춤으로 여성을 뿅 가게 하는 춤의 달인이다, 이거지."

"춤의 달인이라고요?"

"달인들은 수십 종류의 스텝과 피겨를 구사하기 때문에 재미있어. 지루하지 않고 황홀감을 느끼면서 춤을 출 수 있도록 해주는 사람이지."

"언니는 춤출 때마다 황홀감을 느끼세요?"

"그럼, 그 맛 때문에 춤을 추는 거야. 춤을 오랫동안 추다보면 춤이 잘 맞는 사람끼리 만나게 되는 거지. 고수는 고수를 알아본다, 이거야."

"춤을 못 추는 남자하고 춤을 춰도 황홀감을 느끼세요?"

"춤을 못 추는 남자가 걸리면 내가 그 남자 춤을 가르쳐줘야 직성이 풀리는데, 황홀감을 느끼기 이전에 땀부터 많이 흘린단다."

"은하수무도장에 언니 파트너는 몇 사람이나 있어요?"

"남자 친구는 한 사람도 없고, 춤 파트너는 젊은 남자, 나이 든 남자 모두 합하면 열 명 정도 될 거야."

"열 명이나요?"

"그래, 그 정도는 있어야 올 때마다 기다리지 않고 보이는 대로 잡고 춤을 출 수 있지. 그런 파트너가 안 보이는 날이면 나도 엄청 고통스럽고 재미가 없어."

"언니, 우린 언제 파트너 만들어줄거유?"

"너희들 파트너는 각자 개인들이 알아서 만들어야 해."

"그건 왜 그렇죠? 언니가 골라주면 좋겠는데."

"사람마다 개성과 성품과 춤의 성향이 다르잖니."

"그렇지요."

"내가 아무리 좋은 사람이라고 골라줘 봐야 본인들 성향에 맞지 않을 수 있잖니. 이 사람 저 사람 춤을 추다 보면 춤이 맞는 사람이 보이고, 성품이 좋은 사람이 꼭 나타날 거야. 그 사람이 정해지면 나에게 말해. 내가 사람 됨됨이는 봐줄 거다. 제비인지, 제비가 아닌지, 가려내야 하잖니."

"언니는 춤도 잘 추시고 성격도 좋으니까 부럽네요, 호호."

"나도 춤방 생활을 하다 보니까 사람이 그렇게 변한 거야. 스님이나 목사님이나 신부님이 그 자신의 행동과 양심대로 모습이 만들어져가는 거나 마찬가지야. 동생들도 즐겁게 춤을 추면서 건강관리를 하다보면 좋은 파트너를 만나게 될 거야. 기다려봐."

민 여사, 오 원장, 민 사장은 박 언니에게 감사한 마음을 남기고 갈비집을 나왔다.

파트너

준봉은 꽃뱀 우혜영에게 혼이 난 뒤 혹시라도 또 연락이 올 것만 같아 며칠 동안 마음을 졸였다. 휴대폰 번호도 바꿨고, 등산용 가방은 가위로 잘라 쓰레기봉투에 넣어버린 후 다시는 등산을 가지 않기로 마음도 먹었다. 무도장의 '무' 자만 생각해도 치가 떨리는 것 같아 무로 만든 반찬은 손도 대지 않았다.

겨울 동안 우혜영에 대한 생각을 지워버리기 위해 소설 쓰기에 전념을 했고, 가끔씩 사봉회 동생들과 같이 서울 근교의 골프장에서 즐겁게 운동했다. 어느 날 사봉회 동생들과 골프를 끝내고 클럽하우스에서 커피를 마시고 있을 때, 막내인 경봉이가 물었다.

"큰형님, 그동안 춤 많이 배우셨지요? 지난번 도봉산에서 만났던 아주머니는 아직도 만나세요?"

준봉은 등골이 오싹해졌다. 저놈이 내가 꽃뱀에게 당한 걸 알고 저러는 걸까 의심을 해봤지만, 경봉이 얼굴엔 그런 기색은 보이지 않았다.

"그 아줌마는 노래방에서 헤어진 후 한 번도 만나지 않았다."

"그날 노래방에서 그 아줌마는 형님에게 푹 빠졌잖아요. 우리는 형님이 그 아줌마랑 모텔이라도 간 줄 알았지요."

 준봉의 등줄기에서 구슬 같은 땀방울이 흘러 내렸다. 심장이 쿵쾅쿵쾅 뛰는 것을 억누르면서 준봉은 언성을 높였다.

 "모텔 앞을 지나가지도 않았고, 그 이후엔 연락도 한번 없었다니까 그러네."

 준봉은 거짓말을 하고 있으면서도 꼭 꽃뱀과의 관계가 탄로 난 것만 같아 불안해져 창문을 내다보며 마음을 다잡고 있었다.

 "형님, 요즘 꽃뱀들은 돈이 될 만한 남자들이 무도장에 안 나오니까 등산을 가거나 골프장, 헬스클럽에서 헌팅을 한 후 춤을 가르쳐준다는 핑계를 대고 무도장으로 데려와 몸을 준 다음 돈을 빼낸대요. 형님도 조심하세요."

 하고많은 얘기 중에 하필이면 춤 얘기를 하는 상봉이가 죽이고 싶도록 미워졌다.

 "형님은 꽃뱀들이 아주 좋아할 먹잇감이죠. 춤을 처음 배우니까 여자 파트너가 꼭 필요할 때잖아요. 잘생겼죠, 매너 좋지요, 돈이 많다는 걸 알면 꽃뱀들은 꽉 물고 절대로 놓치지 않거든요."

 상봉은 자신이 꽃뱀이라도 된 것처럼 너스레를 떨어 세 남자는 즐겁게 웃었지만 준봉의 마음은 가시방석이었다.

 "형님, 그동안 춤 배운 것 구경 한번 해봅시다. 한번 땡기러 가시죠."
 "그래, 가자. 여기서 어디로 갈 거야? 천호동이 가까우니까 그쪽으로 갈까?"

 준봉도 기가 죽지 않았다는 것을 보여주기 위해 즉시 대답을 했다. 이때 일식집 사장 상봉이 두 사람의 얘기에 끼어들었다.

 "큰형님, 은하영 여사 생각나시죠?"
 "은하영, 생각나고말고. 근데 이 대목에서 그 여자는 왜 물어보는 거야?"
 "형님은 그 여자 때문에 춤을 배웠잖아요?"

"그렇지."

"은하영 여사하고 춤 한번 춰보고 싶지 않으세요?"

"너 그 여자랑 만나고 있는 거야?"

"만나고 있는 게 아니라 제가 영등포 있는 무도장에서 어떤 아주머니와 춤을 추었는데, 그 아줌마가 바로 은하영 여사였어요. 신기하죠?"

"세상도 참 좁구나."

"저는 처음 그 아줌마가 은하영 여사인 줄 모르고 춤을 시작했는데 춤이 잘 맞더라고요. 쉬지 않고 두 시간이나 춤을 출 정도였으니까 잘 추는 거잖아요."

처음 춤을 추는 사람들이 두 시간 동안 춤을 출 정도면 춤이 잘 맞는다는 건 준봉이도 알고 있는 내용이다.

"커피를 마시려고 휴게실에 마주 앉았는데 얼굴이 눈에 익은 여인이기에 물어봤더니 맞더라고요."

"너도 기억력 하나는 알아줘야 돼."

"제가 형님 얘기를 해드렸어요. 은하영 여사에게 충격을 받고 준봉이 형님이 사교춤을 배웠다고 하니까 깜짝 놀라더라고요."

"잘 추더냐?"

"잘 추고말고요. 그동안 내가 잡아본 아줌마들 중에 제일 잘 추는 것 같았어요."

"그렇게 잘 춰?"

"내가 그랬어요. 우리 형님이 은하영 여사에게 복수를 하려고 열심히 춤을 배웠다, 나중에 연락을 해드릴 테니 시간을 내라고 하니까 꼭 그렇게 해달라고 했어요."

"너나 그 아줌마랑 잘해봐. 난 이제 끝난 사람이야."

"형, 은하영 여사는 아직도 형님을 생각하고 있단 말입니다."

"나를? 그 아줌마는 나를 버린 여자가 아니냐?"

"어휴, 형님은 그렇게도 여자의 마음을 모르슈. 은하영 여사는 형님 전화 받기를 기다리고 있는 눈치였어요."

"전화를 기다린다고?"

"은하영 여사는 그날 형님을 버려둔 채 제주도 여행을 끝내고 서울로 돌아온 후 몇 번이고 형님에게 미안하다는 전화를 하고 싶었는데, 형님이 꼼짝하지 않고 있으니 전화를 못 했다더라고요. 형님이 먼저 전화를 해보세요."

"내가 왜 전화를 해. 난 아무런 생각이 없다."

은하영이 자신의 전화를 기다린다는 얘기를 듣자 준봉은 얼굴이 화끈거리면서 가슴이 뛰었다. 이 년 전 서귀포 나이트클럽에서 춤을 추다가 손을 놓고 나가버린 은하영이, 그날의 일을 미안하게 생각하면서 전화를 기다리고 있다는 얘기를 듣자 가슴이 벅차올랐다. 고등학교 때 짝사랑하던 여고생을 그리워하던 그런 생각을 하면서 마음이 설레었다. 솔직히 말해 준봉도 은하영 여사를 항상 생각하면서 춤을 배우고 있었으나 동생들에게는 속내를 보이지 않았던 것이다.

"형님, 지금 은하영 여사에게 전화해 어디서 만나자고 할까요?"

"뭐, 지금 만난다고? 나중에 만나자. 아직 춤도 다 배우지 않았다."

"에이, 춤을 배우는 건 끝이 없다고요. 춤은 그저 스텝만 밟을 수 있으면 된다고요."

"내가 자신 있다고 할 때 만나자고 말을 할게. 그때 데리고 나와."

"아따, 형님은 무도대회에 나갈 준비를 하시는 거요? 일 년 내내 춤만 배운다고 핑계를 대슈. 어찌되었든 은하영 여사를 만나고 싶어 하는 마음이 있다는 것만 알겠습니다."

사봉회 동생들과 헤어진 후 집으로 돌아오는 준봉은 휘파람을 불 정도로 마음이 즐거웠다. 은하영. 이름 석 자 그대로 그녀의 얼굴 모습이 아련하게 떠오른다. 오십 대 초반의 예쁘고 잘생긴 얼굴에, 웃을 때 쏙 들어간 보조개가 인상적이었던 그 여인이 보고 싶어졌다. 빨리 은하영 여사를 만나 멋진 춤을 추면서 제주도에서 당한 수모를 웃음과 즐거움으로 되갚아 주고자 마음먹었다.
 준봉은 어렵게 배운 사교춤을 시작하면서부터 꽃뱀에게 걸려 봉변을 당해 춤을 그만두고자 결심을 하고 있었다. 그런데 은하영이 자신을 기다리고 있다는 소식에 준봉의 결심은 흐물흐물해졌고 춤을 다시 시작하기로 했다.
 개나리, 진달래가 피는 따뜻한 봄 어느 날, 준봉은 은하수무도장으로 갔다. 몇 개월 만에 와보는 무도장이라 처음 왔을 때처럼 어색했지만 카운터 직원인 까까머리도 그대로 있었고, 옷 보관소 아줌마도 그대로 있었고, 긴 머리 부킹언니와 커트 머리 부킹언니도 그대로 근무하고 있어 마음이 조금씩 안정되었다.
 무도장 가장자리를 몇 바퀴 돌면서 박 언니를 찾았으나 잘 보이지 않아 의자에 앉으려고 하는데, 누군가 준봉의 어깨를 건드렸다.
 "어, 누님!"
 "백 선생, 오랜만이야. 난 백 선생이 꽃뱀 독침에 죽은 줄만 알았지."
 "에이 누님도, 이제 다 잊어버렸어요. 그만 놀리세요."
 "농담이야. 신수는 훤한데 소설은 잘 돼가고 있나봐?"
 "겨울 동안 반성하면서 새로운 소설 한 권을 끝냈습니다. 출판기념회 때 누님을 꼭 모시도록 하겠습니다."
 "이렇게 똑똑하고 의지가 굳은 남자가 어떻게 꽃뱀에게 당했는지 아직도 이해가 안 간단 말이야."
 "쉿. 누님, 이제 그런 말은 그만하세요."
 "그동안 춤방에 오는 걸 한 번도 못 봤는데 춤은 계속 춘 거야?"
 "그날 이후엔 한 번도 춤방에 가지 않았어요. 오늘 처음 온 겁니다."
 "몇 개월 동안 춤을 추지 않았으면 몸과 발이 둔하거든. 몇 곡 추고 나면 예전 실력이 나올 거야. 한번 춰보실까?"
 "한번 잡아주십시오."
 두 사람은 플로어에 나가 마주보면서 인사를 깍듯이 한 다음 지르박 음악에 맞춰 워킹을 시작했다.

　박 언니 말대로 준봉의 발과 몸 움직임이 초보자일 때와 똑같은 수준이었기 때문에 스텝이 꼬여 자주 춤이 중단되었다. 박 언니는 귓속말로 차분하게 격려해주었다.

　"기죽지 말고 천천히 하면 될 거야."

　"……."

　준봉은 미안한 마음이 들어 고개만 끄덕이고 몇 달 전 기억을 되살리면서 스텝을 밟았다. 음악 세 곡이 지난 다음부터 준봉의 스텝과 몸놀림이 옛 모습대로 연결되었다. 박 언니는 세 바퀴 회전을 하고 돌아오면서 준봉이 잘 보이도록 양손 엄지손가락을 치켜세우며 칭찬을 해주었다. 준봉은 웃음으로 고맙다는 대답을 했다.

　박 언니는 은하수무도장에서 춤이 맞는 사람과 춤을 출 때는 신들린 무당과 똑같은 모습으로 신나게 춤을 추었다. 새털처럼 가볍게 스텝을 밟으면서 그때그때 흘러나오는 음악의 강약에 맞춰 몸짓과 손짓을 예쁘고 멋있게 텐션을 주면서 움직였다. 같이 춤을 추는 주위 사람들에게 작은 접촉과 무례함도 없이 공간을 만들어가면서 두 바퀴나 세 바퀴씩 회전을 하고 돌아오는 얼굴에는 즐거움과 행복함, 황홀함이 깃들어 있어 같이 춤을 추는 남자도 덩달아 흥이 나면서 신나게 춤을 추었다.

　박 언니와 준봉이 멋들어지게 강약을 주면서 당기고 회전하며 뿜어내는 열기는 옆에서 춤을 추는 다른 사람들이나 의자에 앉아 구경을 하는 이들로 하여금 저절로 흥이 날 정도로 신나게 돌아가고 있었다.

　민 여사와 오 원장도 의자에 앉아 준봉과 박 언니가 춤을 추는 모습을 보고 있었다.

　"오 원장, 박 언니랑 같이 춤을 추는 저 남자는 누구야?"

　"아까부터 유심히 보고 있는데, 어디서 본 사람 같기도 한데 기억이 잘 나지 않네."

　"두 사람의 춤이 아주 잘 맞지?"

"박 언니가 숨겨둔 남자인지도 모르지. 저 정도 춤이 맞으려면 몇 개월 동안 같이 춤을 추어야 할 것 같은데."

"박 언니 성격에 숨겨둔 남자는 아닌 것 같고, 그렇다고 오늘 처음 만난 사람끼리 저렇게 호흡이 잘 맞을 리 없고. 어디서든 춤을 같이 춰본 것은 틀림없어."

"박 언니랑 저 남자는 키도 적당하게 잘 맞고, 체격도 그렇고, 남자도 멋있게 생겼네."

"박 언니 춤의 장점이 바로 저거야. 지금 흘러나오는 음악에 맞춰 그때마다 강하고 약하게 밀고 당기면서 손짓과 몸짓을 예쁘게 만들어 하잖아."

민 여사와 오 원장이 얘기하고 있을 때, 무도장 스피커에서 지르박 음악인 '사랑을 한번 해보고 싶어요'가 빵빵하게 흘러 나왔다.

"민 여사 말이 맞아. 나도 박 언니처럼 흉내를 내려고 하는데 그게 잘 안 돼. 그게 고수와 하수의 차이인가 봐."

"나도 음악에 맞춰 텐션을 주려고 아무리 애를 써도 잘 안 되는 거야. 박 언니는 우리보다 두 배나 뚱뚱해도 저렇게 날렵하고 멋있게 추잖아. 에이, 약 올라."

"저것 좀 봐, 블루스를 출 때 다리를 옮기는 것도 자연스럽게 멋을 내는 거야. 우리처럼 아무런 멋 없이 발만 그냥 옮기는 것과 다르지."

"박 언니가 나오면 저 폼을 가르쳐달라고 해야겠어."

"그래."

"춤을 처음 배울 때는 스텝 순서만 맞게 하려고 애를 썼고, 스텝이 조금 좋아지면 남자 얼굴이나 몸을 보게 되고, 춤이 조금 더 좋아지면 멋있는 남자만 눈에 띄었는데, 나도 이제는 박 언니처럼 저런 춤을 추고 싶은 거야."

"박 언니는 자신이 춤을 만들어 추고 있어. 그만큼 음악과 스텝에 자신이 있고 남자의 춤 실력을 읽고 있으니까 당당하게 추는 거 아니겠어."

준봉과 박 언니는 두 시간이 넘도록 춤을 추다가 휴게실로 나왔다. 기다리고 있던 민 여사와 오 원장이 반갑게 인사를 했다.

"언니, 춤 멋있게 잘 추셨어요."

"와, 언니 짱이야. 진짜 멋있어요."

"오, 그랬니? 동생들 눈에 멋있게 보였다니 고맙네."

"근데 언니, 저 남자는 누구예요?"

"누구 같니?"

"남자 친구?"

"어휴, 내가 언제 남자 친구 사귀는 것 봤니?"

"그럼 어디서 춤 잘 추는 남자를 데리고 온 거유?"

"은하수무도장 안에도 춤 잘 추는 남자가 많은데 어디서 데리고 오겠니. 제 발로 날 찾아왔지."

"제 발로 찾아오다니요?"

"애들 좀 봐. 박 언니가 누구니. 무도계의 여왕, 의리의 여왕, 해결사 여왕, 뚱뚱보의 여왕이니, 그러니까 그 이름을 듣고 찾아온 거지, 호호."

"뭐가 뭔지 하나도 모르겠어요. 쉽게 말씀하세요."

"내가 그만큼 유명하다 이거야. 그런데 듣자듣자 하니 기분 나쁘구나. 저 남자가 그렇게 맘에 드니? 요것들이 남자만 보면 사족을 못 써요. 이 언니는 눈에 보이지도 않는가봐."

"언니는 무슨 그런 말씀을 하세요. 우리가 언니를 얼마나 좋아한다고요."

두 여인이 양쪽에서 박 언니를 꼭 껴안아주면서 애교를 부리고 있을 때 화장실에 갔던 준봉이 수건으로 손을 닦으면서 박 언니 앞으로 왔다.

"백 선생, 미모의 두 여인이 목 빠지게 기다리고 있었다네. 인사하시게. 이쪽은 민 여사, 이쪽은 오 원장. 두 사람 다 예쁘게 생겼지?"

"안녕하세요. 백준봉입니다. 잘 부탁드립니다."

"백 선생님은 소설가라네. 여인들의 심금을 울린 '샛별의 꿈'을 쓰신 분이야."

민 여사는 깜짝 놀랐다. 민 여사는 '샛별의 꿈'을 감명 깊게 읽었기 때문에 책 내용을 다 알고 있었다.

"작가 선생님을 뵙게 되어 영광입니다. 소설을 다 읽었는데 재미있게 잘 쓰셨더라고요."

"칭찬해주셔서 감사합니다."

"소설 얘기는 나중에 하고 기왕 만났으니까 두 사람은 춤이나 추고 와."

박 언니는 민 여사의 손을 당겨 준봉에게 인계해주었다. 준봉은 민 여사를 데리고 플로어로 나가 인사를 한 후 두 손을 잡았다. 민 여사의 손이 따뜻하고 부드럽게 느껴졌을 때 스피커에서 지르박 음악인 '당신이 최고야'가 흘러나왔다.

서너 번 워킹을 한 후 쉬운 피겨 몇 가지를 구사하면서 민 여사의 춤 수준을 가늠해봤다. 박 언니보다는 춤 실력이 둔하고 세련되지는 못했지만 속도는 잘 맞았고 몸놀림은 예뻐 보였다.

준봉은 민 여사와 호흡을 맞추면서 부드럽게 리드해나가자 두 사람의 춤이 잘 맞기 시작했다. 가끔씩 회전 타임이 맞지 않아 작은 실수를 할 때면 웃음으로 격려해주면서 즐겁고 재미있게 춤을 추었다. 블루스 음악인 '그 겨울의 찻집'이 흘러나오자 준봉은 부드러우면서도 리드미컬하게 리드를 하다가 아웃 스핀을 몇 번 시도했다.

민 여사는 여지껏 다른 남자들에게 느껴보지 못한 황홀감을 맛보면서 행복한 표정과 함께 즐거운 미소를 보였다. 준봉이 스텝 속도를 줄이면서 민 여사를 살짝 당기자 민 여사는 기다렸다는 듯이 준봉의 가슴에 안겨왔다. 여인의 굴곡진 몸매가 준봉의 몸에 닿자 짜릿한 흥분을 느꼈다.

"백 선생님, 춤을 추기 시작한 지 오래되셨나 봐요?"

준봉은 못 들은 척하면서 거짓말을 할 생각을 했다. 춤을 배운 지 이 년이라고 하면 믿지 않을 것 같아 오 년 되었다고 대답을 하리라 생각을 했다.

"백 선생님, 뭘 그렇게 생각을 하세요. 저에게는 관심이 없으신가 봐요?"

"아, 아닙니다. 미인에게 관심을 많이 가지고 있습니다."

준봉은 괜한 너스레를 떨었다.

"리드를 아주 잘 하세요. 배운 지 오래 되었어요?"

"한 오 년 되었습니다."

"춤을 재미있게 잘 추시네요."

"칭찬해주셔서 감사합니다. 기초 스텝을 배울 때 오 개월 동안 아주 정교하게 배운 덕분입니다."

"춤을 잘 배우신 표가 나요. 리드를 확실하게 잘 해주시니까 제가 춤을 추기 편해요."

준봉은 속으로 웃었다. 이 춤은 꽃뱀에게 걸려 천육백만 원을 주고 배운 비싼 춤이라고 말하고 싶었으나 생각으로만 끝내야 했다.

"백 선생님은 파트너가 있으세요?"

"아직 파트너는 찾지 못했습니다."

"춤이 잘 맞는 아줌마를 찾으세요, 얼굴 예쁜 아줌마를 찾으세요?"

"춤을 추면서 운동을 해야 하니까 우선 춤이 잘 맞아야 하겠지요."

"백 선생님은 춤보다는 예쁜 여인을 고르실 것 같으시네요."

"아닙니다. 얼굴보다는 춤이죠."

"저하고 춤이 잘 맞으세요?"

"네, 잘 맞습니다."

"저도 아직 파트너가 없거든요. 제가 백 선생님 파트너가 되어드려도 괜찮으세요?"

민 여사는 대담하게 파트너가 되어주겠다고 말을 하면서 자신의 얼굴을 준봉의 어깨에 살짝 기대었다. 머리에 바른 향수 냄새가 은은하게 나면서 준봉의 마음을 흔들고 있었다.

그 순간 준봉의 머리에는 꽃뱀 우혜영의 얼굴이 스쳐 지나갔다. 민 여사는 꽃뱀이 되라고 해도 될 수 없는 아줌마라는 것을 확실히 느낄 수 있었다. 민 여사 말대로 자신의 파트너가 되어도 충분하다고 생각은 했으나 앞으론 절대로 파트너는 사귀고 싶지 않았던 것이다.

"민 여사님은 얼굴도 예쁘시고 춤도 잘 추시니까 욕심을 내는 남자들이 많이 있을 겁니다."

"가끔씩 춤을 추다 보면 춤도 잘 맞고 마음에 드는 남자들도 있지만, 그 사람들의 신분을 전혀 모르잖아요. 사기꾼인지, 제비인지 누가 알겠어요."

"허기야 그런 게 걱정되시겠어요. 생면부지의 남자와 춤을 추면서 춤이 잘 맞는다고 파트너가 되었다가 피해를 입는 일이 많이 생기니까 조심하셔야지요."

"근데 백 선생님에게는 그런 걱정이 하나도 없어요."

"왜 그러십니까?"

"그건, 박 언니가 백 선생님의 보증인이잖아요."

두 사람이 얘기를 하는 사이에 블루스 음악이 끝나고 트로트 음악으로 바뀌었지만 준봉과 민 여사는 껴안은 채 그대로 제자리 스텝을 밟고 있었다. 두 사람의 예상 밖 행동에 박 언니는 가볍게 짜증을 냈다.

"아니, 저것들은 처음 만났는데도 두 시간 동안 쉬지 않고 춤을 추고 있네. 저것 봐, 음악이 바뀌어도 떨어질 줄 몰라요. 민 여사도 여우처럼 앙큼한 데가 많단 말이야. 그렇지, 오 원장?"

"두 사람의 춤이 잘 맞으니까 그러겠지요."

오 원장은 뾰로통한 표정을 지으며 건성으로 대답을 했다. 민 여사가 한 시간만 춤을 추고 나오면 자신이 준봉과 춤을 추려고 긴 머리 부킹언니가 몇 번 찾아왔지만 거절한 채 민 여사의 춤이 끝나길 기다리고 있었던 것이다. 오 원장의 이런 속마음을 간파하던 박 언니가 놀리듯 말을 꺼냈다.

"오 원장, 너도 백 선생하고 춤을 추고 싶어 여태껏 기다리고 있는 거지?"

"다리도 아프고, 쉬고 있다가 그렇게 하려고 했어요. 그런데 민 여사는 백 선생에게 푹 빠졌나 봐요?"

"두 사람은 춤도 잘 맞을 거고, 분위기도 잘 맞을 거야."

"잘 맞다니요? 언니는 저 남자를 잘 아세요?"

"아까도 얘기했다시피 잘 아는 게 아니고 춤을 한번 가르쳐주었는데 잘 따라했고, 매너도 좋은 남자더라, 이 말이지. 그러니까 민 여사가 저렇게 매달려 있는 게 아니냐."

박 언니는 준봉이 '꽃뱀에게 당한 개구리'라는 것을 끝내 밝힐 수는 없었다. 만약 말을 하게 되면 준봉은 은하수무도장에 나오지도 못할 것은 뻔한 일이었다.

"언니는 저 남자를 여기서 처음 만나신 거예요?"

"그렇다니까, 왜 자꾸 꼬치꼬치 따져 묻는 거니?"

"어디서 본 듯한 사람인 것 같아서 그래요."

"무도장에 나오면 조명에 보니까 비슷비슷한 사람이 많아서 그렇지."

대답을 하는 박 언니 손바닥에 땀이 촉촉이 배면서 꽃뱀 우혜영의 얼굴이 스쳐 지나갔고, 혹시라도 준봉이 꽃뱀에게 당했다는 사실을 오 원장이 알 것만 같아 걱정이 되었다.

"근데 언니는 백 선생님하고 한 번밖에 춤을 추지 않았다고 하셨는데, 춤이 그렇게 잘 맞는 거예요?"

"춤이란 건 일 년 동안 춰도 안 맞는 사람이 있고, 한 번을 춰도 잘 맞는 사람이 있거든. 상대방의 춤 성향과 수준을 알게 되면 춤이 잘 맞는 거지."

"백 선생님 춤 성향은 어떤 거예요?"

"오 원장은 백 선생을 파트너로 만들려고 생각하는 거지?"

"어떻게 아셨어요?"

오 원장의 얼굴이 붉어졌고 목소리는 기어들어갔다.

"아니, 백 선생하고 춤을 춰보지도 않고 그런 생각을 하고 있었어?"

"제 느낌에 백 선생님하고 춤이 잘 맞을 것 같고, 제가 바라던 스타일이에요."

"그래, 오 원장도 이젠 파트너가 있어도 될 정도가 되었으니까 그런 생각을 할 수 있지. 민 여사가 나오면 잘 시작해봐."

"언니, 고마워요."

그때 마침 춤이 끝나면서 준봉과 민 여사가 밖으로 나오자 박 언니가 큰소리로 말했다.

"무도장 영업이 끝나면 나오지, 왜 빨리 나오는 거야!"

민 여사가 머리를 긁적거리면서 말을 받았다.

"언니 미안해. 춤을 추면서 소설 얘기를 했어."

"소설 얘기? 춤을 추면서 소설 쓰고 있었네, 호호."

"언니, 정말이라니까. 백 선생님, 그렇죠."

준봉은 들은 척도 하지 않고 화장실로 가버렸고 박 언니가 말을 이었다.

"민 여사, 백 선생과 춤이 잘 맞았어?"

"춤도 잘 맞았고, 호흡도 잘 맞았고, 매너 좋으시고, 마음만 잘 맞으면 될 것 같아요."

민 여사는 깔깔거리면서 화장실로 가버리자 박 언니가 다시 말을 이었다.

"오 원장, 민 여사 말하는 것 들었지. 마음만 잘 맞으면 된다는 소리."

"그게 무슨 말인 줄 알아?"

"파트너 하겠다는 얘기 아니에요?"

"맞았어. 오 원장도 이젠 도사가 다 되었네. 친한 친구끼리 한 남자를 놓고 경쟁하게 생겼구나."

"에이, 언니는."

오 원장은 부끄러운 마음에 붉어지는 두 볼을 양 손바닥으로 살포시 눌렀다.

"오 원장, 민 여사처럼 너무 성급하게 대들지 말고 차분하게 접근을 해. 마음에 드는 남자를 파트너로 만들려면 정신 바짝 차려야 하는 거야. 알았지."

"……."

오 원장은 대답 대신 고개만 끄덕거렸다.

"더군다나 경쟁자는 오 원장하고 제일 친한 친구가 아닌가. 아까 춤을 출 때 보니까 민 여사가 백 선생에게 매달리다시피 하던데, 백 선생은 민 여사처럼 너무 대들면 좋아하지 않을 거야. 참고해."

오 원장은 마음이 불안해졌다. 혹시 민 여사와 백 선생이 파트너를 하기로 약속하지 않았을까 걱정이 되었다. 민 여사 말대로 두 시간 동안 춤을 추면서 백 선생이 쓴 소설 얘기를 했다면 상당히 가까워졌을 것 같아 고민되었다. 자신과 민 여사는 나이도 동갑이고, 키나 체격도 비슷하고, 오십 대 초반 여성으로서 보기 좋은 몸매를 유지하고 있으면서, 얼굴도 특징 있게 예쁘게 생겼고, 춤 실력도 비슷하다.

민 여사는 독서를 좋아해 백 선생이 쓴 소설을 다 읽었기 때문에 얘기가 잘 되겠지만, 자신은 독서를 싫어해 만화책도 보지 않는다. 민 여사와 다른 것이 있다면 민 여사는 전업주부요, 자신은 미용실 주인이라는 것이다.

'춤을 추는 무도장에서 만났으니까 춤을 예쁘고 멋있게 추면서 춤으로 승부를 내야겠다' 는 생각을 굳히고 있을 때 준봉이 자리로 돌아왔다.

"백 선생, 한숨 돌렸으니까 오 원장하고 한번 잡아봐."

준봉과 오 원장은 한쪽 가장자리에 마주 서서 인사를 하고 두 손을 잡았다. 오 원장의 부드러운 손이 바르르 떨리고 있음을 느낀 준봉은 오 원장에게 작은 동정의 마음이 생겼다. 무도장 스피커에서 블루스 음악인 '빈 잔'이 흘러나왔다.

준봉의 성격상, 모르는 여성과 춤을 처음 시작할 때는 블루스 음악보다 지르박이나 트로트 음악이 더 효과적이라고 생각하고 있었다. 그것은 지르박 음악에 맞춰 워킹을 하면 상대방의 춤 성향과 수준을 파악하는 데 도움이 되기 때문이었다.

준봉은 음악에 맞춰 조심스럽게 리드하면서 민 여사와 비교해봤다. 민 여사의 스텝과 몸놀림은 부드러움의 연속이었지만, 오 원장은 부드러우면서도 힘 있고 절도 있는 스텝이었다. 민 여사는 조금 흐느적거리면서 상대방에게 감기는 몸놀림이라면, 오 원장은 조금 묵직하면서도 부드러운 몸짓과 손짓으로 춤을 예쁘게 만들어 추고 있음을 느꼈다.

민 여사는 블루스 음악이 시작될 때부터 준봉의 몸에 찰싹 붙어 춤을 추었지만, 오 원장은 준봉과 거리를 적당히 유지하면서 여성의 고귀한 품위를 지키고자 노력하는 모습을 보여주려고 애를 썼다.

준봉은 오 원장과 블루스를 추면서 민 여사와 전혀 다른 행동에 놀라면서 부드럽게 리드를 하고 있을 때 블루스 음악이 끝나고 지르박 음악으로 연결되었다. 준봉은 워킹을 몇 번 시도하면서 오 원장의 춤 성향을 파악해봤다. 스텝과 회전 속도는 잘 맞았고, 몸짓과 손놀림이 민 여사보다 멋있어 보였는데 그중에서 텐션에 강한 힘을 느낄 수 있어 오 원장에 대한 춤맛은 금방 알 수 있었다.

조금 전 민 여사는 춤을 출 때부터 미소를 짓다가 서로 조금만 실수를 해도 큰 소리를 내면서 순간을 모면하려는 웃음을 보여줘 춤을 추는 분위기가 부드러워지면서 금방 친숙해질 수 있었는데, 오 원장은 입을 꾹 다물고 있어 좀처럼 분위기가 잡히지 않아 준봉은 신경이 쓰였다.

'내 춤이 오 원장과 잘 맞지 않나?'

오 원장은 춤을 추면서 회전할 때 공간이 조금만 넓어지면 세 바퀴, 네 바퀴를 회전하고 돌아오면서 멋있게 손놀림으로 기교를 부려 준봉이 저절로 웃도록 만들었다.

"오 원장님, 춤을 재미있게 잘 추십니다."

오 원장은 대답 대신 고개를 예쁘게 숙이면서 살짝 웃어주었다. 오 원장의 매력이 준봉의 가슴에 깊게 각인되는 순간이었다. 준봉은 오 원장의 춤 실력을 테스트해야겠다고 생각하면서 후카시를 시도해보기로 했다.

후카시는 지르박 피겨 중에서도 가장 어려운 종목이라 어지간한 춤꾼들도 잘 시도하지 못하지만 어려운 만큼 멋있고 보기 좋기 때문에 춤을 배우는 사람들은 누구나 탐을 내는 피겨다. 준봉은 꽃뱀 우혜영에게 배우고 난 뒤 고수인 박 언니에게도 칭찬을 들었을 정도로 후카시 출 때의 폼이 멋있었다.

준봉은 오 원장의 왼쪽 손을 잡고 오 원장의 몸통을 감았다가 빨리 풀어주면서 잡고 있던 왼손을 짧고 강하게 당기자 나팔꽃이 순식간에 펴지는 식으로 오 원장의 볼록한 젖가슴 쪽이 한일자 식으로 펴지면서 멋있게 첫 후카시를 받아냈다. 준봉은 속으로 놀라면서 만족의 웃음과 함께 자신의 왼쪽 엄지손가락을 치켜세워 고마움을 표했다. 오 원장은 감사의 뜻으로 목례를 하면서 두 번, 세 번, 네 번, 다섯 번까지 손 후카시를 멋있고 예쁘고 힘 있게 받아냈다. 그 모습은 준봉의 마음을 뭉클하게 했으며 옆에서 춤을 추는 사람들로 하여금 신이 나게 만들었다.

박 언니는 의자에 앉아 오 원장이 후카시를 받아내는 모습을 보면서 깜짝 놀랐다.

"오 원장이 언제부터 저렇게 어려운 후카시를 잘 받아냈을까? 아주 잘 해."

박 언니는 두 개의 엄지손가락을 치켜세우면서 오 원장을 바라봤다.

그러나 민 여사는 일부러 본체만체 딴전을 피우고 있었다.

"민 여사, 오 원장이 후카시 받아내는 것 봤어?"

"언제요?"

"조금 전에 못 봤구나. 아까워라."

"후카시라면 저도 잘 해요. 나중에 한번 보여드릴게요."

"아까 민 여사가 후카시 받는 걸 봤는데 폼이 엉성했어."

"그때는 옆에 사람들이 많으니까 공간이 좁아 텐션을 마음대로 줄 수 없었기 때문에 적당히 해버렸거든요."

"그러면 나중에 할 땐 멋있게 잘 하면 박수쳐줄게."

두 사람이 얘기를 하고 있을 때 준봉은 다시 어깨 후카시를 시도했다. 준봉이 순간적으로 어깨 후카시를 리드하자 오 원장은 준봉의 리드를 알아채고 손 후카시 때보다 더 멋있게 다섯 번이나 어깨 후카시를 받아냈다.

오 원장은 숨이 찼다. 오 원장의 호흡이 빨라지는 것을 느낀 준봉은 스텝 속도를 느리게 하면서 가벼운 피겨를 연결시켜 오 원장이 한숨 돌릴 수 있도록 배려해주었다. 그때 마침 블루스 음악이 흘러나오자 두 사람은 간격을 유지하면서 조용하게 스텝을 밟고 있을 때 오 원장이 말을 꺼냈다.

"아까 박 언니랑 재미있게 춤을 추는 걸 보고 저도 백 선생님하고 춤을 춰보고 싶어 두 시간이나 기다렸어요. 역시 잘 추시네요."

"잘 추긴요. 오 원장님이 더 잘 추십니다."

"리드를 잘 해주셔서 편하게 춤을 추었어요. 강한 텐션도 좋았고요."

"지르박 춤의 매력은 텐션이 잘 맞아야 멋있고 힘이 있어 보입니다. 오 원장님하고 저하고 춤이 잘 맞아 멋있는 춤을 추었습니다."

"멋있게 춤을 추었다고요?"

"네, 아주 재미있었습니다. 특히 후카시 할 때 오 원장님의 절도 있는 텐션은 정말 보기 좋았어요."

"어머, 그렇게 멋있었어요?"

오 원장은 준봉이 칭찬을 해주자 좋아서 어쩔 줄 몰랐다.

준봉과 오 원장이 춤을 끝내고 자리로 돌아오자 박 언니는 반갑게 맞아주었다.

"두 사람의 춤은 아주 보기 좋았어. 파트너를 해도 되겠다."

오 원장은 그 말을 듣고 민 여사가 느낄 수 있도록 박 언니 손을 잡으며 아양을 떨었다.

"언니, 보기 좋았어요?"

"그럼, 아주 보기 드문 한 쌍이었어. 앞으로 자주 만나도 되겠네."

민 여사는 박 언니의 말을 못 들은 척 고개를 숙이고 멀쩡한 신발을 벗었다가 다시 신으면서 가슴속은 뒤집어졌다. 자신이 춤을 추고 나왔을 때는 아무 말도 하지 않았으면서 오 원장에게 하는 얘기를 듣고 기분이 상했다. 하지만 박 언니에게 마음대로 표현을 할 수 없어 꾹꾹 눌러 참고 있었다.

"언니, 오늘 저녁은 제가 쏘겠어요. 그래도 되죠?"

"민 여사는 시간이 어때?"

"저는 오늘 저녁에 선약이 있어서 안 되겠어요."

민 여사는 거짓말했다.

"오 원장, 민 여사도 시간이 없다고 하니까 다음에 하도록 하자."

민 여사가 기분 나쁜 얼굴을 하고 먼저 나가자 박 언니는 준봉과 춤을 추었다.

박 언니는 준봉의 춤이 하루가 다르게 좋아지는 것을 느낄 수 있었다. 워킹은 애초부터 안정되었고 몸놀림과 손놀림은 그때그때 나오는 음악에 맞춰 보기 좋은 모양으로 멋있게 만들어 했다. 준봉의 춤 특색은 텐션에 있었다. 지르박이나 블루스가 나오면 음악의 강약에 맞춰 텐션을 힘 있고 강하게 할 때도 있었고 부드럽고 약하게 할 때도 있어 상대방 여성에게 춤의 감미로움을 느낄 수 있도록 리드를 했다.

박 언니는 세 바퀴 회전을 하고 돌아오면서 양손 엄지손가락을 치켜세웠다. 준봉은 고맙다고 목례로 대답했다. 블루스 음악이 흘러나오자 박 언니는 아랫배가 닿도록 준봉을 껴안았다.

"백 선생, 춤 선생을 해도 되겠다."

"제가요?"

"아니야, 내가 처음 백 선생하고 춤을 출 때부터 느낀 건데 백 선생은 춤 선생을 할 수 있는 기술을 가졌어. 이제는 아주 멋있게 잘해."

"감사합니다. 더 열심히 배우겠습니다."

"민 여사하고 오 원장하고 춤을 춰보니 누가 백 선생에게 잘 맞아?"

"민 여사는 부드럽고 나긋나긋했고요, 오 원장은 부드러우면서도 힘이 있고 텐션이 있어 좋았어요."

"두 사람 중에 백 선생 파트너를 한다고 하면 누구와 할 거야?"

"저는 이젠 죽어도 파트너 정하지 않을 겁니다."

"꽃뱀에게 당한 것 때문에 그렇지?"

"그런 것도 있지만 춤방에서는 춤만 추렵니다."

"혼이 나도 단단히 혼났구먼. 그래도 춤을 추다 보면 파트너가 필요하지."

"누님이 계시잖아요."

"뭐? 나하고 파트너를 하겠다고?"

"파트너가 별건가요, 춤이 잘 맞아 재미있게 출 수 있으면 되잖아요."

"그렇지."

"여기 나오면 항상 누님을 만날 수 있고 같이 춤을 출 수 있으니까 파트너지요."

"그래, 나하고 백 선생하고 춤이 잘 맞으니까 아무 때나 춤을 춰도 좋지. 그런데 만약 민 여사하고 오 원장 중에 백 선생이 파트너를 정한다면 오 원장을 선택할거지?"

"네."

준봉도 만약 파트너를 다시 정한다고 하면 오 원장으로 생각하고 있었다. 박 언니의 예리한 통찰력에 들킨 것 같아 창피함을 느끼는 순간, 얼굴이 붉어지면서 손바닥이 땀에 배었다.

"그것 봐, 내 말이 맞지?"

"이젠 파트너는 죽어도 안 사귄다니까 그러세요."

"꼭 파트너를 꼭 사귀라는 말은 아니야. 민 여사랑 오 원장은 춤도 잘 추고 심성이 착하니까 파트너 상대로 괜찮다는 말이지."

준봉은 아무 대답도 하지 않았다. 무도장 영업시간이 다 되어갈 무렵 준봉은 박 언니, 오 원장과 헤어졌다.

며칠 후 준봉은 박 언니로부터 이번 토요일 오후에 은하수무도장으로 나오라는 전화를 받았다. 토요일 오후의 무도장에는 발 디딜 틈이 없을 정도로 사람이 많았다. 사오십 대 중년들의 만남의 장소, 일상에서 찌든 스트레스를 확 날려버리기 좋은 무도장에는 직장인, 사업하는 사람, 아줌마 아저씨들이 시끌시끌 붐비고 있었다. 몸을 옆으로 세워야 사람들 사이를 겨우 빠져나갈 정도로 사람이 많아 준봉은 박 언니를 찾기 어려웠다. 한참을 두리번거리고 있는데 누군가 어깨를 살짝 건드리는 것 같아 뒤돌아보니 민 여사였다.

"백 선생님, 언제 나오셨어요?"

"지금 막 들어오는 길입니다."

"박 언니 찾으세요?"

"네."

"박 언니는 아까부터 춤을 추고 계세요."

"벌써요?"

"저랑 추세요."

준봉은 사람들 사이를 비집고 나갈 수 없어 가장자리 한 귀퉁이에 겨우 자리를 잡고 스텝을 밟으면서 민 여사를 봤다. 민 여사의 옷차림은 조명등 붉은빛에 보아도 화려하고 야했다. 흰색 블라우스와 빨강색 스커트. 엷은 블라우스는 속살이 보일 정도였고 윗단추 한 개를 잠그지 않아 몸을 조금만 숙여도 젖가슴이 보일 정도로 아슬아슬했고, 스커트는 이십 대 젊은이들이 즐겨 입고 다니는 짧은 치마여서 주위 사람들의 시선이 모아졌다.

민 여사는 아주 잘생긴 미인이어서 옷차림과 얼굴이 잘 어울려 무도장 조명 아래에서 보면 삼십 대 여성으로 착각을 할 수 있었다. 지르박 스텝을 제대로 밟을 수 없을 정도로 사람이 너무 많아 몸의 접촉이 자주 있었는데, 민 여사는 몸을 회전하는 틈을 이용해 가끔씩 자신의 젖가슴으로 준봉의 가슴 쪽을 건드리는 일이 많아져 묘한 기분을 느끼게 했다.

블루스 음악이 나왔다. 두 사람은 발을 옮길 수 없어 껴안은 채 서 있고 말았다. 준봉도 건강한 남자인지라 바지 속에서 일어나는 생리적 현상을 감추기 위해 몸을 이리저리 피했지만 옆 사람과 공간이 너무 좁아 몸을 피하기 어려웠다. 민 여사는 뭔가를 느끼는 것이 있는 사람처럼 흐뭇한 미소를 지었다.

"백 선생님, 지난번 춤을 출 때 제가 파트너가 되겠다고 부탁을 했는데 대답이 없으셨어요. 오늘은 대답을 해주실 거죠?"

"민 여사님은 아직 파트너가 없으십니까?"

"없으니까 창피한 것도 모르고 백 선생님에게 말씀 드린 거죠."

"아, 예예."

준봉은 아주 난감한 입장이라 말을 더 이을 수 없었다.

"빨리 대답해주세요."

"저는 민 여사님하고 춤이 잘 맞으니까 언제든지 만나면 춤을 추면 되지 않습니까?"

"그것도 좋은데요. 백 선생님이 오실 때까지 기다려야 되잖아요."

"기다리다니요?"

"서로 약속을 하고 무도장에 오면 기다리지도 않고 편한데, 약속을 하지 않으면 백 선생님이 언제 오실지 모르니까 다른 사람하고 춤을 추지도 못하고 무작정 기다려야 하잖아요."

"민 여사님은 춤을 잘 추시니까 아무 남자나 부킹이 되면 재미있게 추십시오."

"아무 남자나 춤을 추면 재미가 없어요. 저는 백 선생님과 춤을 춰야 재미가 있거든요."

그러면서 민 여사는 두 팔에 힘을 주었다. 준봉을 꼭 껴안고 있는 민 여사의 하복부에서 전달되는 강력한 힘은 준봉의 마음을 뒤흔들고 있었다. 민 여사는 준봉의 목에 자신의 두 팔을 감고 매달리다시피 해 준봉은 거북스러웠지만 어쩔 수 없었다.

"백 선생님은 제가 싫은가 봐요. 왜 대답을 안 해주시는 거죠?"

"아까도 말씀드렸다시피 약속은 하지 않아도 만날 때마다 자연스럽게 춤을 추실 수 있으니까 꼭 파트너를 하지 않아도 될 것 같습니다. 앞으로 만나면 더 열심히 춤을 춰드리겠습니다."

민 여사는 준봉의 목에 감았던 팔을 풀고 준봉의 가슴에 얼굴을 묻고 흐느껴 울기 시작했다. 준봉에게는 감당하기 어려운 순간이었다. 춤을 그만두고 혼자 나가버릴까도 생각해봤지만 울고 있는 민 여사를 두고 나간다는 것도 예의가 아니었다. 그렇다고 파트너를 해주겠다고 거짓말도 할 수 없어 이러지도 저러지도 못하고 무심결에 출입문 쪽으로 시선이 돌아갔을 때, 갑자기 등골이 오싹해왔다. 오 원장이 독기 어린 눈으로 자신을 쏘아보고 있었다. 어두컴컴한 무도장 안이었지만 오 원장의 눈에는 살쾡이의 눈빛처럼 강렬한 광채가 발산되고 있었다. 여자의 질투심을 강하게 느끼는 순간이었다.

블루스 음악이 끝나자 준봉은 안 나오려고 하는 민 여사의 손을 잡고 나오면서 오 원장이 서 있는 반대쪽으로 향했다. 민 여사에게 의자에 앉도록 자리를 잡아준 다음 준봉은 에어컨 밑 구석에 서서 더위를 식히는 시늉을 하면서 민 여사와 오 원장의 시선을 피하고 있었다.

민 여사는 의자에 앉자마자 손수건으로 땀을 닦는 것처럼 울고 있던 얼굴을 가리면서 화장실로 가버렸다. 오 원장은 멀리서 준봉의 움직이는 행동을 보고 있다가 두 곡이 끝난 다음 준봉의 앞으로 왔다.

"백 선생님, 더우시죠?"

"이제 조금 땀이 식었습니다."

"음료수 한 잔 하시겠어요?"

"다음에 마시도록 하고, 플로어로 나가시죠."

"잡아주시겠어요?"

"네."

준봉은 에어컨 앞 가장자리에 자리를 잡고 옆 사람들과 부딪히지 않도록 조심스럽게 스텝을 밟으면서 오 원장의 옷차림을 세심하게 살펴봤다. 오 원장이 입고 있는 옷도 화려하고 야했다. 노란색과 초록색이 잘 배합된 원피스를 입었는데 가슴을 V자형으로 너무 많이 파낸 옷이라 젖가슴이 보일락 말락 했다.

'민 여사와 오 원장은 오늘 비슷한 옷차림으로 춤을 추러 나와 남자들 마음을 뒤집어놓으려고 하는가.'

조금 전 민 여사가 울고 있던 모습이 마음에 걸려 준봉이 시무룩한 표정으로 리드를 하자 눈치 빠른 오 원장이 가깝게 다가와 말을 꺼냈다.

"백 선생님, 힘이 드시면 조금 쉬었다 하실까요?"

"아닙니다. 괜찮아요. 옆에 사람들이 많으니까 접촉을 피하느라 그렇습니다."

"근데 얼굴 표정이 힘들어 보여요."

"조금 지나면 괜찮을 겁니다."

"민 여사랑 춤을 추면서 싸우셨어요?"

"싸우긴요. 춤을 추기도 바쁜데 싸울 일이 있겠습니까."

"그런데 왜 민 여사는 울고 있었어요?"

오 원장의 날카로운 질문에 준봉은 잡고 있던 손을 놓칠 뻔했고 소름이 끼쳤다.

"민 여사는 발도 아프고 피곤하다면서 제 가슴에 얼굴을 대고 있었습니다."

"춤이 끝나고 화장실에 가면서 눈물을 닦고 나갔어요."

"그건 잘 모르겠습니다."

"두 분이 싸우셨나봐, 호호."

"아, 아닙니다."

"파트너들끼리 춤을 추면서 싸우는 것 처음 보네요. 다른 파트너들은 식당에서 술을 마시면서 싸우던데."

"민 여사는 제 파트너가 아닙니다. 민 여사가 파트너를 하자고 하기에 파트너보다는 춤이 잘 맞으니까 만날 때마다 춤을 추자고 그랬지요."

"파트너가 아니에요?"

"네, 저는 민 여사에게 파트너하자고 말하지 않았습니다."

"파트너가 아니었군요, 호호."

오 원장이 호들갑스럽게 웃는 의미를 준봉은 알지 못했다.

"전 백 선생님이 민 여사랑 파트너인 줄 알았거든요. 민 여사는 백 선생과 춤도 잘 맞고 소설도 다 읽었다고 하기에."

준봉은 그제야 오 원장이 민 여사를 질투하고 있었다는 속마음을 알수 있을 것 같았다.

"민 여사는 얼굴도 예쁘고 춤도 잘 추는데, 왜 파트너를 하지 않으세요?"

"파트너를 하지 않아도 마음대로 출 수 있으니까요."

"민 여사가 싫으세요?"

"싫긴요. 아주 멋있는 분인데요."

"그럼 왜 파트너를 하지 않으세요?"

"그냥……."

준봉은 더 대답을 하지 못하고 얼버무렸다. 그때 마침 블루스 음악이 끝나고 지르박 음악이 나오자 준봉의 얼굴 표정이 밝아지면서 멋있게 리드를 했다.

의자에 앉아 두 사람이 춤을 추는 모습을 보던 박 언니는 민 여사에게 말을 건넸다.

"오 원장은 춤을 추면서 뭐가 저렇게 좋은지 깔깔거리고 웃을까?"

"……."

민 여사는 못들은 척 딴 곳을 바라보고 있었다.

"저 두 사람은 파트너를 하면 멋있을 거야. 키도 비슷하고 춤도 잘 맞고."

이때 민 여사는 신경질적으로 말을 받았다.

"언니는 오 원장만 눈에 보여요?"

"그게 무슨 말이니?"

"제가 백 선생하고 춤을 추고 나오면 아무런 말도 하지 않으시면서, 오 원장이 백 선생하고 춤을 추면 춤이 잘 맞니, 파트너를 해도 되겠니 그러세요."

"내가 못할 말을 했니? 저기 봐, 아주 보기 좋게 잘 돌아가잖니."

"언니, 나 속상해."

"왜 그래, 뭐가 잘못되었니?"

"조금 전에 춤을 추면서 백 선생님에게 파트너하자고 했는데 대답을 하지 않는 거예요. 내가 싫은가봐."

"파트너를 하자고 했단 말이지?"

"네. 내가 먼저 말을 꺼냈어요."

"이야, 민 여사 용기 있네. 그런 말까지 다 하고. 그런데 대답을 하지 않더라고?"

"파트너는 하지 말고 만날 때마다 열심히 춤을 춰드리겠다고만 하더라고요."

"그 말이 파트너한다는 것과 같은 말 아니니."

"아니지요. 언니는 다 알면서도 그러세요."

"민 여사, 욕심도 많다. 오 원장과 친한 친구이면서 민 여사만 백 선생을 독차지하려고 하면 어떻게 해. 두 사람이 싸울 거야?"

"싸우긴요. 내가 먼저 차지하면 되잖아요."

"떡 줄 사람은 생각지도 않는데."

"그래도 나는 뺏을 거예요."

"백 선생은 민 여사 요구대로 그렇게 쉽게 안 따라올 거야."

"언니는 그걸 어떻게 아세요?"

"민 여사가 파트너를 하자고 졸라도 대답을 하지 않는다는 게 그 증거 아니니."

"남자니까 한번 뻐기겠다는 거겠죠."

"민 여사는 얼굴도 예쁘지, 몸매 좋지, 춤 잘 추지…… 춤방에서 민 여사만 한 사람을 어떻게 만나. 그런데도 대답을 하지 않았다는 걸 보면 파트너를 하지 않겠다는 게 틀림없지. 안 그래?"

"언니, 내가 그렇게 예뻐요? 호호."

"어휴, 이 인간은 예쁘다면 사족을 못 써. 예쁘고말고. 그러니까 내가 민 여사를 좋아하는 거잖아."

"언니, 근데 백 선생님은 내가 정말 싫은 건가?"

"싫은 것이 아니라 고정이 되기 싫은 거지."

"고정이라고요?"

"내가 언젠가 우리 집에서 파트너에 대해 얘기한 것 기억 안 나? 춤꾼은 파트너를 만들지 않고 몇 사람이고 춤만 추면 되는 거야."

"그 말씀 하신 거 기억나죠. 파트너가 있으면 한 사람에게 잡혀서 다른 사람과 춤을 출 수 없다고 하셨잖아요."

"아마 백 선생도 그런 걸 생각하고 있었을 거야. 안 그래?"

"그래도 이렇게 예쁜 숙녀가 신청을 했으면 흉내라도 내줘야 하잖아요. 아휴, 속상해. 오늘 운동 끝나면 술이라도 마셔야 되겠네."

"우리 집에 가서 술이나 실컷 마셔."

준봉은 블루스 음악이 나오자 조금씩 속도를 줄이면서 오 원장을 자신 쪽으로 살짝 당겨봤으나 몸은 당겨오지 않고 머리에 바른 향수 냄새만 맡았다. 준봉의 표정이 조금 일그러졌지만, 오 원장은 마음속으로 웃으면서 놀리듯 말했다.

"백 선생님, 지금쯤이면 얼굴 표정이 밝아야 할 텐데 아직도 굳었어요. 춤이 재미없으신가 보네요?"

"아닙니다. 즐겁습니다."

"근데 얼굴 표정은 그게 아니에요."

준봉은 여우같은 오 원장에게 자신의 마음이 들킨 것 같아 창피했다. 준봉은 이럴 바에야 춤이나 멋지게 추기로 했다. 준봉이 부드럽고 리드미컬하게 리드하자 오 원장은 황홀한 기분을 느끼면서 우아하고 멋있게 스텝을 밟았다.

블루스 음악이 끝나갈 즈음, 오 원장은 준봉이 당기지도 않았는데 준봉의 몸에 자신의 몸을 살짝 안겼다가 떼면서 준봉의 표정을 살폈다. 놀라는 표정과 반가운 표정이 짧은 순간 겹쳤으나 몸을 떼자 금방 표정이 굳어지는 것을 느꼈다.

블루스 음악이 끝나고 다시 지르박 음악으로 연결되면서 두 사람의 춤은 절정으로 치달았다. 열정적으로 춤을 추는 두 사람을 보던 민 여사는 오 원장이 얄미워지면서 마음이 불안해졌다. 저러다가 오 원장에게 백 선생을 빼앗길 것만 같아 마음을 안정시킬 수 없었다.

"언니, 백 선생님과 오 원장은 두 시간이 넘도록 춤을 추는데, 언제 끝나는 거유?"

"재미있게 추고 있으니 보기 좋네."

"에이, 오 원장은 자기만 생각하는 거야."

민 여사는 짜증스러운 표정을 지으면서 안절부절못하고 있었다.

"민 여사, 욕심이 너무 과하지 않니. 민 여사가 백 선생하고 춤을 출 때 오 원장은 아무 말도 하지 않았는데, 민 여사는 왜 그렇게 조바심이야."

"백 선생님하고 춤을 추고 싶어서 그러는 거예요."

"춤도 춤이지만, 오 원장에게 백 선생을 빼앗길 것 같아 그러는 거지?"

"언니 말이 맞아요. 언니 나 어떻게 해. 언니가 도와주세요."

"도와주긴 뭘 도와줘. 두 사람 다 지금부터 백 선생을 파트너로 차지하려고 생각하지도 말아."

"왜 그러는데요?"

"두 사람 중에 한 사람이 백 선생을 차지하면 내가 가만 안 둘 거야. 민 여사와 오 원장은 무도학원 동창생 아니니. 의리 상하지 않도록 해."

"저는 언니 말씀대로 따르겠어요. 그런데 오 원장이 따르지 않으면 어떻게 해요?"

"그건 걱정하지 마, 민 여사가 생각을 접으면 오 원장은 절대로 안 해."

"언니가 책임지는 거예요."

"그래, 두 사람의 아름다운 우정을 지켜주는 뜻에서 내가 책임질게."

"이제야 마음이 놓이네요. 괜히 걱정만 했네."

이때 준봉과 오 원장이 춤을 끝내고 박 언니 쪽으로 왔다.

"오 원장, 춤은 재미있게 잘 추었니?"

"네, 언니."

"내 말 잘 들어. 앞으로 민 여사와 오 원장은 백 선생과 춤을 출 수는 있지만 파트너로 독차지하려고 하지 마. 내가 허락을 하지 않을 거야. 알았지."

그 순간 민 여사와 오 원장의 시선이 마주쳤다. 박 언니는 두 사람의 손을 잡아주며 깔깔 거리고 웃었다.

"아름다운 인연을 소중하게 생각해. 그게 춤꾼들이 지켜야 할 예절이고 도덕 아니니. 알았지?"

민 여사와 오 원장은 서로를 꼭 껴안았다.

재회

    상봉은 은하영을 데리고 은하수무도장에서 춤을 추다가 대기석에 앉아 쉬고 있었다. 그러다가 누군가를 발견하고 깜짝 놀랐다.
"은하영 여사, 저기 좀 보세요."
"어디요?"
"저쪽 가운데 기둥 옆에 준봉 형님이 춤을 추고 있어요."
"잘 모르겠어요."
"초록색 남방을 입은 남자와 흰색 블라우스 입은 여자 보이죠?"
"아, 네. 보이네요."
"준봉 형님의 얼굴을 알아보겠어요?"
"지금은 잘 못 알아보겠어요."
"춤이 끝나고 나오면 인사를 시켜드릴게요. 그동안 형님이 춤을 추는 모습이나 보고 계시죠."
    두 사람은 유심히 준봉의 춤추는 모습을 봤다. 은하영보다 상봉이 더욱 놀랐다. 그동안 상봉은 준봉이 사교춤을 추는 모습을 한 번도 본 적이 없어 준봉의 실력을 전혀 모르고 있었던 것이다.

상봉 자신도 십 년 정도 춤을 추었기 때문에 춤에 대한 자신감을 갖고 있었지만, 이 년밖에 안 된 준봉이 춤을 추는 기교를 보고 놀라지 않을 수 없었다. 이 년 전, 은하영 여사에게 충격을 받고 춤을 배워야겠다고 자신과 의논한 후 춤을 배우고 있다는 얘기를 들었을 때는 그저 '초보자 수준이겠지' 하고 생각만 하고 있었던 것이다.

"준봉 형님이 춤을 잘 추시죠?"

"사람들이 많으니까 확실하게 잘 보이지는 않지만 잘 추는 것 같네요."

"형님이 제주도에서 은하영 여사에게 충격을 받고 배운 춤이니까 아마도 춤을 추는 마음속에는 은하영 여사를 원망하는 마음도 있을 겁니다."

은하영은 상봉의 말을 듣고, 이 년 전 춤을 추다가 준봉의 손을 놓고 나왔던 기억이 나면서 미안한 마음이 들어 얼굴이 붉어졌다.

"이 년 동안 배운 실력인데 대단하죠? 저것 보세요. 손 후카시 리드를 잘 하니까 상대방 여자도 잘 받아내잖아요."

상봉은 마치 자신이 춤을 추는 것처럼 신이 나 말했다.

"어깨 후카시까지 하고 계시네. 야, 잘 한다 잘 해. 아마추어 대회에 나가도 손색이 없겠네."

그때 블루스 음악으로 바뀌었다.

"블루스를 추는 워킹 자세를 보세요. 부드럽고 리드미컬하게 리드를 잘 하잖아요. 같이 춤을 추는 여인과 춤이 잘 맞는 것 보면 두 사람이 호흡은 오랫동안 맞춘 것 같지요?"

은하영은 대답 대신 고개만 끄덕였다. 상봉이 너스레를 떨면 떨수록 은하영의 기분은 씁쓸해졌다.

"남자들이 저 정도 춤을 추려면 매일 무도장에 나와 살다시피 해야 되는데 준봉이 형님 의지 하나는 알아줘야 돼."

"……."

은하영은 아무 말이 없었다.

"준봉 형님은 은하영 여사님에게 고맙다고 수백 번 인사해야 되겠습니다, 하하."

은하영은 준봉이 춤을 끝내고 나오면 준봉과 춤을 춰보고 싶은 마음이 있었지만, 준봉과 같이 춤을 추는 여인이 파트너인 것 같아 그런 생각은 접고 말았다. 마침 상봉이 화장실에 간다고 자리를 비우자 은하영은 무도장을 나와 버렸다.

한참 지난 후 은하영은 상봉에게 휴대폰으로 전화를 했다. 갑자기 바쁜 일이 생겨 먼저 간다고 변명을 했으나 은하영의 머릿속에는 이 년 전 제주도 나이트클럽에서 준봉이 시원스럽게 웃고 있던 모습이 계속 머릿속을 스쳐지나갔다.

상봉은 은하영과 전화를 끝낸 후 은하영이 먼저 무도장을 나간 이유를 알 것 같았다.

상봉은 준봉이 춤을 끝내고 나올 때까지 지켜보고 있다가 휴게실 앞에서 만났다.

"준봉이 형님!"

"어, 상봉이 아니냐."

"형님, 춤 잘 추시던데."

"너 여기 언제 왔어?"

"두 시쯤 왔어요."

"혼자?"

"은하영 여사랑 같이 왔어요."

"은하영 씨도 왔다구?"

"은하영 여사는 나랑 춤을 추다가 바쁜 일이 생겼다고 먼저 나갔어요."

준봉은 은하영 이름 석 자를 들은 순간부터 호흡이 빨라졌으나 먼저 나갔다는 얘길 듣고 허전함을 느꼈다.

"은하영 여사는 형님이 춤을 추는 걸 다 봤어요."

"뭐! 내가 춤을 추는 걸 봤다구?"

"후카시 넣는 것도 봤고, 스핀 돌아가는 것도 봤다고요. 형님이 춤을 잘 추니까 은하영 여사는 형님 춤이 끝나기만 기다리고 있었어요."

"기다렸다고?"

"형님하고 춤을 추고 싶었던 것이죠."

"그 사람이 왜 날 기다려. 그건 아닐 거야."

상봉의 말을 듣고 있는 준봉의 마음은 설레었지만 꾹꾹 눌러 참고 있었다.

"형님하고 같이 춤을 춘 아줌마는 파트너유?"

"파트너 아니야, 그 아줌마는 미용실 하는 아줌마인데 내가 여기 나오면 가끔 만나는 사람이지. 난 파트너가 없어."

"그 아줌마랑 춤이 잘 맞던데, 춤을 여러 번 춘 것 같았어요."

"올 때마다 만나면 같이 춤을 추었더니 호흡이 잘 맞더라고."

"은하영 여사가 형님을 기다리는 눈치였는데, 형님하고 같이 춤을 춘 아줌마가 파트너인 것으로 생각하고 기다려봤자 얼굴만 붉어질 것 같으니까 그냥 간 것 같아요."

"할 수 없지, 뭐."

"형님, 파트너는 틀림없이 없다고 했어요."

"없다니까 그러네. 내가 언제 거짓말 하더냐. 그런데 왜 그걸 자꾸 확인하는 거냐?"

"꼭 필요해요."

"필요해?"

"그건 그렇고, 형님은 언제부터 은하수무도장에 나오신 거유?"

"난 이 년 전에 춤을 시작할 때부터 여기만 나왔어. 넌 언제부터냐?"

"전 한 군데를 정해놓고 다니는 것이 아니라 여기저기 다니는데, 여기도 가끔 왔었어요. 근데 그 사이에 한 번도 형님을 만나지 못했네요."

"이 많은 사람 중에 어떻게 만나겠어. 오늘은 운이 좋은 날이구나."

두 사람이 한참 얘기를 하는 도중에 박 언니가 연 사장을 데리고 들어왔다.

"누님, 나오셨어요."

"백 선생, 오늘 빨리 나왔네. 민 여사와 오 원장은 안 나왔어?"

"오 원장하고 조금 전까지 춤을 추었는데, 그분은 바쁜 일이 생겼다고 조금 전에 먼저 나갔습니다."

"망할 것. 조금만 기다리지."

"상봉아, 인사 드려라. 은하수무도장의 터줏대감이신 박 언니시다."

"남상봉입니다. 잘 부탁드립니다."

"만나서 반가워요."

남상봉이 정중하게 인사를 하자 박 언니는 연수정을 준봉이에게 인사시켰다.

"연 사장, 백 선생님에게 인사 드려. 이름 있는 소설가이시다."

"안녕하세요. 박 언니에게 얘기 많이 들었습니다."

준봉은 아찔한 생각이 들었다. 혹시 박 언니가 연 사장에게 자신이 꽃뱀 우혜영에게 당한 얘기를 하지 않았을까 걱정이 되었지만, 박 언니와 친한 민 여사와 오 원장의 언행에서 전혀 그런 걸 느끼지 못했기 때문에 안심은 되었다.

"이렇게 하지. 남 사장하고 연 사장이 같이 춤을 추고, 백 선생은 나랑 추도록 해."

준봉도 그렇게 짝을 지었으면 하는 생각을 하고 있었기 때문에 고개만 끄덕거렸다.

"상봉아, 연 사장하고 재미있게 잘 놀아."

상봉은 연 사장을 데리고 플로어의 가운데로 들어가 춤을 추었고, 준봉은 박 언니와 가장자리에서 춤을 추었다.

한참 동안 신나게 춤을 추던 박 언니가 말을 꺼냈다.

"백 선생, 동생이라고 하는 저 남자는 친동생이야?"

"친동생은 아니고요, 삼십 년 전에 탱크부대에서 군대 생활할 때 같은 부대 안에서 근무를 했는데, 성은 틀려도 이름자 끝에 봉 자가 붙은 사람이 네 명이 있어 사봉회를 만들고 지금까지 친형제처럼 잘 지내고 있습니다."

"거참, 신기한 인연이네. 저 남자는 지금 뭐하지?"

"영등포에서 일식집을 하고 있습니다."

"사업은 잘 되고?"

"명동에서 일식집을 할 때는 장사가 잘 되었는데 영등포로 옮긴 후 잘 되지 않았어요."

"저 친구 성품은 어떤데?"

"쾌활하면서 의리 있는 남자입니다. 뭐가 잘못된 게 있습니까?"

"저 사람 얼굴 모습을 보니까 배신형일세. 조심해야 할 인물이거든."

"그런 형입니까?"

"저런 사람들은 마지막엔 꼭 배신을 할 사람이니까 조심하라, 이거지."

"조심하겠습니다."

"그리고 또 있네."

"뭣입니까?"

"저 친구 바람둥이 아니야?"

"제가 지금까지 알고 있는 상봉에게서 그런 모습은 전혀 느낄 수 없었습니다."

"그런 일이야 본인이 말을 꺼내지 않으면 모를 수 있지."

"확실하게는 잘 모르겠습니다."

"저 사람은 가끔 여기 올 때마다 여자가 바뀌더라고."

"아니, 그럼 누님은 저 친구를 자주 봐왔다는 말씀이십니까?"

"내가 누군가, 은하수무도장 십오 년 터줏대감이라고 하지 않았나.

오래 있다 보면 자연히 눈에 들어오거든."

"저 친구 자주 여기 왔습니까?"

"자주는 아니고 춤을 잘 추니까 내 눈에 잘 보였어."

"춤을 잘 춘다고요?"

"여기 오는 남자들 중에 열 손가락 안에 들 정도로 춤을 멋있게 잘 추었는데, 올 때마다 여자들이 바뀌었어."

"누님 눈은 참으로 날카로우시군요."

"지금 저 사람하고 춤을 같이 추는 연 사장이 혹시 저 남자에게 걸려들지 않나 그것도 걱정이라네."

"연 사장은 영리하니까 걱정을 하지 않으셔도 될 것 같은데요."

"백 선생, 똑똑한 당신도 꽃뱀에게 소리 없이 당한 것처럼, 남자 여자 할 것 없이 아무리 똑똑하고 영리해도 춤에 걸리면 헤어나질 못해."

"그런 게 걱정 되시면 연 사장에게 조심하라고 미리 알려주시지요."

"그렇지 않아도 춤이 끝나면 조용히 불러와 알려주려고 하네."

준봉과 박 언니는 춤이 끝난 후 휴게실에서 음료수를 마시면서 상봉과 연 사장이 나오길 기다렸다. 그러나 두 사람은 춤을 추는 데 정신이 팔려 나오지 않자 준봉과 박 언니는 무도장을 나와 헤어졌다.

무도장 영업이 끝나갈 무렵, 상봉과 연 사장은 춤을 끝내고 휴게실로 나와 음료수를 한 잔씩 마셨다.

"연 사장님은 춤을 배우신 지 얼마나 되세요?"

"아직 일 년이 안 되었어요."

"그런데 한 삼 년은 되신 것처럼 잘 추십니다. 몸놀림이나 손놀림, 텐션을 정교하게 다듬으면 아주 멋진 춤을 추실 수 있으십니다."

"얼마나 배우면 예쁘게 출 수 있는 거예요?"

"매일 나오시면 열흘 정도는 해야 되고요, 늦어도 한 달 안에는 완전하게 다듬을 수 있습니다."

"그렇게 빨리 배울 수 있는 거예요?"

"연 사장님은 순발력이 빠르시니까 금방 배울 수 있으십니다."
"남 사장님이 직접 가르쳐주실 거예요?"
"연 사장님께서 원하시면 제가 가르쳐드리도록 하겠습니다."
"그렇게 해주세요. 남 사장님께서 춤을 추시는 걸 보니까 저랑 잘 맞을 것 같아요."
"춤이 재미있었나 보죠?"
"아주 재미있게 추었어요. 제 휴대폰에 남 사장님 전화번호를 입력해주세요."

상봉은 연 사장 휴대폰에 자신의 전화번호를 입력하면서 회심의 미소를 지었다. 연 사장이 휴대폰을 들고 화장실로 들어가자 상봉은 바로 카운터 쪽으로 나와 기다리고 있던 마한수(40세, 상봉의 하수인, 상봉이 여자를 점찍어놓으면 뒷조사 담당, 상봉이 무도장에 안 나올 때는 대신 춤을 춰주는 역할도 한다)를 만났다.

"한수야, 지금 나랑 같이 춤을 춘 여자 봤지. 그 여자 상품가치가 있어 보인다. 준비하고 있다가 저 여자 나오면 미행해라. 특별한 게 눈에 보이면 즉시 연락해."

"형, 내가 아까 유심히 봤는데 그 여자는 형에게 푹 빠져 있는 것 같더라고. 그렇지?"

"여자들이란 게 처음엔 다 그래. 춤을 못 추니까 남자에게 매달리는 거야."

두 사람이 밀담을 하고 있을 때 플로어 끝 쪽으로 연 사장의 모습이 보였다.

"형, 그 여자 저기 나온다. 나 먼저 내려갈게."
"그래라."

마한수는 빠르게 계단을 내려갔고 상봉은 옷 보관소 아주머니에게 저고리를 받아 입고 있었다. 그 사이에 연 사장도 핸드백을 받아들고 계단으로 나왔다.

"남 사장님, 제가 춤을 배우고 난 후 처음으로 재미있게 춘 것 같네요. 감사합니다."

"고맙긴요. 연 사장님 덕분에 저도 잘 놀았습니다."

"남 사장님, 제가 오늘 저녁식사 대접해드리고 싶은데 어떠세요?"

"오늘 저녁에 귀한 손님을 만나기로 선약이 되어 있어 안 되겠습니다."

상봉은 연 사장을 이용하기 위해 거짓말했다.

"그럼 안녕히 가세요."

두 사람이 헤어진 후 연 사장은 바로 주차장으로 향했다. 연 사장은 오 분 정도 걸어가 주차장 아저씨에게 요금을 계산하고 키를 받은 다음 자신의 BMW를 운전하여 출발했다. 연 사장을 뒤따라오면서 그 모습을 본 한수는 쾌재를 불렀다.

'BMW다.'

한수는 골목길을 천천히 빠져나가는 BMW 꽁무니를 바라보면서 자신이 기분 좋을 때 사용하는 특유의 손짓을 하면서 멋을 부렸다. 오른쪽 엄지손가락 끝을 가운데 손가락 끝에 힘 있게 마찰해 딱딱 튕기면서 상봉에게 전화를 걸었다.

"형, 대박감이야. 그 아줌마 BMW 7클래스 몰고 나갔어. 응, 틀림없이 7클래스야. 흰색이야. 형, 내일 만나."

상봉은 마한수에게 전화를 받고 기분이 좋았다. 자신이 짐작한 대로 연 사장은 괜찮은 상품임에 틀림없는 것 같았다. 얼굴 예쁘고, 몸매도 늘씬해 보기 좋은데다 춤만 세련되게 잘 가르쳐놓으면 최상품이 된다. 그런데 생각지도 않게 BMW까지 운전하고 다닌다고 하니 돈이 나올 수 있는 대박감임에 틀림없는 것 같았다.

자신의 계획대로 연 사장을 잡으려면 언제나 모든 언행에 조심해 신뢰를 받고, 춤을 출 때는 예절을 잘 지켜 신사다운 모습을 보여줘 의심받지 않도록 해야겠다는 생각을 하고 있을 때였다. 연 사장에게 전화가 왔다.

"남상봉입니다."

"내일부터 며칠 동안 일본에 급히 다녀오신다고요? 제가 인천공항에 환송을 나가도 되겠습니까?"

"그러면 귀국하는 날 제가 차를 가지고 인천공항에 나가도록 하겠습니다."

상봉은 전화를 끊고 준봉과 박 언니를 생각했다.

은하수무도장에서 자신의 얼굴을 알고 있는 사람은 준봉과 박 언니뿐이다. 자신이 은하수무도장에서 연 사장을 마음대로 가지고 놀려면 준봉과 박 언니의 관심을 자신에게서 떼어놓아야 수월해질 것이다. 그렇게 하려면 은하영을 준봉과 만나게 해 춤을 추게 하면 될 것 같았다. 상봉은 즉시 준봉에게 전화를 걸어 내일 오후에 은하수무도장 휴게실에서 만나기로 약속했다.

준봉은 상봉의 전화를 받자 심장이 뛰었다. 꿈만 같이 생각하던 은하영을 만난다고 하니 가슴이 벅차왔다. 이 년 전 제주도 나이트클럽에서 손을 놓고 나가버릴 땐 죽이고 싶도록 얄미웠지만, 자신의 춤 실력이 좋아질수록 보고 싶은 마음으로 변해갔다.

처음 만나면 악수를 청할까? 인사를 할 때 뭐라고 말을 할까? 호칭은 뭐라고 부를까? 춤을 추다가 왜 손을 놓고 나갔는지도 물어볼까, 말까? 준봉은 이 생각 저 생각을 하면서 상기된 얼굴로 은하수무도장 휴게실에 앉아 은하영을 기다리고 있었다. 상봉이 은하영을 데리고 은하수무도장 휴게실 문을 열고 들어오자 준봉은 눈을 크게 떴다. 오른손은 상봉의 손을 잡고 악수를 하면서도 시선은 은하영을 보고 있었다.

"형님, 일찍 나오셨어요?"

"나도 지금 막 오는 길이다."

"은하영 여사 모시고 왔어요."

준봉은 반가운 마음에 은하영의 손을 잡으려 하다가 멈추었다. 이 년 만에 만나는 두 사람의 분위기는 처음 만나는 사람들처럼 어색했다.

"오랜만입니다. 이쪽으로 앉으시죠."

준봉은 의자를 당겨 은하영이 편하게 앉을 수 있도록 배려해주었다.

"은하영 씨, 이 년 만에 뵙습니다만 얼굴은 더 젊어지셨습니다."

"백 선생님도 얼굴이 좋으세요."

은하영의 목소리는 조용했지만 작게 떨리고 있었다. 잠시 동안 어색한 분위기가 흐르자 상봉이가 두 사람을 재촉했다.

"못다 한 얘기는 나중에 하고요. 춤방에 오셨으니까 춤이나 추세요."

준봉과 은하영은 플로어의 가운데에 자리 잡고 서서 인사를 하고 두 손을 잡았을 때 짜릿한 전율을 강하게 느꼈다. 이 년 전 제주도에서 처음 손을 잡았을 때는 이런 감정을 전혀 느끼지 못했다.

준봉은 은하영을 껴안고 싶은 충동이 일어났으나 참으면서 지르박 음악에 맞춰 워킹을 시도해봤다. 은하영의 두 손과 몸은 새털처럼 가벼웠고 워킹은 자신보다 더 부드럽다는 것을 느낄 수 있었다. 민 여사나 오 원장, 박 언니보다 훨씬 잘 추는 수준이었다.

음악 두 곡이 지나자 준봉과 은하영의 호흡이 잘 맞아지면서 흥겹고 신나게 춤을 추다가 시선이 마주치면 서로 미소를 주고받았다. 지르박 스텝에서 은하영은 스커트 끝자락을 마음껏 휘날리며 두 바퀴, 세 바퀴씩 회전을 했고, 돌아올 때는 민 여사나 오 원장보다 더 세련되고 예쁘게 동작을 취했다. 리드를 하는 준봉은 새로운 힘이 솟아났다. 손 후카시나 어깨 후카시를 시도했을 때 은하영의 부드러운 자세와 절도 있는 텐션은 옆에서 같이 춤을 추는 사람이나 대기석에 앉아 구경을 하는 사람들까지 저절로 흥이 날 정도였다.

지르박 음악이 끝나고 블루스 음악이 나오자 준봉은 순간적으로 이 년 전 제주도 나이트클럽 생각이 스쳤다.

블루스 춤을 못 춘다고 손을 놓고 나가 사나이 자존심을 엉망으로 만들어놓은 장본인, 은하영!

그때 충격을 받고 어금니를 악물고 이 년 동안 사교춤을 배우게 한 은하영!

춤을 처음 배울 때는 은하영을 만나 춤을 추게 되면 그때 당한 수치스러움을 되갚아주고 싶은 마음으로 꽉 차 있었는데, 조금 전 은하영의 얼굴을 보는 순간 그런 마음은 눈 녹듯이 사라지고 말았다. 지금 이 순간 준봉은 은하영을 안고 블루스의 첫발을 시도하고 있었다. 오직 은하영이 황홀감을 맛볼 수 있도록 멋있게 리드해보겠다는 의지로, 미끄러지듯 부드럽게 스텝을 밟았다.

준봉은 지금까지 배운 춤 솜씨에 최고의 정성을 다해 리드를 했다. 준봉은 가슴이 벅차오를 정도로 은하영의 움직임이 멋있게 보였다. 한발 한발의 스텝은 고전무용을 하는 여인의 발걸음처럼 소리 없이 부드러웠고, 지그재그를 하다가 손을 놓아주면 은하영 혼자 화려하면서 멋들어지게 회전을 했다. 인스핀이나 아웃스핀을 밟을 때는 무릎을 부드럽게 구부렸다 펴면서 회전을 했고, 그 속도에 맞춰 치마가 펴졌다 오므려졌다 하는 동작은 마치 칠면조의 날개가 펴졌다 접혔다 하는 것처럼 화려하게 보였다.

준봉은 신이 났다. 자신의 리드에 맞춰 은하영의 춤이 멋있게 펼쳐지자 신들린 사람처럼 더 멋있게 기교를 부리려고 애를 썼다. 준봉은 춤맛이 바로 이런 것이로구나 하는 것을 자연스럽게 느낄 수 있었다.

춤꾼의 손맛! 몸은 신들린 무당처럼 음악에 젖어 부드러웠으며 기분은 즐겁고 황홀했다. 이런 기분은 그동안 박 언니나 민 여사, 오 원장과 춤을 추면서 한 번도 느껴보지 못했던 것이다. 낚시꾼은 낚시에 걸린 고기를 잡아당기면서 잠깐 동안만 손맛을 느낄 수 있고, 바둑의 고수는 상대방의 대마를 잡는 순간에만 짜릿한 쾌감을 느낄 수 있고, 포수는 짐승을 잡으려고 방아쇠를 당겨 짐승이 쓰러지는 순간에만 포획의 감동을 느끼고, 남의 집 사과나무에 달린 사과를 몰래 따먹을 때 한입 깨무는 그 순간만 달콤한 맛을 느낄 뿐이지만, 춤맛은 스텝과 피겨가 바뀌면서 상대방 여성과 교감과 호흡이 맞는 순간순간마다 즐거움과 황홀감을 연속적으로 느낄 수 있었다.

준봉과 은하영은 시간 가는 줄 모르고 즐겁게 춤을 추었다.

플로어 대기석에 앉아 두 사람이 춤을 추는 모습을 바라보던 민 여사가 숨이 넘어갈 정도로 흥분하면서 박 언니에게 말을 꺼냈다.

"언니, 저기 가운데에서 춤을 추는 남자가 백 선생 맞는 거예요?"

"응 맞아. 나도 아까부터 유심히 보고 있어."

"같이 춤을 추는 여자는 오 원장은 아닌데 누구예요?"

"나도 처음 보는 얼굴인데, 누군지 궁금하네."

"저 여자 꽃뱀 아닌가? 춤을 잘 추네."

"꽃뱀은 아닌 것 같고, 하여튼 여기서 보기 드물게 춤을 잘 춘다, 그렇지?"

"언니보다는 못하네요. 멋만 부리려고 그러네요."

"아니야, 멋을 일부러 부리는 게 아니고 파트너와 호흡이 잘 맞으면 여자의 춤과 동작은 자동적으로 멋있게 보이는 거야. 그러니까 춤이 잘 맞는 사람들끼리 파트너가 되는 거잖니."

"백 선생님이 숨겨둔 파트너인가 보죠."

"백 선생 성격에 파트너는 아닐 거야."

"언니는 그걸 어떻게 아세요?"

"그동안 같이 춤을 춰봤으니까 알지. 저길 봐, 블루스를 추면서 껴안지 않고 춤만 추고 있잖니."

"춤도 잘 맞는데 왜 껴안지 않는 거예요?"

"서로 간에 예의를 지키는 거야. 아무리 파트너 하더라도 예의는 지켜야지."

"파트너가 아니어도 껴안던데요."

"백 선생이 민 여사하고 춤을 출 때 민 여사를 가깝게 당겼어, 안 당겼어?"

"한 번도 안 당기기에 제가 일부러 안겼어요, 호호."

"그것 봐, 백 선생은 절대로 상대방 여성을 당기지 않거든."

"언니하고 출 때도 안 당긴 거예요?"

"그럼."

"껴안지 않는다고 파트너를 할 생각이 없는 거예요?"

"그건 아니지. 백 선생도 남잔데 왜 여자를 껴안고 싶은 생각이 없겠어. 그렇지만 상대방이 불쾌하지 않도록 예의를 지키는 거야."

"언니는 백 선생이 껴안지 않았을 때 기분이 나쁘지 않았어요?"

"기분 나쁠 일이 뭐 있니, 춤꾼은 신나게 춤만 잘 추면 되는 거잖니."

"그럼 오 원장도 안 당긴 거예요?"

"오 원장도 안 당겼어. 그건 내 눈으로 확실하게 봐두어서 잘 알아."

"그건 왜죠?"

"민 여사와 오 원장을 보호하려고 했을 거야."

"보호라고요? 그게 무슨 뜻이죠?"

"민 여사하고 오 원장이 절친한 친구라는 걸 알고 있으니까 두 사람 중에 한 사람을 파트너로 정하면 두 사람 사이가 나빠질 것 아니니. 내 말 알아들었지."

"……."

민 여사는 얼굴이 붉어지면서 고개만 끄덕거렸고, 그동안 백 선생이 파트너를 하지 않겠다고 한 뜻을 이제야 알 것 같아 백 선생에게 미안한 생각이 들었다.

"민 여사도 나처럼 십오 년이 넘으면 춤꾼들의 속마음을 이해할 거야."

두 사람이 얘기를 하는 사이에 준봉은 춤이 끝나고, 박 언니 앞으로 와 인사를 했다.

"누님, 나오셨어요."

"백 선생, 멋있는 파트너 데리고 나왔네."

"파트너는 아닌데요. 나중에 말씀드리면 이해하실 겁니다."

민 여사가 말을 꺼냈다.

"백 선생님, 저분이랑 춤을 얼마나 같이 추었으면 저렇게 잘 맞는 거예요?"

"오늘 처음 추었습니다."

"네에? 오늘 처음 춘 사람들이 어쩌면 그렇게 보기 좋게 추는 거예요?"

"처음 몇 곡은 잘 맞지 않았는데, 나중에는 호흡이 잘 맞더라고요."

"아유, 부러워 죽겠네. 백 선생님, 저도 저분처럼 가르쳐주세요."

"제가 가르쳐드린다고 되는 것이 아니라 민 여사님 스스로 춤을 만들어야 합니다."

박 언니가 말을 받았다.

"그건 백 선생 말이 맞아. 민 여사도 얼굴과 몸매는 받쳐주니까 춤을 추면서 정교하게 스텝을 밟으면서 몸짓과 손짓을 만들면 될 거야."

"백 선생님, 저도 그렇게 될까요?"

"누님 말씀대로 노력하신다면 틀림없이 멋있게 추실 수 있을 겁니다. 누님, 그렇지요?"

"그럼, 그렇게 되고말고. 인간의 운명과 팔자는 타고나지만 인생살이는 내 마음먹은 대로 바꿀 수 있듯이, 춤도 민 여사 마음대로 만들어 할 수 있으니까 민 여사 스타일에 맞도록 춤을 만들어."

"와, 언니. 오늘 명언을 말씀하셨네. 운명과 팔자는 타고나지만, 인생살이와 춤은 마음먹은 대로 만들 수 있다. 오, 언니 멋져요."

세 사람이 한참 얘기에 열중하고 있을 때 화장실에 갔던 은하영이 자리로 돌아왔다. 준봉이 인사를 시켰다.

"은하영 씨, 인사드리세요. 은하수무도장의 터줏대감이시자 제 누님인 박 언니시고요, 이분은 민 여사님이십니다."

"안녕하세요. 예쁘게 봐주세요."

"반가워요. 춤도 잘 추시고 아주 매력 있게 생기셨네."

"감사합니다."

"언니, 은하영 씨 이름이 얼마나 예뻐요. 아유 귀여워라. 은하영, 호호."

민 여사는 처음 본 은하영과 인사를 나누었지만 어린아이 같은 마음으로 꾸밈없이 얘기를 하자 모두 다 한바탕 웃었다.

"누님, 오늘 운동 끝나고 제가 누님이랑 민 여사님 모시고 저녁 대접을 하겠습니다. 괜찮으시죠?"

"뭐, 백 선생이 저녁 식사를 사겠다고?"

"네. 제가 말씀드릴 것도 있고요."

"언니, 빨리 허락하세요."

"백 선생, 은하영 씨도 같이 가는 건가?"

"네, 같이 모시고 갈 겁니다."

"민 여사, 그러면 오 원장하고 연 사장에게도 연락해. 저녁 식사는 우리 집에서 같이 하자고 그래."

"그렇게 할게요. 신난다."

민 여사가 전화를 하러 간 사이에 남상봉이 준봉에게로 와 박 언니에게 인사를 드렸다.

"고수님 나오셨습니까?"

"아니, 나보고 고수라고 그랬어?"

"네. 고수님이시잖아요."

"춤은 한 십오 년 추었지만 실력은 고수가 못 돼."

"제가 멀리서 춤추시는 걸 봤는데 고수가 될 실력이 되십니다. 준봉이 형, 안 그래요?"

"그럼, 우리 누님은 춤 실력도 고수이지만 인생살이의 고수이시지. 누님, 고수라고 인정을 하세요."

"그래, 그렇게 하지. 이제부터 고수라고 부르게, 호호."

그 사이 전화를 하러 갔던 민 여사가 돌아왔다.

"언니, 오 원장은 저녁 때 바로 언니네 식당으로 온다고 했고요. 연 사장은 휴대폰 로밍을 했는데 지금 일본에 있다네요."

그때 갑자기 남상봉이 민 여사가 말을 끝내자마자 끼어들려고 하다가 말을 얼버무렸다.

"연 사장님은 어제 아침에 일본……."

박 언니는 남상봉의 말에서 직감적으로 느끼는 것이 있었지만 모른 척하면서 세심하게 남상봉 행동을 관찰했다.

박 언니가 운전하는 차에 준봉, 상봉, 민 여사, 은하영이 같이 타고 박 언니가 운영하는 갈비집에 도착해 VIP 룸에 자리를 잡았다.

준비한 음식이 나오고, 반주와 곁들여 맛있게 먹고 있을 때 오 원장이 들어왔다. 박 언니가 반갑게 맞아주었다.

"오 원장, 어서와. 오늘은 백 선생이 귀한 손님을 모시고 왔다고 한턱 쏘는 거야."

"귀한 손님이 오셨다고요?"

준봉이 자리에서 일어나 오 원장에게 인사를 한 후 은하영을 소개시켰다.

"은하영이예요. 반갑습니다."

"오정은이예요. 성함이 참 예쁘시네요. 은하영 씨."

은하영은 오정은의 얼굴과 헤어스타일을 눈여겨보고 지난번에 은하수무도장에서 준봉과 같이 춤을 춘 여자가 오정은이라는 것을 직감했다. 은하영은 혹시 이 여자가 준봉의 파트너가 아닐지 걱정되었다.

오 원장이 혼자 식사를 하는 바람에 분위기가 조용해지자 박 언니가 말을 꺼냈다.

"백 선생, 아까 무도장에서 나에게 할 말이 있다고 했는데, 무슨 말인지 지금 해보게."

"그렇게 하겠습니다. 누님의 자매 중에 연 사장님만 일본에 출타 중이고 다들 오셨으니까 이 말씀은 꼭 드려야 앞으로 제 자신도 마음 편하게 춤을 출 수 있을 것 같고, 또 여러분께서 생각하고 계시는 오해도 풀릴 것 같아 말씀을 드리겠습니다."

과일을 먹고 있던 민 여사가 재촉을 했다.

"백 선생님, 서론은 빼고 본론만 말씀하세요. 지금 은하영 씨 자랑을 하려고 그러시는 거예요?"

"아닙니다."

준봉은 맥주 한 컵을 다 마시고 난 다음 말문을 열었다. 이 년 전 제주도 나이트클럽에서 은하영을 만나 춤을 못 춘다고 망신을 당한 일과, 그것 때문에 이 년 동안 열심히 춤을 배운 과정을 얘기했고, 민 여사와 오 원장이 파트너를 하자고 제의했을 때 은하영 씨 때문에 거절한 것과, 앞으로 은하영 씨와 정식으로 파트너가 되어 떳떳하게 춤을 추겠다는 사실을 발표했다.

준봉의 얘기를 듣고 있던 은하영은 감격했는지 눈물을 닦으며 방문을 열고 나가버렸다. 상봉이 은하영을 달래주려고 뒤따라 나갔다. 한참 동안 방 안 분위기가 침울해지자 박 언니가 말을 꺼냈다.

"인생살이도 참으로 묘하고 인간의 인연도 질기고 질긴 인연이구나. 역시 춤은 좋은 거야. 춤 때문에 사람을 미워했다가 춤 때문에 다시 만나는 것 아니야. 백 선생과 은하영 씨는 파트너가 되고도 남네. 두 사람의 파트너가 된 것을 축하하면서, 다 같이 박수."

박 언니의 얘기를 듣고 있던 일행은 고개를 끄덕이면서 마음속에서 우러나는 뜨거운 박수를 쳤다. 민 여사가 입을 열었다.

"백 선생님과 은하영 씨는 천생연분이네요. 난 그것도 모르고 괜히 헛물만 켰네요."

오 원장도 한마디 거들었다.

"민 여사만 헛물을 켠 것이 아니라 저도 마찬가지예요. 저도 백 선생님을 파트너로 만들어보려고 애썼는데 이젠 강 건너 가버렸네요."

"이것 봐 민 여사, 오 원장. 두 사람은 나에게 백번 고맙다고 인사해야 돼. 백 선생은 두 사람을 파트너로 하지 않을 거라고 미리 얘기했잖아."

세 여인이 배꼽을 잡고 깔깔거리며 웃고 있을 때 은하영과 상봉이 방으로 들어왔다. 박 언니가 입을 열었다.

"이제 백 선생과 은하영 씨의 관계도 다 알게 되었고, 파트너까지 인정을 받았으니까 은하영 씨가 답사를 해야 할 차례지요."

얼굴 표정이 굳어 있던 은하영이 조금 머뭇거리다가 말했다.

"이 년 전에 저의 작은 실수로 인해 한 남자의 마음을 아프게 했는데, 그것이 인연이 되어 백 선생님을 다시 만나게 되었고, 또 후덕하신 박 언니나 민 여사님, 오 원장님과 뵙게 되어 반갑고 의미가 깊습니다. 앞으로 오늘의 좋은 만남이 계속되도록 노력을 많이 할 거예요. 감사합니다."

은하영의 인사말이 끝나자 민 여사가 기다렸다는 듯이 말을 이었다.

"아니, 은하영 씨는 이름만 예쁜 것이 아니라 말씀도 예쁘게 잘하시고, 아주 의미 있는 얘기를 하셨어요. 백 선생님은 복도 많으셔."

은하영이 얘기를 하고 있을 때부터 흐뭇한 미소를 짓고 있던 박 언니가 말을 받았다.

"은하영 씨는 실례지만 나이가 몇이나 되세요?"

"꼭 오 학년이에요."

"쉰 살인데 마흔 살처럼 젊어 보여요. 몸 관리를 참 잘하셨네."

"과찬이세요. 피부가 엉망인데요, 뭘."

은하영 옆에 앉아 있던 민 여사가 은하영의 손을 만지면서 호들갑을 떨었다.

"언니 언니, 이 손 좀 보세요. 이십 대 아가씨처럼 부드럽고 야들거려요, 호호."

"아닌데."

은하영은 부끄럽고 미안해 얼굴이 붉어졌다.

박 언니가 다시 말을 이었다.

"오늘 이 자리는 백 선생이 우리에게 은하영 씨를 소개하면서 파트너로 인정받기 위해 만든 자리니까 그것은 인정을 해줄 것이고, 또 한 가지는 귀한 인연으로 은하영 씨를 만났으니까 은하영 씨를 우리의 자매로 받아들이는 것이 어때? 민 여사, 오 원장 괜찮아?"

민 여사와 오 원장은 박수를 치면서 찬성을 했고, 은하영은 놀란 얼굴에 두 눈을 크게 뜨고 박 언니를 쳐다봤다.

"은하영 씨는 쉰 살이면 민 여사, 오 원장과 동갑이니까 모두 다 친구로 하고, 나만 예쁜 동생 한 사람 더 생겼네."

"언니는 복도 많으슈, 저렇게 예쁜 동생이 넝쿨째 뚝 떨어졌으니 얼마나 좋으셔요."

오 원장이 말을 받았다.

"민 여사, 우리는 예쁜 친구 한 사람이 공짜로 생겼으니까 우리가 더 좋지. 안 그래, 은하영."

오 원장이 은하영의 손을 잡자, 민 여사도 은하영의 손을 잡고 좋아했다. 일행은 한참 동안 떠들면서 얘기하다가 박 언니가 은하영에게 물었다.

"이 년 전에 제주도 나이트클럽에서 춤을 추다가 백 선생 손을 놓고 나갔다고 했는데, 그게 궁금해. 왜 그런 거야?"

은하영은 생각지도 않던 뚱딴지같은 질문에 얼굴이 붉어지자 두 볼을 매만지면서 차분하게 대답했다.

"그날 저희 친구 네 명이 부킹이 되어 백 선생님 테이블에 동석을 했을 때 백 선생님의 모습이 너무 인상적이었어요. 그런데 춤을 출 때 다른 친구들은 춤을 추는데 백 선생님만 제자리에서 가만히 서 있기에 속이 상하고 실망이 되더라고요. 그래서 손을 놓고 나와 버렸어요. 그것뿐이에요."

"춤을 잘 추는 사람으로 봤는데 춤을 못 추고 서 있으니까 실망이 컸구만."

오 원장이 말을 받았다.

"언니, 오히려 그것이 약이 되어 백 선생님은 오십이 넘은 나이에 춤을 배우게 되었고, 이렇게 예쁜 은하영을 다시 만나 파트너까지 되었으니 얼마나 잘된 일이유. 백 선생님은 은하영을 업고 다녀야 하실 거예요."

민 여사가 오 원장의 말을 거들었다.

"백 선생님은 복도 많으세요. 오늘 저녁 사신 것은 예행연습이고, 오 원장은 늦게 와 제대로 먹지도 못했으니까 날 잡아서 다시 한턱 내셔야 해요."

"네네, 그렇게 하겠습니다."

일행은 화기애애한 분위기 속에 웃고 떠들다가 밤이 늦어서야 헤어졌다.

고니 한 쌍

　준봉과 은하영은 매일 오후 은하수무도장에서 만나 춤을 추었다.
　두 사람이 춤추는 모습은 주위 사람들의 시선을 끌고도 남음이 있을 정도로 즐거우면서도 신나고 우아하면서도 깨끗하게 보여, 두 사람은 어느 날부터 '고니'라는 애칭으로 불리고 있었다.
　"고니 파트너들은 젊었을 때 발레 선수를 했나?"
　"저 사람들은 부부인가? 어쩌면 저렇게 춤이 잘 맞고 아름답게 보일까."
　"춤이 끝날 때까지 한 번도 껴안지 않고 깨끗하게 춤만 잘 추네."
　"나도 저런 남자를 파트너로 삼으면 얼마나 행복할까."
　무도장 플로어에서 춤을 추는 사람들이나 대기석에 앉아 구경을 하는 여인들의 입에서 제각기 한마디씩 할 정도로 준봉과 은하영은 인기도 좋으면서 부러움의 대상이 되었다.
　준봉 자신도 평소에 전혀 느끼지 못했던 일들이 은하영을 만나 춤을 추면서부터 생기게 된 것이다. 십 년이 넘도록 춤을 추는 은하영도 전에는 느껴보지 못했는데 준봉을 만나면서부터 무엇에 홀린 사람처럼 춤이 잘 되었고 매일 즐겁고 신바람이 났다.

'고니' 라는 애칭은 박 언니가 지어주었는데, 준봉과 은하영만 모르고 있었고 민 여사와 오 원장을 비롯한 일부 손님들은 진작 즐겨 부르고 있었다.

고니라고 애칭을 지은 것은 두 사람의 복장과 춤을 추는 모습을 보고 지은 것이다. 고니는 백조라고도 부른다. 고니는 몸 전체가 흰색이면서 부리는 노란색, 다리는 검은색으로 되어 있어, 추운 겨울 호수 위를 비상할 때의 그 모습은 화려하면서도 아름다워, 보는 사람들로 하여금 저절로 감탄을 자아내게 하는 고귀한 새다.

어느 따뜻한 봄날 무도장에 나온 준봉과 은하영은 서로 약속이나 한 듯이 상의는 흰색에다 하의는 검은색을 입고 있었다. 준봉은 왼쪽 가슴 주머니 쪽에 어린아이 주먹만 한 크기로 노란색 새 한 마리 문양이 새겨진 티셔츠에 검정색 바지를 입고 있었고, 은하영도 왼쪽 가슴에 사과알만 한 크기로 노란색 해바라기 한 송이가 새겨진 흰색 블라우스에 검은색 스커트를 입고 있었다.

두 사람이 이런 복장으로 신나게 춤을 추는 모습을 보던 박 언니가 고니라는 애칭을 지었다. 언젠가 추운 겨울 강릉 경포대 호숫가에 갔을 때 인기척에 놀란 고니(백조)가 호수 물을 박차고 날갯짓을 하면서 비상하는 모습이 생각났던 것이다.

대기석에 앉아 준봉과 은하영이 춤추는 모습을 보던 민 여사가 박 언니에게 퉁명스럽게 말을 걸었다.

"언니, 지난번에 내가 백 선생님에게 파트너를 하자고 했을 때 내가 확 잡았으면 백 선생님은 내 파트너가 되는 건데."

"얘, 또 그 소리냐. 떡 줄 사람은 생각지도 않는데 민 여사 혼자만 짝사랑했어."

"언니가 하지 말라고 하셨잖아요. 에이, 약 올라 죽겠네."

"민 여사, 백 선생만 남자니? 백 선생보다 더 멋있고 춤 잘 추는 남자가 수두룩한데 왜 꼭 백 선생이냐. 다른 남자를 찾아봐."

"춤이 잘 맞아야 파트너가 된다는 건 언니가 더 잘 아시잖아요. 나는 다른 남자하고 춤을 추면 짜릿한 맛도 느끼지 못하면서 재미도 없어요."

"민 여사가 그런 말 하면 오 원장은 더 화가 날 거야."

박 언니 옆에서 듣고 있던 오 원장은 못 들은 척 자리에서 일어나 화장실 쪽으로 걸어가 버렸다.

"오 원장이 왜 화가 나는 건데요?"

"백 선생은 오 원장을 파트너로 생각하고 있었으나 민 여사 때문에 생각을 접은 거야."

"저 때문에요?"

"그럼."

"언니가 어떻게 아세요?"

"춤을 오랫동안 추다 보면 직감적으로 느낄 수 있지."

"이유가 뭐예요?"

"내가 지난번에 얘기했잖니. 두 사람의 우정을 생각한 거라고."

"아유, 시시해. 그게 무슨 이유예요. 내가 먼저 차지했더라면 오 원장도 할 수 없는 것 아니에요."

"백 선생은 오 원장을 더 생각하고 있었다니까 그러네."

"하필이면 이럴 때 은하영이 나타날 게 뭐야."

"민 여사, 은하영이 춤을 잘 추니까 질투하는 거지?"

"저랑 오 원장이 터줏대감인데, 은하영이 나타나 백 선생을 빼앗아 가니까 기분이 나쁜 것 아녜요."

"민 여사, 백 선생과 은하영의 관계는 벌써 우리가 인정해주었고, 또 은하영을 민 여사 친구로 했으면 됐지, 이제 와서 왜 또 옛날 얘기를 하는 거야. 이젠 모두 잊어버리고 춤이나 즐겁게 추도록 해."

"파트너가 있어야 재미가 있잖아요."

"파트너는 춤을 추다 보면 자연적으로 생기는 거야. 파트너를 찾으려고 춤을 추다 보면 한 사람도 못 건진다는 것 잘 알잖아."

민 여사는 박 언니의 얘기를 듣다가 화장실에 간다고 자리를 떴다. 그 사이에 준봉과 은하영이 춤을 끝내고 자리로 돌아와 박 언니에게 인사를 했다.

"언니, 언제 나오셨어요?"

"일찍부터 나와 있으면서 고니들이 춤을 추는 걸 보고 있었지."

"고니? 고니가 뭐 하는 거예요?"

"고니도 몰라? 백조를 고니라 부르는 거야."

"그런데 누가 고니라는 거예요?"

오 원장이 박 언니를 대신해 대답했다.

"백 선생님과 은하영이 춤을 추는 모습이 고니처럼 아름답고 깨끗하다고, 언니가 애칭으로 지은 거야."

"네에? 저희들을 고니라고 지었다고요?"

박 언니가 말을 이었다.

"왜? 고니가 싫은 거니?"

"아니에요. 너무 놀라서 그랬어요. 백조는 새 중에서도 가장 화려하고 예쁜 새가 아니에요. 러시아 발레단이 자랑하는 백조의 호수도 있는데, 제가 어떻게 고니라는 애칭을 들을 수 있어요."

은하영이 부끄러운 듯 두 손으로 양 볼을 가리자 박 언니가 말을 계속했다.

"아니야, 두 사람은 고니 소리를 들을 수 있을 정도로 춤을 잘 추고 있어. 그렇지, 오 원장?"

"네, 언니 말씀대로 두 분은 한 쌍의 고니처럼 아주 멋있고 보기 좋으세요. 은하영, 자신감을 가져도 돼."

은하영은 그제야 마음이 놓이는지 얼굴이 밝아졌다.

"예쁘게 봐주셔서 감사합니다. 앞으로 더 열심히 노력하겠습니다."

박 언니가 흐뭇한 미소를 지으면서 다시 말을 이었다.

"내가 두 사람에게 부탁을 하나 하려고 하는데 들어줄 거야?"

"무슨 부탁이요?"

"어려운 것 아니야. 간단해."

"말씀하세요."

"두 사람이 여기 에어컨 앞에서 지르박하고 블루스를 한 곡씩만 시범으로 춰보는 거야."

"여기에서요?"

"응, 여기서 평상시 춤을 추는 대로 추면 우리 세 사람이 그냥 구경을 하는 거지."

"쑥스러운데요."

"쑥스럽긴. 평상시대로 하면 돼. 두 사람이 춤을 추면 구경하는 사람들이 볼 것 아니야. 그러면 그 사람들도 예쁘고 깨끗하게 춤을 추려고 노력하겠지? 그러면 여러 사람들에게 홍보가 되는 거지."

오 원장이 말을 받았다.

"이를테면 멋있는 춤과 깨끗한 춤을 보여주는 홍보대사 역할을 하라, 이런 말씀이군요."

"응. 그런 뜻이야. 조금 쉬었다가 한번 보여줘."

그동안 아무 말 없이 듣고 있던 준봉이 입을 열었다.

"누님께서 지금 말씀하신 것은 저하고 은하영 씨가 매일 추는 그대로이니까 아무런 부담 없습니다. 지르박 음악이 나오면 바로 시작하겠습니다."

"역시 백 선생은 내 생각을 잘 안단 말이야."

박 언니는 준봉의 등을 다독여주었다.

조금 뒤 지르박 음악이 흘러나왔다. 두 사람은 주위 사람들에게 방해가 되지 않도록 조심하면서 워킹을 몇 번 시도한 후 가벼운 피겨부터 시작했다. 조금 어려운 피겨와 쉬운 피겨를 섞어가면서 연결을 한 후 마지막에는 가장 멋있는 피겨인 손 후카시와 어깨 후카시로 지르박 춤을 끝냈다. 구경하던 사람들이 놀라는 눈으로 바라보면서 잘한다고 칭찬의 표현을 보냈다.

다시 블루스 음악이 연결되었다. 박 언니, 민 여사, 오 원장을 비롯해 구경을 하던 사람들은 고니 한 쌍의 스텝과 동작을 유심히 바라봤다. 두 사람은 춤을 추면서 몸을 절대로 가깝게 접촉하는 순간이 없이 붙을 듯 말듯 간격을 유지했다. 은하영이 세 바퀴나 네 바퀴를 회전할 때는 부드럽고도 멋있는 몸짓과 손짓으로 연결했다. 두 사람이 블루스를 추는 동안 구경을 하던 사람들은 극장에서 영화를 보고 있는 것처럼 숨을 죽였다. 과연 박 언니가 고니라는 애칭을 지어줄 만하다고 느낄 정도로 우아하고 깨끗하게 춤을 마무리했다.

민 여사는 두 사람의 춤을 보면서 속으로 많이 놀랐다. 지금까지 자신은 준봉과 은하영이 춤을 출 때 먼발치에서 보면서 은하영에 대한 질투심만 부글부글 끓었지, 은하영의 춤 실력에 대해 관심이 없었다. 그런데 조금 전 지르박과 블루스 추는 걸 보면서 많이 반성했다. 한발 한발 옮길 때마다 몸은 부드러워 보였고, 방향을 회전할 때는 정교하고 정확하게 몸을 틀어놓아 반듯하게 보였으며, 회전을 하고 돌아올 때의 몸놀림과 손짓은 자신은 생각하지도 못할 정도로 나긋나긋하면서 예뻤다. 그때그때 흐르는 음악의 강약에 맞춘 텐션은 보는 사람으로 하여금 흥을 돋우어 몸이 들썩들썩 움직일 정도였다.

은하영의 춤 실력이 자신보다 한 수 위라는 것을 알게 되자 민 여사는 미안한 마음이 앞섰다. 백 선생과 은하영은 춤 때문에 맺어진 천생연분이라는 걸 다시 한 번 느꼈다. 그동안 백 선생을 자신의 파트너로 독차지하려고 심술부렸던 행동이 잘못되었음을 느끼면서 앞으로 준봉과 은하영에게 잘해주어야겠다는 생각을 했다.

춤이 끝나자 박 언니는 준봉과 은하영을 데리고 휴게실로 갔다.

"지금 두 사람이 춤을 추는 동안 주변 사람들의 분위기를 살펴봤는데 반응이 아주 좋았어."

"반응이라니요, 그게 무슨 뜻이에요?"

은하영이 궁금하다는 듯 되물었다.

"춤을 멋있게 추니까 구경하는 사람들이 많았다는 것인데, 앞으로 많은 사람들 앞에서 시범을 보이면 효과가 있을 거야."

이번엔 준봉이 궁금하다는 듯 물었다.

"시범이라니요?"

"요사이 일부 언론에서 사교춤을 불륜의 온상이라느니 춤바람의 원인이라느니 하는 식으로 매도하고 있으니, 그렇지 않다는 것을 보여줄 필요가 있거든."

"저희 몇 사람이 보여준다고 효과가 있겠습니까?"

"우리는 춤을 좋아하는 사람들이기 때문에 사교춤을 보호해야 할 책임과 의무가 있는 거야. 이럴 때 우리가 나서야 돼. 언론에서 떠들어도 모른 척하고 있으면 언론에서 더 짓밟는다고. 사교춤은 절대로 그런 춤이 아니라는 걸 이번 기회에 보여줘야 해."

"누님의 뜻과 의지는 잘 알지만 숫자가 너무 적어요."

"백 선생, 첫술에 배가 부를 수 있겠나. 우리가 불을 지피면 보고 듣는 사람이 많을 테니 호응을 받을 수 있도록 노력을 하자, 이거지."

"은하수무도장 사장님이 협조를 해야 되잖아요."

"그건 걱정 마. 여기 황주영 사장도 나랑 똑같은 생각을 하는 사람이고, 나랑 친하니까 내가 알아서 할게."

"그럼 저희 두 사람만 춤을 추는 겁니까?"

"아니야, 백 선생 팀을 포함해 여섯 쌍으로 공연 팀을 만들려고 생각하고 있어."

"여섯 쌍이나요?"

"내가 진작부터 사교춤은 멋있고 깨끗한 춤이라는 것을 보여주기 위해 공연을 구상하면서 벌써 다섯 쌍에게는 허락을 받아두었지."

"다섯 쌍이나요? 그 사람들은 누군데요?"

"위암 환자 한 팀, 허리 디스크 환자 한 팀, 관절염 환자 한 팀, 우울증 환자 한 팀, 당뇨와 혈압 환자 한 팀인데, 모두 다 춤을 춰서 완치되었거나 치료 중인 사람들이지."

민 여사는 놀라서 입을 다물지 못했다.

"언니, 나처럼 당뇨나 혈압 환자도 있는 거예요?"

"그래."

"그 사람들은 완치가 된 거예요?"

"춤을 열심히 춘 덕분에 혈압도 당뇨도 완치가 되었다더라."

"그분들은 정말 열심히 춤을 추었나 보네요."

"민 여사처럼 당뇨를 고친다고 춤을 시작해놓고 파트너 타령이나 하면 되겠니."

"언니, 또 그 소리예요. 그건 지나간 일이니까 이젠 제발 그만하세요."

"알았다. 이젠 안 그럴게, 호호."

"언니, 위암 환자가 춤으로 병을 고쳤다고 하셨잖아요. 우리 무도장에 정말로 그런 분이 나오시는 거예요?"

"그렇고 말고. 사교춤은 춤을 추는 자체로 즐거움과 재미가 있는 것뿐 아니라 위암이라고 하는 무서운 병도 고칠 수 있다는 것을 세상 사람들에게 알려주어야 사교춤이 좋다는 걸 알겠지. 안 그러니."

"위암을 고친 사람까지 섭외하신 거예요?"

"응."

"그분은 어떻게 위암을 고치셨대요?"

"위암 수술을 받은 다음 재발 방지를 위해 수영, 등산, 헬스를 비롯해 좋다고 하는 것은 모두 다 해봤어도 별 효과가 없었는데, 삼 년 동안 하루도 빠지지 않고 사교춤을 추고 난 다음부터 자신도 모르게 완치가 되었더라는 거야."

"삼 년 동안 춤을 추고 나니까 완치가 되었다고요?"
"그래, 담당 의사도 놀랐다더라고."
"기적이네요."
"기적도 기적이지만, 그분의 의지야."
"그분은 의지가 강한 분이시군요. 한번 만나보고 싶어요."
"나도 그분을 처음 만났을 때 얘기를 듣고 펑펑 울었지."
"어떻게 춤을 배우셨대요? 파트너는 누구예요."
"파트너는 다행히 그분의 부인이었어."
"부인이요?"
"그 부인이 더 노력을 한 거야. 남편이 춤을 시작하게 한 것도 부인이고, 남편이 춤 배우는 게 힘들고 어려우니까 무도학원에 안 나가려고 하면 부인이 직접 데리고 나가 같이 춤을 배웠다더라고."
"천생연분이네요."
"부인도 춤을 배우면서 어려우니까 여러 번 그만두려고 했지만, 남편을 살려내기 위해 죽기 살기로 연습을 하니까 남편이 감동을 받았는지 열심히 배웠다고 했어."
"그 부인은 열부상을 받아도 되겠네요."
"남편 병을 고쳤으니 열부상을 받는 것보다 더 뜻이 있지 않겠니."
"언니 얘기를 들으니까 꼭 영화를 보는 것 같네요."
"영화보다 더 아름다운 춤 얘기가 아니겠니. 그만큼 춤은 즐겁고 좋은 거야. 그렇지, 은하영?"
박 언니의 얘기를 묵묵히 듣고 있던 은하영의 눈에 눈물이 고여 있었다.
"은하영, 우는 거야?"
"……."
"아유 착하기도 해라. 그러니까 춤도 예쁘게 잘 추지."
박 언니는 은하영의 등을 토닥거려주었다.

민 여사가 다시 박 언니에게 물었다.

"언니, 다섯 팀은 춤을 추면서 병을 고친 팀인데, 백 선생님 팀은 무슨 특징이 있는 거예요?"

"고니 팀은 아름답고 깨끗한 춤을 상징하는 것이지."

"춤은 병을 고치고, 아름다움과 깨끗함을 강조한다, 이거예요?"

"그래. 바로 그런 점을 관객들에게나 언론에 알리려는 거야."

"그럼 저하고 오 원장은 뭘 하는 거예요?"

"두 사람은 그날 한복을 깨끗하게 입고 나와 나하고 같이 어깨띠를 두르고 손님 안내를 하면서 음료수 대접을 하면 되는 거야."

"춤은 안 추는 거예요?"

"무도장 플로어에는 여섯 쌍이 추면 딱 맞아. 너무 많으면 불편해 춤을 잘 출 수도 없고."

"오 원장, 우리는 언제 여러 사람들 앞에서 시범을 보일까. 약 올라 죽겠네."

민 여사가 밉지 않게 빈정거리면서 오 원장의 손을 잡자 박 언니가 다시 말을 이었다.

"민 여사나 오 원장은 공연 팀에 선발될 실력은 충분하지만 당장 파트너가 없잖니. 나중에 파트너 구하면 특별히 공연을 할 수 있도록 해줄게."

일행은 의논을 끝낸 후 춤을 더 추다가 헤어졌다.

며칠 뒤 박 언니가 준봉과 은하영을 무도장 휴게실로 불러냈다. 휴게실에는 무도장 황주영 사장과 처음 보는 남녀 다섯 쌍이 기다리고 있었다. 박 언니가 자리에서 일어나 인사말을 했다.

"오늘은 황주영 사장님의 새로운 계획을 듣고자 여러분을 모셨습니다. 황주영 사장님을 박수로 환영해주세요."

점잖게 생긴 황주영이 깍듯하게 인사를 한 다음 얘기를 시작했다.

"오늘 이 모임은 여러분과 같이 매일 운동을 하시는 박 사장님의 요청으로 준비했습니다. 여러분도 잘 아시다시피 박 사장님은 우리 무도장에 오시는 손님들에게 건전한 사교춤을 추도록 열심히 홍보하고 계시기 때문에 무도장 주인인 제가 항상 머리 숙여 감사드리고 있습니다. 그런데 요사이 일부 언론에서 사교춤을 불륜의 온상이라느니 춤바람 나는 원인을 제공한다느니 하기 때문에 시민들로부터 저질춤이라는 지적을 받고 있어 박 사장님과 저는 고민을 많이 했습니다. 잘못된 생각을 가진 몇몇 사람 때문에 사교춤을 추는 사람들이 모두 그런 것처럼 오해를 받는 것이 안타까워, 사교춤은 즐겁고 재미있는 춤이라는 것을 알려줄 필요를 느낀 것입니다. 춤을 추면 얼마나 즐겁고 기분이 좋으십니까. 중년 남성들과 여성들이 직장과 가정과 자식들로부터 받은 스트레스를 풀어주는 활력소요, 난치병까지 치료할 수 있는 것이 춤 아닙니까. 이것을 보여주기 위해 우리 무도장을 하루 동안 무료 개방하기로 결정했습니다."

황주영 사장의 얘기를 듣고 있던 열두 명은 감사의 박수를 쳤다. 뒤를 이어 박 언니가 자리에 참석한 여섯 쌍을 한 팀씩 소개했다.

한 팀은 위암 수술 후 삼 년 동안 하루도 빠짐없이 춤을 춘 보람이 있어 담당 의사도 놀랄 정도로 위암이 완치되었고, 한 팀은 허리 디스크 수술 후 사교춤을 시작해 재발하지 않았으며, 한 팀은 우울증으로 고생하다가 춤과 인연을 맺고 명랑하고 즐거운 생활을 하고 있고, 한 팀은 당뇨와 고혈압으로 고생했으나 춤으로 조절하고 있으며, 한 팀은 관절염으로 보행이 불편하였으나 사교춤의 도움으로 완치되었다고 소개했다.

마지막으로 준봉과 은하영이 소개되었다. 두 사람은 블루스나 트로트를 출 때 절대로 껴안지 않고 춤을 추며, 고니의 움직임처럼 조용하면서도 화려하고 품위가 있어 보인다고 해 '고니 파트너'라고 소개되었고, 동석자들의 박수를 받았다.

일행들의 공연 일정이 확정되자 공연 전까지 일주일 동안 오전 열 시부터 두 시간 동안 은하수무도장 플로어에서 단체 연습을 하기로 의논했다. 준봉을 제외한 나머지 다섯 쌍은 모두 위험한 병에 걸려 수술과 치료를 경험한 환자들이긴 했으나, 춤으로 그 고통을 이겨내며 십 년 넘도록 춤을 춘 춤꾼들이라 그 실력과 기교는 대단했다.

일주일 동안 사교춤협회에서 지원된 전문 춤 선생들의 지도를 받아 팀별로 정교하게 교정을 하면서 강도 높은 연습을 했다. 여섯 쌍의 커플이 마치 한 쌍이 움직이는 것처럼 실력이 향상되어 보기 좋았다.

공연 당일, 오후 두 시.

무도장 안 조명은 대낮처럼 환하게 밝아 사람들의 얼굴이 확실하게 잘 보이도록 준비되었다. 출입문 맞은편 벽에는 '건전한 사교춤 알리기 캠페인'이라고 쓴 플래카드가 걸려 있었고, 관내 기관장들과 사교춤협회에서 보낸 화환이 플로어를 장식하고 있었다. 무도장 플로어 주위에는 수백 명의 관객들이 자리했고, 그 지역 국회의원과 기관장들이 도착하자 사회자의 안내에 따라 황주영 사장의 인사말과 국회의원, 기관장의 축사가 이어졌다.

축사가 끝나자 스피커에서 경쾌한 지르박 음악이 흘러 나왔다. 여섯 쌍의 남녀 파트너들은 각자 대기하던 장소에서 출발을 한 후 음악에 맞춰 신나고 멋있게 수십 가지의 스텝과 피겨를 구사했다. 관람객들의 환호와 박수가 터져 나왔다. 여섯 쌍의 춤꾼들은 더욱 멋있는 기교를 부리며 춤을 추었다.

블루스 음악이 흘러나오자 무도장 안은 조용해졌고, 가끔씩 여성 관람객들 중에서 감탄사가 터져 나왔다. 블루스 춤을 추는 동안 남녀가 껴안고 있는 팀이 하나도 없어 오늘의 캠페인 홍보 효과를 확실하게 보여주었다.

다시 음악이 바뀌어 지르박에 맞춰 멋있는 피겨를 구사하고 있을 때, 취재기자들과 TV 방송국 취재진들의 플래시가 여기저기서 번쩍거렸다. 그중에서도 준봉과 은하영에게 카메라가 집중되어 두 사람의 스텝이 가끔 엉킬 때도 있었지만 그때그때 재치 있게 연결시켰다.
 삼십 분 동안 준비된 공연이 끝나자 착석했던 관객들은 자리에서 일어나 박수로 환호했다. 취재 나왔던 TV 기자는 오늘의 행사를 준비한 박 언니에게 인터뷰를 신청했다.
 "사교춤을 추면 좋은 점은 무엇입니까?"
 "지금 공연 팀이 보여준 것처럼 춤은 멋있잖아요. 춤을 추는 본인들은 신나고 즐겁게 춤을 출 수 있고요. 구경하는 사람들은 저절로 흥이 나고, 재미있게 볼 수 있어 좋은 거예요."
 "나쁜 점은 뭐라고 얘기를 하시겠습니까?"
 "사람들이 살아가는 중에 나쁜 성품을 가진 사람과 착한 마음을 가진 사람들이 있다시피 여기 무도장에 나오는 사람들 중엔 꼭 나쁜 짓만 골라서 하는 사람들이 있기 때문에 손가락질을 받고 욕을 먹거든요. 지금 공연 팀이 보여준 대로 춤을 춘다면 욕먹을 일이 하나도 없을 겁니다."
 "지금 무도장 내부 조명이 환하게 밝은데, 평상시에도 이렇게 밝습니까?"
 "평상시 조명은 이것보다 더 어둡게 하는데, 앞으로 조명 관계는 전문가들과 춤꾼들이 의견을 모아 조정해야 할 필요가 있다고 봅니다."
 "죄송합니다만 박 사장님께서는 춤을 추신 지 얼마나 되셨습니까?"
 "저는 십오 년 되었습니다."
 "박 사장님 남편께서는 박 사장님이 춤을 추는 걸 알고 계십니까?"
 "저는 보시다시피 이렇게 뚱뚱하잖아요. 살을 빼겠다고 남편에게 허락을 받고 춤을 시작한 것입니다."
 "지금 시범을 보여주신 분들 중에는 춤을 추면서 여러 가지 병을 치료하신 분들이 많다고 들었는데, 어떤 병을 치료하셨는지 말씀해주실 수 있으십니까?"
 "위암 수술을 받은 분은 삼 년 동안 하루도 빠지지 않고 춤을 추었는데 의사들도 놀랄 정도로 완치되었고요, 허리 디스크 환자나 당뇨와 고혈압 환자도 치료를 하는 중입니다."

"춤을 추면 왜 악성병도 고칠 수 있다고 생각하십니까?"

"춤을 추면 즐겁잖아요. 마음이 즐거우니까 엔도르핀 많이 생산되어 우리 몸에 있는 나쁜 독소를 없애주고 피 순환을 빨리 시켜주니까 몸이 개운하거든요. 이유는 간단하죠. 즐겁게 운동을 하는 것뿐이에요."

"혹시 병을 못 고친 사람들도 많이 있지 않을까요?"

"못 고친 사람들도 많이 있겠지만 그만큼 춤을 배우려는 의지가 약한 거예요. 의지가 약하면 춤을 배우기 어려우니까 병도 고칠 수 없거든요."

"남편 분들에게 허락을 받기 어려우니까 남편 몰래 춤을 추러 오는 여성분들도 많이 있다고 하는데, 그게 사실입니까?"

"많이 있지요. 시범에서 보신 바와 마찬가지로 서로 모르는 아줌마 아저씨들이 몸을 부대끼면서 춤을 추는데, 어떤 남편이 좋다고 허락을 해주겠어요. 그렇지만 여자나 남자나 자신의 본분을 잘 지키면서 예의를 다해 춤을 추면 사교춤이 건전한 춤이라고 평가를 받을 수 있는 거예요."

"앞으로 일반 시민들에게 사교춤이 건전한 춤이라는 걸 알게 하려면 어떻게 해야 한다고 생각하십니까?"

"우선 춤을 추러 나오는 여성들이나 남성들이 행동을 바르게 하고 예절을 잘 지켜야 해요. 이것만 잘 지키면 사교춤을 춘다고 해도 욕을 먹지 않을 거예요. 북경 공원에 가면 아침부터 음악을 틀어놓고 남녀노소가 어울려 놀이 삼아 사교춤을 추잖아요. 중국은 공산주의 국가인데도 사교춤을 개방시켜 놓았는데, 우리나라는 너무 어둡게 해놓고 춤을 추는 게 잘못되었다고 생각해요. 앞으로는 무도장을 밝게 해놓고 춤을 추도록 하면 될 거예요."

"좋은 말씀 해주셔서 대단히 감사드립니다."

TV 기자의 인터뷰가 끝난 다음 2차 공연을 위해 준비하면서 쉬고 있을 때 황주영 사장이 휴게실로 들어왔다.

"박 사장님 공연 팀이 아주 멋있게 잘해주셔서 감사합니다. 여기에 오셨던 국회의원들이나 기관장님들이 당장 사교춤을 배워야겠다고 하시기에 우리 무도장에 나오시라고 했습니다."

박 언니가 반가운 듯 말을 받았다.

"맞는 말씀이에요. 사교춤이 양지의 춤으로 발전되려면 사회의 저명한 인사들도 사교춤을 춰야 해요. 사교춤을 추는 사람들이 무슨 죄라도 지었나요. 뒷전에 숨어서 춰야 할 춤이 아니잖아요. 21세기 최고의 문화혜택을 받고 살아가는 만큼 사교춤도 이제는 양지의 춤으로 발전될 수 있도록 다 같이 노력해야 합니다."

"박 사장님, 조금 전 취재 나왔던 TV 방송국 기자가 부탁을 하고 갔습니다."

"무슨 부탁이에요?"

"다음 달 사교춤에 대한 특별 프로그램이 제작되는데, 오늘 공연 팀 중 두 팀과 박 사장님이 TV에 출연한다고 한 팀을 추천해달라고 했습니다."

"TV에 출연한다고요?"

"오늘 공연 팀의 시범이 보기 좋았기 때문에 특별 초청을 한다고 합니다."

"두 팀이 나간다면 어느 팀이 좋지요?"

"고니 팀은 기자들이 지정해주었습니다. 고니 팀은 춤을 아름답게 추면서 깨끗한 이미지가 돋보이기 때문에 TV 시청자들의 관심을 많이 받을 수 있다고 했고요. 한 팀만 추천해주시면 됩니다."

황주영 사장의 말이 끝남과 동시에 에어컨 앞에 앉아 있던 중년 남자가 손을 들었다.

"우리 팀을 보내주세요. 난 춤으로 위암을 완치한 사람인데, 내가 그

프로에 나간다면 나처럼 병을 앓고 있는 사람들에게 많은 도움과 용기를 줄 수 있을 겁니다. 나를 보내주십시오."

"황 사장님, 저분 말씀대로 하시지요. TV 기자들도 만족할 겁니다."

나머지 다섯 쌍의 공연 팀도 동의를 해주어 위암 환자 팀으로 결정되었다. 공연 팀은 이날 다섯 번이나 더 시범을 보여 관람객들로부터 뜨거운 박수를 받았다.

이날 은하수무도장에서 공연이 있은 다음, 서울의 다른 무도장에서도 '건전한 사교춤 알리기 캠페인'이 계속되자 전국적으로 확산되어 시민들로부터 좋은 반응을 받기 시작했다.

준봉은 새로운 고민이 생겼다. TV에 출연해 춤을 추는 모습을 아내가 본다면 기절할 것이 뻔한 일이고, 자신을 속였다고 구박받을 것을 생각하자 춤을 그만두고 숨어버릴까 하는 생각도 했다. 그리고 자신을 알고 있는 모든 사람들이 자신을 이상한 눈으로 볼 것 같아 걱정이 되어 은하영과 의논을 했다. 그런데 은하영의 생각은 전혀 반대였다.

자신은 남편에게 허락을 받고 동사무소 문화교실에서 춤을 배웠다고 했다. 지금이 조선시대도 아니고, 우리는 지금 문화적 혜택을 가장 많이 받으면서 질 높은 삶을 살아야 할 21세기에 살고 있다. 경제수준이 높은 만큼 정신적으로 건강하려면 문화수준이 높아야 한다. 개인들의 문화수준은 개인의 성향과 취미에 맞도록 자신이 노력하면서 개발해야 한다. 사교춤이 얼마나 좋은가. 돈 안 들이고 운동할 수 있고, 즐거운 마음으로 재미있게 춤추고 나면 찌든 스트레스를 풀 수 있으니 생활의 활력소다. 모르는 남녀가 춤을 춘다고 나쁜 일이 생길 것이라고 생각을 하는 그 사람 자체가 이상한 사람이다. 건전한 마음으로 사교춤을 추는 고니 팀이 되자고 하는 은하영의 얘기에 준봉은 소리 없이 동감했다.

준봉은 그날 저녁, 아내가 좋아하는 선물을 잔뜩 사들고 집으로 가 아내를 설득해 TV에 출연해도 좋다는 허락을 받았다.

한 달 뒤, TV에 위암 수술을 받은 팀의 춤추는 장면과 위암을 완치시키기 위해 피나는 노력을 했다는 인터뷰 내용이 방영되었고, 준봉과 은하영이 출연해 멋있고 깨끗한 사교춤을 추는 장면이 방영되자 시청자들로부터 호평을 받았다. 특히 은하수무도장이 춤꾼들에게 알려지자 많은 춤꾼들이 은하수무도장으로 몰려들어 황주영 사장의 수입도 많아졌다.

준봉과 은하영은 TV 출연 이후 은하수무도장의 스타가 되었다. 황주영 사장은 가끔씩 두 사람을 사장실로 초청해 차를 마시면서 아름다운 춤을 추기 위한 분위기 조성과 무도장 발전에 대해 의견도 나누었다. 부킹언니들이나 식당 직원, 춤을 추러 오는 손님들까지 아는 체 인사를 해와 은하수무도장의 스타가 된 것을 실감했다.

이럴 즈음 상봉은 심사가 뒤틀렸다. 자신은 준봉과 아무리 삼십 년 된 의형제지만 춤을 배운 지 이 년밖에 안 된 준봉이 무도장 공연 덕에 선발되어 TV에 출연도 하고, 주변 사람들로부터 '고니 파트너'라는 애칭을 들으면서 존경을 받자, 상봉은 은근히 심술이 나면서 준봉이 미워지기 시작했다. 준봉보다 춤을 잘 추는 자신이 은하수무도장에서 스타 대접을 받지 못하고 뒷전에 가려져 있는 것이 못마땅했다. 상봉의 머리에 연 사장의 얼굴이 떠올랐다. 은하영보다 젊고 예쁜 연 사장을 하루빨리 자신의 제물로 만들어 마음대로 부려먹을 수 있도록 작업을 개시하기로 마음먹었다.

제비족

　일본 출장에서 돌아온 연수정은 화장품 대리점 한 곳을 추가로 개업했다. 수입해온 화장품을 판매하느라 춤방에 나갈 시간도 없이 바쁘게 돌아다니다가 남상봉의 전화를 받았다.
　"남 사장님, 오랜만이에요. 대리점 하나를 더 개장하느라 전화도 못 드려 죄송해요. 저도 남 사장님 보고 싶고 춤을 추고 싶어 미치겠어요. 이번 주 토요일 오후에 시간이 괜찮은데요. 그럼 은하수무도장에서 토요일 오후에 뵐게요."
　전화를 끝낸 연수정은 벽에 걸린 거울을 들여다보며 지르박 스텝을 밟는 동작을 취했다. 생글생글 웃는 연수정을 보고 직원인 미스 진이 말했다.
　"사장님, 워킹 모션이 멋있으세요."
　"멋있다고 했어? 미스 진도 춤을 배운 거야?"
　"네, 대학교 때 동아리에서 배웠어요."
　"잘 춰?"
　"잘 추진 못해요."
　"지르박, 블루스 다 할 줄 알아?"

"리드를 잘 해주면 따라는 가요."

"그럼 무도장에 가본 적도 있겠네?"

"무도장에는 못 가봤고요, 카바레는 몇 번 가봤어요."

"뭐, 카바레까지 갔다고?"

"춤을 잘 춰서 간 게 아니고요, 그냥 남자 친구들이랑 만나면 호기심 때문에 몇 번 가봤어요. 지르박도 추다가, 재미없으면 디스코도 추고, 블루스도 추고 그랬어요."

"미스 진은 나보다 낫네. 카바레도 가보고."

"사장님은 아직 카바레도 안 가보셨어요?"

"나이트클럽은 많이 가봤는데 카바레는 한 번도 안 가봤어."

"사장님처럼 예쁘고 멋있는 분은 카바레에 가면 앉아 있을 시간이 없을 거예요."

"왜?"

"남자들이 그냥 두겠어요? 웨이터를 시켜 서로 부킹해달라고 조르겠지."

"내가 그렇게 멋있어?"

"사장님은 얼굴 예쁘죠, 몸매 멋있죠, 매너 좋으시죠, 짱이에요."

예쁘고 멋있다는 칭찬에 연수정은 거울 앞에 서서 이리 보고 저리 보면서 좋아 어쩔 줄 몰랐다.

"내가 그렇게 예뻐?"

"그럼요, 사장님은 정말 미인이세요."

"오늘 미스 진에게 예쁘다는 칭찬을 받았으니까, 미스 진하고 카바레나 가볼까?"

"네에? 저랑요?"

"그래, 미스 진이 잘 가는 카바레나 한번 가보자. 나도 카바레 구경이나 한번 해봐야겠어."

"정말이요?"

"그렇고 말고. 내가 언제 거짓말하는 것 봤어?"

"사장님은 남자 친구 없으세요?"

"남자 친구? 아직은 없네, 호호."

"그럼 제가 모시고 가도록 할게요."

"어느 쪽으로 갈 건데?"

"영등포에 있는 르네상스로 갈 거예요."

"깨끗해?"

"그래도 거기가 제일 깨끗하고 물이 좋다고 해요."

"물이 좋다니?"

"춤을 잘 추는 젊은 남자들이 많이 온대요."

"미스 진은 모르는 것이 없구나."

"사장님이랑 저만 가면 재미없으니까 제 남자 친구 오라고 해도 될까요?"

"남자 친구 있어?"

"사장님, 지금은 남자 친구 없으면 바보예요."

"남자 친구는 춤 잘 춰?"

"스포츠댄스 선생이에요."

"스포츠댄스 선생? 언제 만났는데?"

"한 일 년 되었어요. 스포츠댄스를 하면서 만났는데, 제 춤 파트너예요."

"미스 진은 스포츠댄스도 할 줄 알아?"

"네, 스포츠댄스도 재미있어요."

"그래, 남자 친구 오라고 해. 같이 가면 되겠네."

그날 저녁 퇴근을 하면서 연수정은 미스 진과 같이 영등포에 있는 카바레 '르네상스' 입구에 도착했다. 미스 진의 남자 친구가 기다리고 있었다.

"오빠, 언제 왔어?"

"지금 막 오는 길이야."

"오빠, 인사 드려. 우리 사장님이셔."

"안녕하세요. 문장원입니다. 사장님 말씀 많이 들었습니다. 우리 여은이 많이 도와주셔서 감사합니다."

"아, 그래요. 만나서 반가워요."

문장원은 운동을 많이 한 사람처럼 양쪽 어깨가 딱 벌어졌고, 신체 균형도 잘 다듬어져 보여 믿음직스러운 인상을 풍겼다. 일행은 웨이터의 안내를 받아 무대가 잘 보이는 곳에 자리를 잡고 앉았다. 초저녁인데도 벌써 사람들로 붐비고 있었다. 악단이 있는 무대에서는 여자 가수가 블루스 곡인 '빈 잔'을 부르고 있었고, 플로어에서는 그 음악에 맞춰 춤을 추는 사람도 있었으나 대부분의 남녀가 껴안고 있었다.

세 사람이 맥주 첫 잔을 마시려고 하는 사이에 벌써 웨이터가 연수정 옆으로 와 춤을 추겠느냐고 물어봤다. 연수정이 카바레 분위기에 익숙하지 않아 미스 진의 얼굴을 바라보자, 미스 진이 웨이터에게 고개를 끄덕이며 오른손으로 오케이 사인을 보냈다.

"사장님, 제 말이 맞잖아요. 사장님이 들어오실 때부터 웨이터들의 시선이 사장님에게 집중되었어요. 사장님은 오늘 저녁 카바레의 꽃이 되셨어요."

미스 진이 호들갑을 떨면서 얘기하고 있을 때 웨이터가 연수정에게 나오라고 사인을 보냈다. 연수정은 플로어로 나갔다. 남자랑 인사를 한 다음 지르박 스텝을 몇 번 밟고 있는 사이에 음악이 블루스로 바뀌었다. 남자는 춤을 추려고는 하지 않고 시작부터 연수정을 끌어안았다. 남자의 입에서 역겨운 술 냄새가 풍겨 구역질이 났다. 연수정은 두 손바닥으로 그 남자의 가슴을 살며시 밀어내면서 몸을 빼냈다. 남자와 간격을 넓게 유지하면서 춤을 추다가 블루스 곡이 끝나자마자 손을 놓고 나오면서 뛰다시피 화장실로 가 거울을 봤다. 찡그러진 얼굴이 보기 싫었다.

태어나서 처음 와보는 카바레의 첫 느낌이 엉망이라고 생각되자 그동안 카바레에 대한 동경심이 스르르 사라졌다. 술 취한 남자의 체취가 남아 있는 손에 혹시 세균이라도 있어 전염될 것 같은 생각이 들어 비누칠을 여러 번 해 손을 씻고 또 씻었다. 화장실에서 나와 자리에 돌아왔을 때, 미스 진과 문장원은 춤을 추러 나가고 좌석은 비어 있었다.

연수정은 춤을 추는 많은 사람들 중에 미스 진과 문장원을 쉽게 찾아낼 수 있었다. 두 사람은 주위 사람들과 비교가 안 될 정도로 젊은이들답게 힘 있고 멋있게 춤추고 있었다.

'미스 진은 춤을 못 춘다고 내숭만 떨었구나.'

미스 진과 문장원이 재미있게 춤을 추는 모습을 보고 있는데 웨이터가 연수정 옆으로와 춤을 추겠느냐고 물어봤다. 연수정이 고개를 끄덕이자 웨이터 뒤에 서 있던 키 큰 남자가 성큼성큼 플로어로 나왔다. 두 사람은 마주섰다. 때마침 트로트 음악이 흘러나왔다. 키 큰남자는 서너 번 워킹을 시도하다가 큰 손과 팔뚝에 힘을 주면서 우악스럽게 연수정을 껴안아버렸다.

연수정은 얼굴이 그 남자의 가슴에 쏙 들어가 답답함을 느꼈다. 남자에게서 퀴퀴한 땀 냄새를 맡지 않으려고 빠르게 두 손으로 얼굴을 감싸 쥐면서 엉덩이를 뒤로 많이 빼냈다. 이 남자의 입에서도 술 냄새가 역겹게 풍겼다. 트로트 음악이 끝나자마자 키 큰 남자에게 벗어나 다시 화장실로 가 거울을 봤다. 아까보다 더 화가 난 자신의 얼굴을 보면서 울고 싶었다. 카바레라는 곳이 이런 곳인가? 괜히 왔다고 후회해본들 소용이 없을 것 같았다. 오히려 카바레 분위기를 새롭게 배웠다는 것으로 만족해야겠다고 생각하면서 손을 씻고 자리로 돌아왔다.

연수정이 마른안주를 집어 먹고 있을 때 불현듯 남상봉의 얼굴이 떠올랐다. 같이 왔더라면 좋았겠다는 생각을 하고 있을 때 웨이터가 얼굴이 착하게 생긴 또 한 남자를 데리고 와 춤을 추겠냐고 물어봤다. 이번 남자와 지르박을 출 때는 연수정이 춤을 추기 편하게 리드를 잘 해주었으므로 재미있게 춤을 출 수 있었다. 착하게 생긴 얼굴답게 지르박과 블루스가 몇 곡 지날 때까지 연수정의 몸에 가깝게 접근도 하지 않고 춤만 열심히 추었기 때문에 연수정은 안심할 수 있었다. 그런데 시간이 조금 지나자 이 남자도 본색이 드러나기 시작했다. 어깨걸이를 할 때마다 연수정의 젖가슴 쪽을 슬쩍슬쩍 스치고 지나가는가 하면, 어느 때는 엉덩이를 건드리면서 지나가는 횟수가 많아졌다. 연수정은 긴장을 하지 않을 수 없었다.

남자는 블루스 춤을 출 때 연수정이 회전을 잘 할 수 있도록 리드를 잘 해줘 구름 위를 나는 것 같았고, 스핀을 돌 때는 남자의 허벅다리가 연수정의 하복부 깊숙한 곳을 힘주어 눌러 빠르게 돌아가는 순간순간마다 연수정은 짜릿한 황홀감을 맛보았다. 한참 동안 여러 가지 피겨를 구사하면서 재미있게 춤을 추던 남자는 스텝의 속도를 죽이면서 부드럽게 연수정을 껴안았다. 연수정은 숨이 멈추는 것 같이 강한 전율을 느끼면서 두 눈을 감았다.

'이런 것이 춤맛인가.'

연수정은 잠깐 동안 황홀한 기분을 느꼈다.

남자는 연수정을 껴안고 있다가 아무런 반응이 없자 오른손으로 연수정의 엉덩이를 살살 만지기 시작했다. 연수정은 화들짝 놀라 엉덩이를 뒤로 빼면서 두 손바닥으로 남자의 가슴을 밀어냈다. 그러자 남자는 아무 일도 없었다는 듯이 부드럽게 리드를 했다. 다시 지르박 음악이 시작되었다. 남자의 손은 아까보다 더 힘주어 연수정의 젖가슴을 건드리고 다녔다. 연수정은 춤에 대한 흥미를 느끼는 것이 아니라 이러다간 제비에게 걸려들 것만 같은 불안한 생각이 들었다. 그런 생각이 드니 스텝이 꼬이기 시작해 춤이 자주 멈추어졌다.

지르박 음악이 끝남과 동시에 연수정은 그 남자의 손을 놓고 도망치듯 자리로 돌아와 맥주 한 컵을 단숨에 마시고 난 후 마음을 가다듬었다. 그리고 천천히 고개를 플로어로 옮겨 춤을 추는 남자들의 손 위치를 유심히 살펴봤다. 모두 정상적으로 손이 어깨로, 허리로, 가야 할 곳에 가 있었다. 그러면 조금 전 그 남자는 왜 자신이 역겨워할 정도로 여자의 몸을 만지려고 했을까? 유혹하는 걸까? 변태인가? 제비인가? 변태라면 모르겠으나 유혹을 하는 행동이라면 너무나 유치하다. 그러면 제비족일까? 제비족일 수도 있겠다고 생각을 하는데, 미스 진이 춤을 끝내고 문장원과 같이 자리로 돌아왔다.

"사장님, 벌써 춤을 다 추셨어요. 다시 부킹시켜드릴까요?"

"아니야, 난 벌써 세 사람과 춤을 추었어. 미스 진이나 더 놀아."

"사람 숫자만 셋이었지, 재미있게 춤도 못 추시고 금방 나오셨잖아요."

"미스 진은 내가 춤을 추는 것까지 다 봤어?"

"네, 남자들이 사장님을 껴안으려고만 했잖아요. 기분이 나쁘시죠?"

"남자들은 이상해. 왜 껴안으려고만 하는 거야?"

"사장님이 예쁘고 멋있으니까 그러는 거예요."

"그렇다 하더라도 기본적인 예의는 지켜야지."

"사장님, 조금 쉬었다가 다시 추실 거예요?"

"아니야, 난 이제 그만 출래."

두 사람의 얘기를 듣고 있던 문장원이 미스 진에게 말했다.

"사장님께서 춤을 다 추신 것 같은데 우리도 나가자."

"응, 사장님 나가세요. 저희가 음료수 한 잔 대접해드릴게요."

"그럴까."

세 사람은 카바레를 나와 가까운 커피숍으로 들어갔다. 귀가 멍멍할 정도로 시끄럽던 곳에 있다가 커피숍에서 조용한 음악이 흘러나오자 연수정의 마음은 조금씩 안정이 되었다.

주스를 마시고 있던 문장원이 연수정에게 물었다.

"사장님께서는 춤을 배우신 지 얼마 되지 않으셨지요?"

"어떻게 아셨어요? 아직 일 년이 안 되었어요."

"아까 춤을 추실 때 봤는데 그런 것 같았습니다."

"잘 보셨네요."

"사장님하고 세 번째 춤을 추던 남자는 제비족 같았습니다."

"제비족이요?"

순간 연수정은 얼굴이 빨개지면서 나쁜 짓을 하다가 들킨 사람처럼 부끄러웠다.

"그 남자는 춤을 추면서 사장님 몸을 계속 만지려는 것 같았습니다."

"잘 보셨어요. 그 남자는 블루스를 출 때 내 엉덩이를 자꾸 만지려고 하는 거예요. 그래서 내가 떼밀어버렸어요."

"잘하셨습니다. 그렇게 대응하지 않고 가만히 계셨더라면 그 남자는 더 짓궂게 사장님을 귀찮게 했을 겁니다."

두 사람의 얘기를 듣고 있던 미스 진이 물었다.

"오빠는 그런 걸 어떻게 알고 있어?"

"친구들이 얘기하는 걸 들었지."

"그럼 오빠 친구 중에 제비족도 있는 거야?"

"제비족은 무슨 제비족이야, 그런 친구는 없어."

"제비족들이 춤을 추면서 여자에게 어떤 식으로 접근을 하는지, 그런 건 나도 알아야 하잖아. 말해주라."

문장원이 연수정의 눈치를 살피면서 얼버무리려고 하자 연수정이 재촉했다.

"괜찮아요. 그런 건 춤을 추는 여자들이라면 상식적으로 알아두어야 할 예방책이니까 말씀하셔도 되는 거예요."

"그럼 말씀드리겠습니다."

문장원은 주스 한 잔을 단숨에 마시고 난 다음 말을 시작했다.

"제비족은 우선 춤을 잘 춥니다. 조금 전 사장님하고 춤을 춘 그 남자도 춤을 잘 추지 않았습니까?"

"네, 맞아요. 저 같은 초보자도 쉽고 편하게 춤을 출 수 있도록 리드를 잘해주었어요."

"제비족은 한마디로 말하면 춤으로 여자를 꼬신 다음 몸을 뺏고 돈을 뜯어내는 족속들입니다."

"제비족들은 그렇게 춤을 잘 추는 거예요?"

"그 남자들은 손끝에서 여자를 가지고 노는 겁니다. 제비족의 손을 잡으면 감촉이 좋고 손맛이 있다는 걸, 사장님께서도 조금 전 그 남자와 춤을 추면서 여러 번 느끼셨을 겁니다. 제비족과 춤을 춰본 여자들은 제비족하고만 춤을 추려고 한답니다."

문장원의 얘기를 듣고 있던 연수정의 얼굴이 화끈거려 두 손으로 양쪽 볼을 살그머니 눌렀다. 문장원의 말대로 아까 그 남자는 블루스를 출 때 순간순간 자신을 구름 위를 떠다니는 것처럼 황홀하게 해주던 생각이 나 부끄러웠다.

"문 선생은 제비족을 알아볼 수 있으세요?"

"네, 저는 사교춤과 스포츠댄스를 십 년 정도 추다 보니까 자연히 제비족들이 눈에 들어옵니다."

"제비족을 보면 외모는 구분이 되는 거예요?"

"사장님 눈으로 보시면 아직은 전혀 구분이 어렵습니다만, 대략은 이렇습니다."

"어떤 거예요?"

"우선 외모를 보면 '제비족이구나' 하는 느낌이 오는 사람이 있어요. 직장에 다니는 남자나 자영업을 하는 사람들은 생업에 종사해야 할 낮 시간에 무도장에 나올 시간이 안 되잖아요."

"그러네요."

"그런데 그런 시간에 양복을 깨끗하게 차려입고 반질반질 광택이 나는 구두를 신고 무도장에서 살다시피 하는 겁니다. 이런 사람들은 백수건달이니까 하루 종일 춤방에서 죽치고 사는 거죠. 이런 사람들이 대부분 제비족에 해당합니다."

"그 사람들은 춤을 출 때 어떻게 행동을 하는 거예요?"

"처음에는 의심받지 않기 위해 예절을 잘 지키고, 리드를 잘 해주면서 춤을 추다가, 기회가 잡히면 여자의 몸에 조금씩 손을 대는 겁니다."

"기회라고 하면 어떨 때를 말하는 거예요?"

"사장님처럼 초보자라든가, 블루스를 출 때 남자에게 딱 붙어 춤을 추는 여자들은 백발백중 넘어간답니다."

"왜 초보자를 좋아하는 거예요?"

"춤을 추면서 한 가지씩 가르쳐주면 여자들은 춤을 배우고 싶은 욕심에 상대 남자를 전혀 의심하지 않는 겁니다. 초보자들은 춤을 빨리 배워 잘 추고 싶은 마음에 이것저것 가리지 않거든요."

연수정은 고개를 끄덕이면서 자신이 춤을 배워오면서 느낀 것과 똑같은 얘기를 해주고 있는 문장원이 고맙게 생각되었다.

"남자에게 딱 붙어 춤을 추는 여자들의 심리는 어떤 거예요?"

"여자들은 자극적인 춤을 갈망하는 육체를 가지고 있는 사람이 많거든요. 제비족들은 여자들의 그런 심리를 이용하면서 손과 몸으로 리드를 하기 때문에 한번 걸려들면 꼼짝 못하는 겁니다."

연수정의 얼굴이 붉어지면서 화끈거려 창피스러움을 느꼈다.

"조금 전 그 남자처럼 여자들의 몸이나 가슴, 엉덩이 쪽으로 아주 조금씩 손이 가기 때문에 만지는 건지 춤을 추기 위해 손을 움직이는 동작인지 구분이 안 될 정도로 기술을 부리는 겁니다."

"몸에 손을 댈 때는 어떻게 해야 되는 거예요?"

"반사적으로 거부 의사를 표시해야 됩니다."

"말로 해야 되나요?"

"춤을 추다 보면 말로 전달하기가 어려우니까 손으로 거부 의사를 반드시 알려줘야 합니다."

"예를 들면요?"

"남자의 손이 여자의 오른쪽 겨드랑이 밑으로 들어오면서 여자를 돌려주는 피겨가 있는데, 이때 남자의 손이 겨드랑이 밑으로 오면서 여자의 젖가슴 쪽으로 스치는 것처럼 가까이 접촉할 때가 있습니다. 이럴 때 여자들은 바로 자신의 오른손으로 남자의 손을 잡고 가슴 가까이 오지 못하도록 모션을 취하면서 피겨를 받아주면 됩니다."

"저 같은 초보자들은 그런 피겨도 잘 모르거니와 남자의 시키면 의도를 잘 모르잖아요."

"한두 번은 모르고 넘어갈 수 있지만 그 다음부터 확실히 알아차렸을 때는 반드시 거부 의사를 밝혀야 됩니다."

"여자가 거부한다는 걸 알면 남자는 어떤 행동을 하지요?"

"제비족들은 여자에게서 거부 의사를 느끼면 춤이 안 끝나도 나가는 사람이 있어요."

"왜 그러는 거예요?"

"더 이상 노력을 해봐야 여자가 넘어오지 않는다는 걸 잘 알고 있기 때문입니다."

"남자가 춤을 잘 추기 때문에 초보 여자는 퇴짜 맞을 것이 걱정되어 남자가 자신의 몸을 만지고 있어도 모른 척하면서 저항을 하지 않으면 어떻게 되는 거예요?"

"여자가 거부를 하지 않으면 먹잇감으로 알고 더 적극적으로 유혹하는 겁니다."

"먹잇감이 뭐예요?"

"돈이 될 만한 여자인지 아닌지를 테스트하는 겁니다."

"테스트라니요?"

"여자가 입고 있는 옷은 유명 메이커인지, 몸에 치장한 목걸이나 귀걸이, 반지를 보고 돈을 빼낼 수 있는 여자인지 아닌지를 판단하는 겁니다."

"그러면 젊은 여자만 고르는 거예요?"

"젊으면서 얼굴이 예쁘다든지 몸매가 좋은 여자들은 제비족의 먹잇감으로서는 특별한 가치가 없다고 합니다."

"그건 왜죠?"

"그런 여자들은 남자들의 손을 많이 타기 때문에 붙잡아봐야 오히려 손해를 볼 때가 있다고 합니다. 그렇기 때문에 얼굴이 잘생기고 못생긴 건 중요하지 않습니다."

"여자들이 춤을 잘 춰야 하는 거예요?"

"춤을 잘 추는 여자들은 제비족을 알아보기 때문에 안 되고요, 무도장에 처음 나오는 여자나 춤을 못 추는 여자들만 고르는 겁니다."

"왜 처음 나오는 사람을 먹잇감으로 삼는 거예요?"

"자주 나오는 사람들은 제비족이 누구라는 것을 알고 있으니까 피하는 거고요, 아무것도 모르고 어리벙벙할 때 낚아채는 겁니다."

"그럼 제비족은 어떤 단계로 접근을 하지요?"

"상대 여자에게 의심을 받지 않도록 열성적으로 춤을 가르쳐주면서 믿을 수 있도록 한 다음, 드라이브를 한다고 교외로 나가 맛있는 것도 사주고 몸을 뺏는 겁니다. 그 다음부터는 마음대로 요구하는 것입니다."

"마음대로 무엇을 요구해요?"

"돈이죠. 무슨 핑계를 대서라도 여자에게 많은 돈이 나오도록 협박하는 겁니다."

"협박이라니요?"

"여자들의 공통적인 약점은 남편이 알면 안 된다는 것 아닙니까. 이런 약점 때문에 아줌마들은 제비족이 원하는 대로 고분고분 말을 듣는 겁니다."

"만약 제비족에게 걸렸다고 생각되면 어떻게 대처를 해야 하죠?"

"몸도 빼앗기고 돈도 빼앗기고 갖은 협박을 당하고 나면 여자들은 어떻게 해야 할지를 모릅니다. 남편과 아이들에 대한 죄책감과, 이혼

당하지 않을까, 집에서 쫓겨나지 않을까, 주변 사람들에게 망신을 당하지는 않을까 등등을 생각하면 안절부절못하겠지요. 이런 생각 때문에 망설이게 되면 더 큰일이 벌어질 수 있으니까 주위 사람들과 의논해 도움을 요청하든가 남편에게 사실대로 얘기를 해 빨리 끝내야지요."

"제비족이 안 떨어지면 어떻게 하나요?"

"그럴 땐 모든 걸 각오하고 경찰에 신고를 해야 합니다. 그렇게 해야 피해를 덜 봅니다."

연수정은 길게 한숨을 내쉬다가 주스를 마셨다.

"초보자들이 제비족에게 걸려들지 않으려면 어떻게 해야 되지요?"

"우선 한 남자에게만 춤을 배우려 하지 말아야 합니다. 춤을 빨리 배우려는 욕심 때문에 한 남자하고만 춤을 추다 보면 사건이 벌어지는 겁니다."

"무도장에 가면 부킹도 잘 안 되고 춤을 못 추는 남자가 걸리면 재미도 없고 기분이 나쁘잖아요. 그러니까 춤을 잘 추는 남자가 부킹이 되면 죽기 살기로 춤 한 가지를 더 배우려고 매달리는 거예요."

"그게 바로 문제의 시발이 되는 겁니다. 혹시 춤을 못 추는 남자가 부킹되어도 무도장의 예절이 있으니까 그런 남자는 퇴짜 놓지 말고 같이 춤을 춰봐야 남자의 심리도 파악할 수 있는 겁니다. 어떤 아줌마들은 부킹언니에게 용돈을 줘가면서 춤 잘 추는 남자만 부킹을 시켜달라고 하는 사람들이 있는데, 그렇게 하다 보면 제비족에게 걸리는 겁니다."

"초보자들은 제비족을 구별할 수 없다고 말씀하셨잖아요."

"그러니까 한 남자하고만 춤을 추면 안 된다고 하는 겁니다. 한 남자하고만 추게 되면 금방 정이 들게 됩니다."

"춤만 추는데 왜 정이 드는 거예요?"

"춤을 추는 자체가 몸으로 하는 스킨십인데, 잘 모르는 남자와 여자가 하루에 한두 시간씩 껴안고 춤을 추게 되면 당연히 정이 들지요."

연수정은 문장원의 얘기를 들으면서 남상봉의 얼굴이 계속 떠올랐다. 남상봉과 몇 번 춤을 춰봤지만 제비족들이 하는 행동은 전혀 느끼지 못했다.

"사장님은 제비족들이 노리고 있는 먹잇감입니다."

"네에, 제가요?"

연수정은 화들짝 놀랐다.

"사장님은 얼굴 예쁘죠, 몸매 날씬하죠, 춤은 초보자이죠, 돈이 있을 만한 느낌을 주니까 제비족들이 보면 환장을 하고 달려들 텐데 앞으로 조심하셔야 합니다."

"조심할게요. 걱정하지 마세요."

연수정은 예쁘다는 말에 제비족에 대한 경계심도 금방 잊어버리고 깔깔거리면서 웃었다.

"문 선생님은 스포츠댄스 선생님이시니까 제비족에 대해 많이 알고 계시는데, 실제로 제비족에게 당하는 여자들이 많이 있는 거예요?"

"많이 있고말고요. 여자들은 제비족에게 당하고 나면 창피하고 개인 신상에 많은 지장을 주니까 말을 하지 않아서 그렇지, 많이 있습니다."

"제비족에게 걸리면 돈도 많이 뺏기는 거예요?"

"처음에는 적은 금액을 요구하다가 여자가 꼼짝달싹하지 못하도록 옭아맨 다음부터는 많은 액수를 요구합니다."

"많은 금액이라면 대략 얼마를 얘기하나요?"

"금액의 기준이 있겠습니까만, 친구들 얘기를 들어보면 많게는 오천에서 일억 정도까지 얘기합니다."

연수정 생각에도 그런 정도의 액수일 것이라 짐작을 하면서 고개를 끄덕거렸다.

"제비족도 종류가 있나요?"

"있습니다."

"어떤 종류가 있나요?"

"수영장에 가면 수제비가 있다고 합니다."

"수제비요? 이름도 재미있네요."

"수영을 못하는 여자들을 가르치려면 팔도 만져야 하고, 무릎도 구부렸다 폈다 해야 되고, 몸을 띄우게 하려면 몸통도 받쳐야 하는데 그러다 보면 정이 든다네요. 수영 선생들의 몸통을 보세요. 얼마나 멋있게 생겼습니까. 탄력 있는 근육과 균형 잡힌 몸을 보고 아줌마들이 금방 뿅 간다고 합니다."

"또 있어요?"

"산에 가면 산제비가 있다고 합니다."

"산제비는 또 뭐예요?"

"산제비는 산에 등산을 오는 아줌마들을 기다렸다가 헌팅하는 제비족이라고 합니다."

"또 어떤 제비가 있어요?"

"골프장에 가면 골제비가 있다고 합니다."

"골제비라고요, 호호. 누가 별칭을 지었는지 예쁘게도 지었네요."

"요사이는 골프를 치는 아줌마들이 많으니까 골프 연습장에 가면 골제비들이 많다고 합니다."

"또 다른 제비도 있어요?"

"무도장이나 카바레에 가면 춤제비가 있는데 이것은 조금 전에 다 말씀 드린 것입니다."

"제비족은 가는 곳마다 있군요."

"연 사장님, 제비족은 왜 제비라고 부르는지 아세요?"

"알려주세요."

"물 찬 제비처럼 날렵하게 춤을 잘 춘다고 해서 제비라고 부른답니다. 또 외국인들이 춤을 출 때 입는 옷이 연미복이라서 제비라고도 부른답니다."

"봄을 알리는 제비는 호박씨를 물어다 줘 고마운 일을 했는데, 춤방의 제비족은 여자들에게 피해만 입히고 나쁜 짓만 골라서 하니 날아다니는 제비에게 많이 배워야겠네요."
 "어떻게 해서라도 제비족이 없어져야 깨끗하고 안정된 분위기 속에서 춤을 출 수 있을 텐데."
 "그런 노력은 문 선생님처럼 춤을 오래 추신 분들이 뜻을 같이하면서 밝은 춤방이 되도록 하셔야 할 거예요."
 "지난번에 은하수무도장에서 '건전한 사교춤 알리기 캠페인'을 벌인 것도 전국적으로 큰 효과가 있었는데, 앞으로도 그런 행사를 많이 해야 합니다."
 "문 선생님, 제비족의 종말은 어떻게 되는 거예요?"
 "친구들 얘기를 들어보면 그 종말은 비참하다고 합니다. 사기죄로 걸려 쇠고랑을 차고, 형무소를 갔다 나오면 또다시 나쁜 짓을 하는 사람도 있고, 주변 사람들에게 욕을 먹거나 손가락질 받기 싫어 다른 곳으로 이사를 가든지 숨어서 살고 있다고 합니다."
 "제비족들도 사람이라면 사람답게 살아야 하겠지요. 오늘 문 선생님에게 좋은 얘기를 많이 들었습니다. 미스 진도 감사해."
 세 사람은 휴게실을 나왔다. 미스 진과 문장원은 지하철을 타려고 먼저 출발했고, 연수정은 지나가는 차량들을 보면서 자신은 어떤 일이 있어도 제비족에게 걸리지도 당하지도 않을 것이라고 마음속으로 다짐했다.

호박씨를 물고 날아간 제비

따뜻한 봄날, 토요일 오후.

남상봉과 연수정은 은하수무도장에서 두 시간째 신나게 춤을 추고 있었다. 연수정은 그동안 하루도 빠짐없이 남상봉에게 세밀하게 교정을 받으면서 몸에 배도록 연습한 보람이 있어 춤 실력이 놀라울 정도로 향상되었다.

두 사람은 호흡이 잘 맞았다. 연수정은 지르박 춤을 출 때는 부드러우면서도 힘 있게 회전을 하고 돌아오면서 손짓과 몸짓을 예쁘게 보여줘 상봉의 마음을 흐뭇하게 했다. 블루스를 출 때는 하늘거리는 수양버드나무 가지처럼 조용하게 스텝을 밟다가, 손을 들어주면 공간을 만들어내면서 세 바퀴, 네 바퀴씩 회전을 하고 멋있게 돌아 나왔다.

대기석에 앉아 남상봉과 연수정이 춤을 추는 모습을 보던 박 언니는 놀라면서 민 여사에게 말했다.

"민 여사, 연 사장은 며칠 동안 제비족 같은 놈하고 춤을 추더니만, 저렇게 춤을 잘 추네."

"그러게요, 춤이 많이 좋아졌어요."

"연 사장은 저러다가 저놈에게 당할지 모르지."

"당하다니요, 그게 무슨 말이에요?"

"민 여사, 내가 언젠가 말한 것 기억 안 나?"

"무슨 말씀을 하셨는데요?"

"연 사장하고 같이 춤을 추는 저놈 말이야. 제비족 같다고 한 말 기억나지."

"네, 언젠가 한 번 말씀하셨어요."

"저놈 봐, 옷 입고 다니는 꼴하고 행동하는 것을 보면 꼭 제비족이야."

"언니 눈에는 그렇게 보여요?"

"제비족을 보면 저놈이 하는 꼴하고 똑같아. 춤을 못 추는 여자를 데리고 예의를 지키면서 정성스럽게 춤을 가르쳐주는 거야. 그러면 춤을 못 추는 여자들은 춤을 배우는 데만 열중하다보니까 이놈이 제비인지 아닌지도 생각할 새도 없이 춤만 열심히 배우는 게지. 이러다 보면 여자들은 제비족에게 꼼짝없이 넘어가는 거야."

"여자들은 전혀 눈치를 못 채는 거예요?"

"전혀 모르지. 또 여자들이 모르게 하는 게 제비족들의 기술 아니겠니."

"여자들은 제비족에게 걸리면 왜 헤어나지 못하는 거예요?"

"제비족은 자신만의 독특한 춤으로 여자를 옭아매기 때문에 제비족에게 한번 빠진 여자들은 다른 남자하고 춤을 추면 재미를 못 느끼는 거야."

"그런 춤은 어떤 건데요?"

"그 방법은 나도 모르겠어."

민 여사는 궁금하다는 듯 두 눈알을 크게 뜨면서 말을 이었다.

"저 남자는 백 선생님 동생이라고 하지 않았어요."

"아무리 백 선생과 의형제를 맺은 사이라지만, 저놈이 백 선생 몰래 제비족 노릇을 하고 다니면서 숨기고 얘기를 하지 않으면 알 수 없지."

"언젠가 언니가 연 사장에게 주의를 주신다고 하셨잖아요."
"한 번 불러서 얘기를 해주니까 조심하겠다고 하더라고."
"지금까지 아무런 일도 없는 걸 보면 제비족은 아닌가 봐요."
"백 선생 동생만 아니라면 저놈을 벌써 혼내주고도 남았지만, 백 선생 얼굴을 봐서 그냥 참고 있는 거야."
"저 남자가 언니에게 뭐라고 한 거예요?"
"뭐라고 한 것은 없지만 저런 놈들은 눈에 보이는 대로 은하수무도장에 나오지 못하게 해야 해. 그래야 손님들이 피해를 입지 않고 마음 편하게 춤출 수 있지."
"그럼 백 선생님에게 주의를 주라고 얘기를 해보세요."
"백 선생이 얘기를 한다고 얘기를 들어줄 놈이 아니지."
"언니, 괜한 것 신경 쓰지 마시고 더 두고 보세요."
박 언니와 민 여사가 얘기를 하는 사이에 블루스 음악이 끝났다. 남상봉과 연수정은 춤을 끝내고 휴게실로 들어갔다.
"연 사장님, 춤이 아주 좋아졌습니다. 이젠 어떤 남자하고 추어도 잘 추시겠어요."
"어머, 그렇게 좋아졌어요? 남 사장님께서 잘 가르쳐주셔서 감사합니다."
"연 사장님은 춤에 대한 감각이 다른 사람보다 월등하게 빠르고 좋기 때문에 빨리 배우신 겁니다."
"너무 과찬이세요. 제가 워킹을 잘 하지 못할 때나 회전이 잘 안 될 때마다 남 사장님께서 땀을 뻘뻘 흘리며 정성스럽게 가르쳐주시는 걸 보고 감동을 받아 열심히 한 것뿐이에요."
"어찌되었든 빨리 배우시고 잘 추셔서 좋습니다."
두 사람이 한참 얘기를 하고 있을 때 남상봉의 하수인 마한수가 가쁜 숨을 몰아쉬면서 휴게실로 들어왔다.
"사, 사장님. 밖에 나가 말씀드릴 일이 있습니다."

남상봉과 마한수는 휴게실을 나와 무도장 밖 계단에서 무엇인가 잠시 동안 의논을 한 후 다시 휴게실로 들어왔다.
"연 사장님, 지금 급하게 처리해주어야 할 업무 때문에 사무실에 가봐야겠습니다."
"바쁜 일이 생겼으면 빨리 가보셔요. 서운해라. 신나고 재미있었는데, 아쉽네요."
"제 대신 마 부장이 연 사장님을 모시고 춤을 춰드려도 되겠습니까?"
"마 부장님은 춤을 잘 추세요?"
"저만큼 잘 춥니다. 마 부장, 연 사장님에게 인사드려라."
"마한수입니다. 잘 모시겠습니다."
"아, 네……."
연수정은 마한수의 인사를 받으면서도 어쩐지 마음에 들지 않았다. 남상봉이 무도장을 나가자 연수정은 마한수와 플로어에 나가 지르박을 추기 시작했다. 마한수의 춤 실력과 기교는 남상봉과 비슷한 수준이었으나 남자로서의 매력이 떨어지는 것 같아 재미가 없고 지루하기만 했다.

블루스를 출 때 마한수는 연수정과 적당한 간격을 계속 유지하기 위해 땀을 뻘뻘 흘리면서 리드를 하느라 블루스다운 춤맛이 한 번도 나지 않았다. 연수정은 재미없는 춤을 빨리 끝내고 싶은 마음이 굴뚝같았으나 남상봉의 체면을 생각해 할 수 없이 한 시간을 겨우 넘겼다.

"마 부장님, 잠깐 쉬었다가 하실까요?"
"네, 그렇게 하시죠."
마한수는 얼굴에 흐르는 땀을 손수건으로 닦으면서 에어컨 앞으로 갔다. 연수정은 휴게실 쪽으로 들어갔다가 한참 후 에어컨 앞으로 다시 왔다.
"마 부장님, 저도 가게에 빨리 들어가봐야 할 것 같아 먼저 가야겠네요. 더 놀다 오세요."

"네, 그렇게 하겠습니다."

마한수는 연수정에게 인사한 후 무도장 후문 계단으로 내려와 남상봉에게 휴대폰으로 전화를 했다.

"형님, 지금 연 사장이 내려갔습니다. 주차장까지 오 분 정도 걸릴 겁니다."

연수정은 무도장 옷 보관소에서 핸드백과 카디건을 찾아 들고 자신의 차를 세워둔 주차장으로 갔다. 도중에 주차장 입구 쪽에 서성거리는 남상봉의 모습이 보였다. 남상봉은 어떤 중년 신사에게 서류봉투를 받아들었고, 주차장 관리인은 차량의 뒷좌석 문을 열고 남상봉이 타기를 기다리고 있었다. 잠시 후 남상봉이 주차 관리인에게 팁을 건네주고 차에 올라탔다. 문이 닫히자 차량은 연수정을 뒤로한 채 골목길을 빠져나갔다. 검정색 벤츠 500이었다.

연수정은 엷은 미소를 지으면서 주차장으로 들어와 모자를 비뚤게 쓰고 허름한 잠바를 입고 있는 관리인에게 자동차 열쇠를 받았다.

"아저씨, 조금 전 검정색 벤츠를 타고 나간 사람 잘 아세요?"

"아, 멋있는 사장님 말씀인가요? 잘 알다마다요."

"누구예요?"

"건설회사 남 사장님이신데 우리에게는 고마운 분이지유."

"고맙다니요, 뭘 그렇게 잘해주세요?"

"우리 같은 사람들에게 팁도 잘 주시고 맛있는 것도 주시니까 고맙지유."

"네에."

연수정은 차를 운전하고 가게에 도착할 때까지 남상봉의 얼굴이 계속 머릿속에 남아 있었다. 주차장 관리인이 고맙다고 할 정도면 남상봉은 어려운 사람들을 잘 배려해주는 성품을 가진 사람이 아닌가. 남상봉은 춤만 잘 추는 것이 아니라 인간성도 괜찮은 것 같아 연수정의 마음은 즐겁고 흐뭇했다.

사실 남상봉은 연수정을 꼬이기 위해 얼마 전부터 마한수하고 큰일을 꾸미고 있었다. 남상봉은 연수정을 처음 만나 춤을 출 때부터 연수정이 입고 있는 옷과 몸에 치장한 반지, 귀걸이, 목걸이를 보면서 돈이 있는 여인으로 판단을 했고, 주차장에 세워둔 차를 타고 나갈 때 BMW 700인 것도 확인했기 때문에 확실한 먹잇감으로 확정을 짓고, 온갖 정성을 다해 연수정에게 신뢰감을 주면서 호감을 샀던 것이다.

남상봉은 연수정에게 믿음을 주기 위해 주차장 관리인을 이용해 건설회사 사장이라는 확신을 갖도록 팁도 두둑하게 주면서 우호적 관계를 유지하고 있었다. 오늘을 디데이로 정한 후 육십오만 원을 주고 벤츠 500을 렌트했고, 기사도 고용했다. 연수정의 눈에 보인 남상봉은 확실하고 사람 좋은 건설회사 사장으로, 의심할 여지가 없도록 만들었던 것이다.

오늘 낮, 무도장에서 남상봉과 춤을 추고 있을 때 마한수가 영업부장이라고 가장을 하고 들어와 남상봉에게 바쁜 일이 생겼다고 한 것도 꾸며낸 일이었다. 남상봉이 사무실로 간다고 무도장을 나간 다음 주차장 앞에 있는 피시방에서 연수정이 나올 때까지 죽치고 기다리고 있었던 것이다.

한 시간 후 연수정이 주차장으로 갔다는 마한수의 전화를 받고 주차장에서 관리인이 승용차 문을 열어주고 허리를 굽혀 인사하도록 한 것까지 모두 다 사전에 짠 각본대로라는 사실을 연수정은 꿈에도 알 수 없는 일이었다.

연수정은 가게에 도착해 바쁜 업무를 끝내고 나니 춤을 추고 싶은 마음에 발과 몸이 근질거렸다. 남상봉에게 춤을 배우고 난 후 스스로가 느낄 정도로 춤 실력이 부쩍 향상되자 조금만 시간적 여유가 생기면 춤방에 가고 싶은 충동이 일어나곤 했다.

이것은 어릴 때 엄마가 색동옷을 사주면 그 옷을 입고 동네 친구들에게 자랑을 하고 싶어 안달이 나는 마음과 똑같았다. 연수정은 의자에 앉을 여유만 생기면 벽에 걸어놓은 거울 앞에 서서 제자리 스텝을 밟으며 턴하는 연습을 하든지, 예쁘게 손짓과 몸짓을 하면서 두 바퀴나 세 바퀴 회전하는 연습을 했다. 그 모습을 보고 미스 진이 낄낄거리고 웃으며 말했다.

"사장님, 이젠 춤이 많이 좋아지셨어요. 가게는 저 혼자 볼 테니 빨리 무도장으로 가세요."

"미스 진이 보아도 잘하는 것 같아?"

"그럼요, 스텝도 부드럽고, 턴을 하고 돌아올 때 손짓과 몸짓이 예뻐 보여요."

"지난번 카바레에 갔을 때보다 더 잘하는 것 같아?"

"그때 카바레에서 춤을 추시는 봤을 때는 완전히 초보자였어요. 제가 보아도 웃음이 날 정도로 스텝이 기우뚱거렸거든요."

"지금은 어때?"

"어떤 남자하고 추셔도 예쁘게 잘 추실 것 같아요."

연수정은 미스 진에게 잘한다는 얘기를 듣자 저절로 어깨가 으쓱해지는 것 같아 기분이 좋았다.

"사장님은 정말 파트너나 남자 친구가 없으세요?"

"없다니까 그러네."

"요사이 무도장에 나가시면 누구랑 춤을 추세요?"

"부킹언니가 부킹을 시켜주는 대로 추는 거야."

연수정은 미스 진의 눈치를 살피면서 거짓말했다.

"그런데 요사이 사장님 모습을 보면 연애를 하는 것 같이 예뻐 보여요."

"연애?"

연수정의 얼굴이 새빨개졌다.

"사장님 얼굴이 빨개졌어요, 호호."

"내 모습이 어떻게 변했어?"

"네, 많이 변하셨어요. 처녀 때 연애하던 그 모습처럼 얼굴이 환해지면서 예뻐요."

연수정은 거울을 바라보면서 살짝 웃어봤다. 거울 속에는 왼쪽 볼에 예쁜 보조개가 깊게 들어간 자신이 웃고 있고, 그 옆에는 남상봉의 얼굴이 보이는 것 같았다. 손가락으로 거울 속에 보이는 남상봉의 얼굴을 눌러봤으나 사람은 없었다.

갑자기 남상봉이 보고 싶어졌다. 춤을 추고 싶었다. 연수정은 휴대폰을 들고 남상봉의 전화번호를 눌렀다. 신호는 갔으나 전화를 받지 않아 메시지를 남겼다.

— 빨리 전화해주세요. 갈 곳이 있어요.

삼십 분이 지난 후 남상봉으로부터 전화가 왔다. 반가운 마음에 가슴이 울렁거렸다.

"남 사장님, 오늘 일 해결 잘 됐어요? 오늘 저녁에 저랑 같이 갈 곳이 있어요. 영등포에 있는 카바레 '르네상스'에 가고 싶어요. 네, 여덟 시에 르네상스에 입구에서 만나요."

연수정은 전화를 끊고 미스 진이 곁에 있다는 것도 잊어버렸는지 유치원 아이가 하는 행동처럼 좋아서 어쩔 줄 몰랐다. 미스 진이 놀라면서 물었다.

"사장님, 오늘 저녁에 카바레에 가시는 거예요?"

"응, 카바레?"

"사장님!"

미스 진은 큰 소리로 연수정을 불렀다.

"사장님, 조금 전에 전화하신 남 사장님이란 분은 누구예요?"

연수정은 그제야 정신을 차렸지만 얼굴이 또 새빨개졌다.

"사장님 얼굴이 새빨개졌어요, 호호."

연수정은 미안하고 부끄러운 생각이 들어 거울을 보면서 변명을 했다.

"명동에서 화장품 대리점 하시는 분인데 내가 일본에 갔을 때 나를 많이 도와주신 분이야. 오늘 저녁에 술 한잔 대접하려고 해."

"사장님, 저는 어린아이가 아니거든요. 사장님 남자 친구 맞으시죠?"

"아니라니까 그러네. 난 아직 남자 친구가 없어."

"사장님, 오늘 저녁 르네상스에서 즐거운 시간 보내세요."

연수정은 낮에 입었던 옷을 벗고 연한 초록색 원피스로 갈아입고 거울을 봤다. 원피스의 앞가슴 라인이 U자 형으로 넓게 파여 고개를 조금만 숙여도 가슴이 반쯤 보일 정도였고, 풍만한 젖가슴 밑으로 연결된 잘록한 허리와 엉덩이는 몸을 약간씩 움직일 때마다 육체적인 쾌감을 불러일으킬 수 있을 정도로 관능적인 모습이었다.

연수정은 입가에 엷은 미소를 지으면서 진하게 향수를 뿌렸다. 미스 진의 인사를 받으며 가게를 나온 연수정은 택시를 타고 영등포 르네상스 카바레 입구에서 남상봉을 만났다.

웨이터의 안내를 받아 무대가 잘 보이는 곳에 자리를 잡고 앉았다. 악단의 연주에 맞춰 플로어에서는 많은 사람들이 블루스를 추고 있었다. 연수정은 물수건으로 손을 닦으면서 빨리 춤을 추고 싶은 마음이 앞서 몸이 움찔거렸다.

남상봉은 연수정의 술잔에 맥주를 따라줬다.

"연 사장님, 한 잔 드시죠."

"남 사장님, 우리의 춤을 위해 건배."

연수정은 남상봉과 잔을 부딪치면서 깔깔거리고 웃었다.

"연 사장님, 왜 갑자기 저를 카바레로 불러내신 겁니까?"

"불러낸 게 아니고요, 모셔온 겁니다. 무슨 일이 있어서가 아니라, 오늘 저녁엔 남 사장님도 보고 싶었고 춤도 추고 싶었던 거예요."

"저는 연 사장님께서 혹시 무슨 일이라도 생겼을까봐 걱정을 많이 했습니다."

"아무 일 없으니까 마음 놓으시고 춤이나 추세요."

두 사람은 플로어로 나가 춤을 시작했다. 처음 몇 곡은 정상적인 스텝을 밟으면서 멋있고 재미있게 추었으나 시간이 지나면서 남상봉은 제비의 본업에 돌입하고 있었다. 지르박을 출 때 남상봉의 손은 연수정의 젖가슴 위를 슬슬 건드리다가 엉덩이와 하복부 쪽을 건드리고 다녔다.

블루스를 출 때 남상봉의 허벅다리가 연수정의 하복부 깊숙한 곳으로 밀착되어 두세 바퀴씩 회전을 할 때면 연수정은 깜짝 놀랄 정도로 황홀했다. 지그재그를 한 후 남상봉이 손을 들어주면 연수정이 서너 바퀴씩 회전을 하고 제자리로 돌아오는 순간 남상봉의 손이 연수정의 젖가슴이나 엉덩이를 건드렸다. 제자리걸음을 할 때 남상봉은 팔에 힘을 주면서 연수정을 끌어안았기 때문에 연수정은 가슴이 답답했지만 짜릿한 감촉을 느꼈다.

남상봉의 이런 행동이 반복되어도 연수정은 아무런 저항도 하지 않았다. 오히려 더 적극적인 자세로 남상봉의 행동을 받아들였기 때문에 남상봉은 수월하게 리드할 수 있었다.

블루스 음악이 나오면 시작할 때부터 한 발짝도 옮기지 않은 채 껴안고만 있었고, 지르박 음악으로 바뀌어도 껴안은 채로 서 있기만 했다.

"연 사장님, 드라이브나 할까요?"

연수정은 대답 대신 고개만 끄덕거렸다. 남상봉은 오늘 저녁 이런 걸 대비해 낮에 렌트했던 벤츠를 가까운 주차장에 세워두었던 것이다.

남상봉이 운전하는 벤츠는 영등포 로터리를 벗어나 올림픽대로에 접어들었다. 저녁 늦은 시간이라 차량 소통이 잘 되었다. 시원스럽게 달리는 차 안에서 연수정은 남상봉의 어깨에 기대 남상봉의 오른손을 살며시 만지고 있었다.

차가 미사리 부근에 있는 어느 모텔 앞 주차장에 멈춰 섰다. 두 사람이 모텔 방으로 들어서는 순간 몸이 부서지도록 껴안으면서 키스를 했다. 드디어 연수정은 황홀한 느낌을 만끽하면서 제비의 먹잇감이 되는 순간으로 빠져들었다. 그 다음날 남상봉과 연수정은 은하수무도장에서 만나 춤을 조금 춘 후 모텔로 사라졌고, 그 다음날도 똑같은 일정이 반복되었다.

오 일째 되는 날 남상봉과 연수정이 춤을 추는데, 마한수가 찾아와 남상봉을 불러냈다. 한참 후 자리로 돌아온 남상봉은 은행에 갔다 와야 할 일이 있다고 얘기를 한 다음 무도장을 나가버렸다. 조금 지난 시간 연수정의 휴대폰에 남상봉의 문자 메시지가 도착했다.

―급한 업무 때문에 지방에 갑니다. 다시 연락하겠습니다.

연수정은 곧바로 통화 버튼을 눌렀다. 신호는 갔으나 전화를 받지 않는다. 연수정은 기운이 빠졌다. 마한수가 언젠가 남상봉의 심부름차 자신에게 휴대폰으로 전화를 한 것이 기억났다. 마한수 휴대폰으로 전화를 했으나 받지 않았다. 춤을 추고 싶은 마음도 없어 휴게실에서 커피를 마시고 있는데, 박 언니와 민 여사가 들어오면서 한마디 했다.

"연 사장, 오늘은 혼자서 커피를 마시고 있는 거야?"

"파트너 어디 갔어? 오늘 안 나와?"

"오늘은 조금 늦게 온다고 연락이 왔기 때문에 기다리고 있는 거예요."

연수정이 능청스럽게 거짓말을 하면서 커피를 마시고 있을 때 민 여사가 물었다.

"연 사장, 그 남자랑 춤을 춘 지 얼마나 되었지?"

"한 달 정도는 되었을 거예요."

"그 남자 재미있게 춤을 잘 추지?"

"네, 제가 춤을 추기 편하게 리드를 잘해주세요."

"연 사장이 그 남자랑 춤을 추는 걸 보면 아주 멋있어. 두 사람 호흡이 아주 잘 맞아. 파트너를 해도 되겠어."

"멋있게 보였어요?"

"그럼, 아주 보기 좋았어. 그동안 춤을 잘 배웠더구나."

"언니, 칭찬해주어서 고마워요."

두 사람의 얘기를 듣고 있던 박 언니가 놀리듯 말했다.

"연 사장은 그 남자하고만 춤을 춰야 재미있지, 다른 사람하고 춤을 추면 재미가 없을 거야, 그렇지?"

"아니에요. 다른 사람하고 추어도 마찬가지예요."

"다른 사람하고 춰 봤어?"

"추진 않았지만 잘 출 수 있을 것 같아요."

"춤은 상대성이 있는 거야. 여자는 자기 스스로 예쁘게 춤을 만들어 출 수 있어야 돼."

"큰언니, 남 사장님이 그랬어요. 저는 춤을 만들어 춘대요."

"연 사장, 그 남자랑 너무 친하게 지내지 마. 나중에 후회할 일도 생길지 모르니까."

"그게 무슨 말씀이세요?"

"그 남자가 뭘 하는 사람이고 어떤 사람인지 정체를 확실하게 알고 있어?"

"용산에서 건설회사를 하고 있어요. 백 선생님 동생이니까 신분은 확실한 것 아니에요?"

"건설회사를 한다고 얘기만 들었지 실제로는 아무것도 모르잖아."

"남 사장님 회사 총무부장도 만났고, 차도 벤츠를 타고 다녀요."

"연 사장이 총무부장을 만났다고?"

"네, 한 달 전에 남 사장님 회사일 때문에 총무부장이 여기까지 서류를 가지고 왔을 때 소개를 시켜주어서 만났거든요."

"벤츠를 타고 다니는 건 어떻게 안 거야?"

"지난번에 제가 집에 가려고 주차장에 갔을 때 남 사장님이 벤츠를 타고 나가는 걸 봤거든요."

"남 사장이 확실했어?"

"네."

연수정은 남상봉이 운전하는 벤츠를 타고 미사리까지 갔다고 얘기를 하고 싶었지만 숨겨야 할 일이기 때문에 말을 할 수 없었다. 세 사람이 한참 얘기를 하고 있을 때 준봉이 은하영과 함께 휴게실로 들어왔다.

"누님, 나오셨어요."

"언니, 오랜만이에요. 살이 많이 빠지셨네요."

은하영은 박 언니의 두 손을 잡으면서 반갑게 인사를 했다.

"아까 두 사람이 춤을 추는 걸 보고 있었어. 역시 고니는 잘 어울려. 멋있어."

"고맙습니다."

"파트너들과 춤을 추려면 백 선생님과 은하영처럼 껴안지 않고 깨끗하게 춤을 추어야 보기가 좋지. 못된 것들은 춤은 추지 않고 껴안고 있기만 하니까 보기가 싫어."

박 언니는 준봉을 바라보면서 얘기를 했지만, 사실은 연수정 들으라는 의도로 큰소리로 얘기를 했다.

"백 선생, 남 사장은 오늘 안 나와?"

"요사이 남 사장 만난 지 오래되었습니다."

준봉과 박 언니가 얘기를 하는 사이 커피를 마시던 연수정이 준봉을 바라보았다. 박 언니가 미안한 듯 말을 이었다.

"아참, 백 선생은 연 사장을 처음 만나지. 연 사장 인사 드려. 내가 말하던 소설가 백 선생이야."

"안녕하세요. 선생님 얘기 많이 들었습니다."

"누님에게 얘기 많이 들었습니다. 반갑습니다."

연수정은 예쁘게 웃으면서 은하영에게도 인사를 했다. 박 언니가 말을 계속 이었다.

"연 사장은 요사이 남 사장하고 파트너가 되어 열심히 춤을 추는데,

춤이 아주 잘 맞아. 조금 있다가 구경 한번 해."

준봉이 주위를 둘러보다가 연수정을 보면서 물었다.

"남 사장은 왜 안 보입니까."

"조금 늦게 온다고 연락을 받고 기다리고 있는 거예요."

연수정은 붉어지는 얼굴을 손으로 살짝 가리면서 거짓말을 했다. 준봉을 비롯한 박 언니 일행이 춤을 추기 위해 휴게실을 나가자 연수정 혼자 남았다. 허전했다. 남상봉이 미치도록 보고 싶어졌다. 휴대폰 통화 버튼을 다시 눌렀으나 남상봉은 전화를 받지 않았다. 연수정은 애타는 마음을 담아 문자 메시지를 남겼다.

— 보고 싶어요. 문자 확인하는 대로 전화해주세요. 혼자 고민하지 말고 나랑 같이 의논해요.

연수정은 춤을 추고 싶은 마음도 없어졌고 기분도 우울했기 때문에 무도장을 나와 가게로 돌아와 버렸다.

이 시각 남상봉은 컴컴한 DVD 1인 극장 영화관에서 혼자 있으면서 연수정이 보내온 문제 메시지를 분석하고 있었다.

'혼자 고민하지 말고 나랑 같이 의논해요' 라는 대목에 흥미를 느끼면서 야비한 웃음을 지었다. 이 정도의 메시지라면 자신이 요구하는 대로 연수정이 따라올 것이라고 확신하면서 전화를 걸었다. 연수정은 처음엔 반가워하다가 나중에는 흐느껴 울기 시작했다. 한 시간 후 영등포 르네상스 앞에서 만나기로 약속하고 전화를 끊었다.

남상봉은 제비족이 되기 전에는 이름 있는 요리사였다. 손재주가 좋아서인지 일식 요리사로서 회 맛이 일품이었다. 어느 TV 방송국에서 주최하는 요리 경연대회에 출연해 최우수상을 수상할 정도로 요리를 잘했다. 남상봉이 주방장으로 근무하는 횟집은 회 맛이 좋기로 소문나 하루 종일 문전성시를 이루었다.

자신 때문에 장사가 잘 된다는 것을 알게 되자 남상봉은 다니던 횟집을 그만두고 명동 전철역 부근에 일식집을 개업했다. 처음 몇 년 간은 장사가 잘 되어 벼락부자가 되었다는 말도 있었으나, 차츰 손님이 줄면서 가게를 다른 곳으로 옮겨야만 했다. 그 후 노량진과 영등포에서 다시 일식집을 개업하고 장사를 했으나 과거보다 영업이 잘 되지 않자 아내하고 자주 충돌이 생겼다.

부부싸움을 하고 나면 남상봉은 주방을 뛰쳐나와 춤방으로 갔다. 춤바람이 난 것이다. 손재주가 좋아서 그런지 춤을 배운 지 얼마 되지 않아 춤방에 가기만 하면 아줌마들이 서로 잡아달라고 부탁을 하는 바람에 남상봉은 인기가 많았다.

남상봉의 춤은 특징이 있어 그런지, 아니면 손기술이 좋아 그런지, 남상봉과 춤을 한번 춰본 여성들은 남상봉하고만 춤을 추려고 했기 때문에 남상봉의 콧대는 자연스럽게 높아만 갔다. 춤이 끝나면 어떤 아줌마들은 음료수나 식사 대접을 했고, 어떤 아줌마들은 용돈까지 주었다. 또 어떤 아줌마들은 자기하고만 춤을 춰달라고 하면서 모텔로 가자고 유혹할 정도였다.

초창기 때 남상봉은 아줌마들에게 음료수나 밥을 얻어먹었으나 시간이 지나면서 춤방의 경륜이 쌓임과 동시에 돈을 받기 시작했다. 무도장 안을 돌아다니면서 돈이 있을 만한 아줌마들만 골라 춤을 추기 시작하면서 자신도 모르게 제비족의 길을 걷고 있었다. 자신의 신분을 가장하기 위해 건설회사 사장이라고 새겨진 명함도 가지고 다니면서 철저하게 위장했다.

그동안 수많은 여인들로부터 이 핑계 저 핑계를 대어 적게는 몇 십만 원부터 많게는 몇 천만 원까지 돈을 빌려 쓴 다음, 전화번호를 바꾸고 나타나지 않기를 반복했다.

오늘은 과연 연수정에게 돈을 얼마나 뜯어낼 것인가 궁금해하면서 상봉은 즐거운 마음으로 르네상스 입구에서 기다렸다. 연수정이 택시에서 내려 남상봉을 만났을 때, 봄비가 내리기 시작했다. 연수정은 남상봉을 보자마자 마치 영화의 한 장면을 촬영하는 배우처럼 달려가 남상봉의 가슴에 안겨 흐느껴 울기 시작했다.
"남 사장님, 보고 싶었어요."
흐느껴 우는 연수정을 부축하고 가까운 포장마차로 들어갔다. 빗방울은 포장마차 지붕 위를 더 세차게 때렸다.
포장마차 주인아줌마가 술과 안주를 내놓았다. 남상봉은 아무 말 없이 소주 석 잔을 연거푸 마셔댔다. 연수정이 남상봉의 술잔을 빼앗았다.
"남 사장님, 천천히 마시세요. 술을 급하게 마신다고 꼬인 일이 잘 풀리겠어요."
"답답해서 그럽니다."
"답답할수록 돌아가셔야 마음의 여유도 생기면서 해결의 실마리가 보이는 거예요."
연수정은 자신이 철학자라도 된 것처럼 진지하게 얘기를 했으나 남상봉은 속으로 웃음이 나왔다. 남상봉은 연수정에게 무언의 압력을 넣기 위해 화가 나서 술을 마셔대는 사람처럼 술을 연거푸 마셨다. 남상봉은 혀 꼬부라진 소리를 하면서 연기도 잘했다.
"도둑놈 새끼들이…… 남의 돈 다 떼먹고 잘 살아라."
"얼마나 날린 거예요?"
"삼십 억이요."
"언제까지 은행에 넣어야 부도가 나지 않는 거예요?"
"오늘 네 시까지였는데 오후에 은행 지점장을 만나 사정사정해 내일 네 시까지 연기시켰습니다."
남상봉은 대답이 끝남과 동시에 소주를 병째로 벌컥벌컥 마셔댔다. 연수정은 놀라면서 술병을 빼앗았다.
연수정은 남상봉이 고민하는 얼굴을 보고 가슴이 아파서 도와주고 싶었다. 남상봉을 만난 지 얼마 되지는 않았지만 연수정은 남상봉을 전혀 의심하지 않고 있었다. 춤을 가르쳐줄 때는 진지하고 정성스럽게 가르쳐주었기 때문에 가슴이 찡할 정도로 여러 번 감동받았고, 지르박을 출 때는 이것이 춤맛이로구나 느낄 정도로 신나고 즐겁고 황홀한 쾌감을 맛볼 수 있도록 리드를 잘해주었다. 블루스를 추면서 가끔씩 자신을 안고 있을 때는 이제껏 남편에게서 느끼지 못했던 남자의 강한 힘과 체취를 느낄 수 있어 항상 남상봉이 보고 싶었던 것이다.

남상봉이 이렇게 어려울 때 도와주면 자신도 떳떳할 것 같았고, 또 반드시 빌려간 돈을 갚을 것만 같은 생각이 들었다.

연수정은 남상봉에게 조금이나마 보탬이 되었으면 좋겠다는 생각을 하면서 도와주기로 마음을 정했다.

"남 사장님, 술은 이제 그만 마시고 절 보세요."

"……."

연수정을 쳐다보고 있는 남상봉의 술에 취한 눈동자는 초점이 흐려져 껌벅거리기만 했다.

"남 사장님, 여기 메모지에다 계좌번호 적어주세요."

남상봉은 못 이기는 척 중얼거리면서 메모지에다 알아보기 어려울 정도로 계좌번호를 써주었다. 연수정은 술에 취해 비틀거리는 남상봉을 택시에 태워 보낸 다음 즉시 남상봉의 계좌로 일 억을 송금했다.

다음날 연수정은 하루 종일 남상봉의 전화를 기다렸다.

"남상봉입니다. 도와주셔서 감사합니다. 빌려주신 일 억은 수일 내로 꼭 갚아드리겠습니다. 오늘 저녁 르네상스 카바레에서 기다리겠습니다."

연수정의 귀에는 남상봉의 고맙다는 목소리가 계속 울리는 것 같았지만, 퇴근할 시간이 지나도록 남상봉에게서 전화는 오지 않았다.

'너무 바쁜가? 돈이 부족해 돈을 빌리러 다니나?'

별의별 생각을 하면서 연수정은 남상봉의 전화번호를 눌렀다.

"지금 거신 번호는 없는 번호입니다. 확인 후 다시 걸어주시기 바랍니다."

연수정은 자신의 귀를 의심했다. 매일 몇 번씩 연락을 주고받은 번호인데 하룻밤 자고 난 후 없는 번호라니, 무슨 말인가? 연수정은 다시 한 번 통화 버튼을 눌러봤으나 똑같은 안내 멘트만 흘러 나왔다.

연수정은 속았다는 예감이 스쳤다. 무도장에서 자신에게 춤을 가르쳐줄 때나 춤을 출 때 야비하게 웃고 있던 남상봉의 얼굴이 머릿속에 꽉 차면서 정신이 흐릿해졌다. 연수정은 의자에 앉은 채 의식을 잃고 넘어져버렸다.

다음날, 미스 진의 전화를 받고 박 언니가 병원으로 달려왔다.

"아니, 연 사장. 어떻게 된 거야?"

"큰언니, 흑흑."

"어디가 아픈 거야? 뭐가 잘못되어 입원을 했어?"

박 언니는 정신없이 울고 있는 연수정의 손을 잡고 안아주면서 마음을 안정시켜주었다.

"우는 걸 보니까 아픈 것은 아닌 것 같은데, 무엇 때문에 그러는지 얘기나 해봐."

흐느껴 울던 연수정은 눈물을 닦고 침대에서 일어나 앉아 박 언니의 두 손을 꼭 잡았다.

"언니, 나 당했어요."

"당하다니, 누구에게, 뭘 당해?"

"남 사장에게 당했어요."

연수정은 흐느껴 울기 시작했다.

"그 자식에게 뭘 당했다는 거야, 울지 말고 속 시원하게 얘기해봐."

"큰언니께서 말씀하신 대로 그놈 제비족이었어요."

"뭐, 제비족?"

"네."

"확실해?"

"네."

"그럼 그놈에게 돈이라도 빼앗긴 거야?"

"네."

"얼마나?"

"언니, 흑흑."

연수정은 박 언니 가슴에 얼굴을 묻으면서 분하고 창피한 마음을 울음으로 표현했다.

"그래, 울고 싶을 땐 실컷 울어라. 얼마나 당했으면 창피한 줄도 모르고 울겠니."

박 언니는 친정어머니처럼 연수정의 등을 토닥거려주었다.

"이제 그만 울고 얘기나 해봐. 언니가 도와줄게."

연수정은 울음을 멈추고 그동안 남상봉과 있었던 사실을 모두 얘기했다. 박 언니는 펄쩍 뛰었다.

"뭐? 일 억이나 송금했다고?"

"네."

"아니, 연 사장 너 돌았니? 미친 것 아니야?"

"……."

연수정은 할 말을 잊고 대답을 할 수 없었다.

"그놈을 조심하라고 내가 몇 번이나 말해주었니."

"언니, 죄송해요."

"그놈이 제비족이라는 걸 전혀 눈치 채지 못한 거야?"

"네."

"연 사장도 헛똑똑이구나, 그건 그렇고 돈은 일 억이나 왜 준 거야."

"고민을 하는 것이 불쌍하기에 빌려주었어요."

"불쌍하면 돈 천만이나 주고 말 것이지, 그놈을 뭘 믿고 일 억이나 줘. 그놈을 믿을 수 있어?"

"벤츠 500을 타고 다니더라고요. 그래서 믿은 거예요. 주차장에서 벤츠를 타고 가는 걸 봤거든요. 그 차를 타고 같이 드라이브를 한 적도 있어요."

"그놈이 연 사장을 꼬이려고 사전에 치밀하게 계획을 했구나."

"계획을 하다니요. 그게 무슨 말씀이세요?"

"그놈은 연 사장하고 춤을 추기 시작할 때부터 연 사장을 먹잇감으로 생각하고 있다가 차량이 꼭 필요할 때 벤츠 500을 렌트한 거야."

"렌트를 했다고요? 큰언니는 그걸 어떻게 아세요?"

"연 사장 생긴 모습이나 귀걸이, 목걸이, 반지를 보면 돈이 있을 만하다고 생각했으니까 돈을 빼내려고 계획적으로 비싼 벤츠를 빌려서 타고 다닌 거지."

"언니, 백 선생에게 전화를 걸면 그놈을 만날 수 없을까요?"

"그놈이 전화번호까지 당장 바꿀 정도면 백 선생하고도 연락이 안 될 거야."

박 언니는 반신반의하면서 준봉에게 전화를 걸었다.

"백 선생, 날세. 은하수무도장에 나오는 동생이라는 놈 있지. 그래, 남 사장이라고 하는 놈 말이야. 그놈 제비족 아니야? 모르겠다고? 전화로는 안 되겠네. 백 선생, 지금 당장 P병원으로 와야 되겠네. 이쪽일이 더 긴박해. 시간을 늦추면 해결이 안 되는 일이야. 연 사장이 충격을 받고 중환자실에 입원을 했네. 빨리 오게."

전화를 끝낸 박 언니는 자신이 남상봉에게 당한 사람처럼 열을 받아 얼굴이 붉어지면서 가쁜 숨을 몰아쉬었다.

"나쁜 놈, 때려죽일 놈, 얌전하게 춤이나 출 것이지 착한 사람을 꼬여 돈이나 뜯어내. 가랑이를 찢어 죽일 놈."

"언니, 죄송해요."

"죄송이고 뭐고, 지금 와서 후회해본들 뭣 하겠니. 모두 연 사장 팔자요, 운이다."

"저는 그놈이 그런 놈인 줄 정말 몰랐어요."

"지나간 얘기는 이제 그만해. 돈 일 억은 처음부터 없었던 것으로 생각해야지, 돈 빼앗긴 게 아깝다고 집착하다 보면 마음의 병을 얻을지 몰라."

"저도 돈 일 억은 없었던 것으로 할 수 있지만 속은 걸 생각하니 미칠 것만 같아요."

"연 사장, 그러다가 수술한 곳이 잘못될지도 몰라. 마음을 편하게 먹어."

박 언니가 흐느껴 울고 있는 연수정을 달래주고 있을 때 병실 문이 열리면서 준봉이 들어섰다.

"백 선생, 빨리 왔군. 여기서 얘기하기가 그러니까 복도로 나가세."

박 언니는 아무것도 모르고 병실로 들어서는 준봉의 손을 잡아끌면서 복도 끝 의자에 앉았다.

"백 선생, 남 사장이라고 하는 놈이 제비족인 줄 모르고 있었던 건가?"

"제비족이라뇨?"

"백 선생도 놀라는 걸 보니 그놈이 제비족인 줄 모르고 있었군."

"상봉이가 제비족이었습니까?"

"삼십 년 동생이라더니만 참으로 한심하네."

"누님, 무슨 일이 있습니까?"

"그놈에게 연 사장이 일 억을 사기 당했네."

"예에? 연 사장님이요? 언제요? 왜 그랬습니까?"

"어젯밤에 그랬다네."

"그놈은 어디 있습니까?"

"그놈은 돈 일 억이 통장에 입금된 것을 확인한 후 오늘 낮에 휴대폰 번호도 바꿔 연락도 되지 않네. 백 선생이 그놈의 집을 알고 있으면 어디 있는지 확인을 할 수 있지 않겠는가. 한번 알아보게."

준봉은 소아과 의사인 강대봉과 M대학 교수인 문경봉에게 전화를 걸어 남상봉의 전화번호나 행적을 알아봤으나 확인할 수 없었다.

준봉은 박 언니와 헤어진 후 바로 종로 5가에 있는 남상봉의 집으로 찾아가 남상봉의 부인을 만나 자초지종을 얘기했으나 부인도 남편의 행적을 전혀 모르고 있었다. 남상봉이 집으로 돌아오면 자신에게 연락을 해달라고 부탁한 다음 병원으로 돌아왔을 때, 연수정은 중환자실로 옮겨져 있었다.

연수정은 충격을 받은 것 때문에 유방암을 수술한 곳에 통증이 심해 의식을 잃어버렸다고 했다. 박 언니가 걱정을 하면서 기다리고 있었다.

"누님, 그놈이 어젯밤부터 집에 들어오지 않아 부인은 아무것도 모르고 있었습니다."

"들어오면 연락을 해달라고 그랬는가?"

"집에 들어오든지 연락이 오면 즉시 저에게 알려주기로 했습니다."

"그놈 부인도 속이 새까맣게 탔겠군. 에이, 몹쓸 놈 같으니라구."

"제가 그놈을 만나면 일 억을 돌려받을 수 있도록 얘기를 잘 해보겠습니다."

"백 선생 말대로 그놈이 순수하게 돌려줄 것인지 의문이구먼."

"삼십 년 동안 지켜온 우정이니까 제가 말을 하면 들어줄 것도 같습니다."

"제발 그래주었으면 얼마나 좋겠는가."

"강대봉과 문경봉 동생들까지 동원을 해서라도 해결하도록 노력하겠습니다. 너무 상심하지 마십시오."

"나야 괜찮지만 연 사장이 걱정이지. 당장 중환자실로 들어갔으니 그것도 걱정이고, 남편이 알면 가만두지 않을 건데."

"굳이 남편에게 그런 내용을 알려줄 필요가 있겠습니까?"

"그런 비밀은 말을 할 필요가 없지만 병원에 입원해 있는 건 알려주어야 할 텐데."

"누님께서 연 사장 남편에게 적당히 변명을 하면서 알려주셔야 의심도 받지 않을 것 같습니다."

"그게 좋겠군. 그렇게 하기로 하지."

연수정의 남편이 병원에 도착하자 박 언니와 준봉은 남편에게 위로의 말을 남기고 병원을 나와 헤어졌다.

삼 일 후, 애타게 기다리던 남상봉의 부인에게 전화가 왔다. 어젯밤에 남편이 집에 돌아와 지금까지 잠을 자고 있다는 내용이었다.

준봉은 남상봉의 집으로 가 잠을 자고 있는 남상봉을 깨웠다.

술을 얼마나 많이 마셨는지 온 방 안이 술 냄새로 머리가 아플 정도였고, 얼굴에 상처 난 자국을 살색 밴드로 붙이고 있는 것으로 보아 여자에게 손톱으로 할퀸 것 같았다.

부인이 타다 준 꿀물을 마시고 난 남상봉은 다리를 뻗고 벽에 기대앉았다.

"형님이 어쩐 일로 우리 집엘 오셨수?"

"긴말은 하지 않겠다. 연 사장이 지금 자네 때문에 충격을 받고 P병원 중환자실에 있다. 돈을 돌려주면 안 되겠나."

"그런데 그 일에 왜 형이 나타나 귀찮게 하는 거유."

"귀찮다니, 지금 사람이 죽어가고 있다고 말을 하지 않았나."

"난 그 여자에게 돈을 달라고 하지도 않았는데 그 여자가 알아서 그냥 준 거요. 그런데 왜 형이 돈을 주라 마라 하는 겁니까?"

"연 사장이 뭘 믿고 너에게 일 억이라는 돈을 주었겠느냐. 네가 운영하는 건설회사가 부도 직전이라고 거짓말을 했으니까 네가 불쌍해 도와준 것 아니냐."

"난 그 여자에게 거짓말을 해 돈을 달라고 하지 않았다니까요."

"네가 지금까지 건설회사 사장이라고 명함을 새겨 가지고 다닌 것도 거짓말이고, 회사가 부도났다고 한 것도 거짓말이 아니냐. 네가 언제 건설회사를 운영한 적이 있느냐. 그 모든 게 여자들에게 사기를 치기 위해 거짓말한 것이 아니고 무엇이냐."

"내가 건설회사 사장이건 일식집 주방장이건 그건 내가 알아서 할 일이요. 형은 아무런 상관 마슈."

"넌 거짓말을 하고도 미안한 생각이 하나도 없구나. 너 같은 놈을 의형제라고 삼십 년 동안 우정과 의리를 지켜온 내가 바보였다."

"그렇다고 내가 형에게 피해 준 것은 아무것도 없잖아요. 함부로 말하지 마세요."

"네가 연 사장을 알게 된 것도 나 때문인데, 그것 하나만 보더라도 나에게 피해를 준 것 아니냐. 넌 스스로의 잘못도 모르고 있구나. 그건 그렇고, 돈이나 내놓아라. 연 사장을 살려야 되지 않겠냐."

"돈은 빚 갚는데 다 써버리고 한 푼도 없어요. 그냥 돌아가슈."

남상봉은 안하무인격으로 준봉을 무시한 채 방바닥에 벌러덩 누워버렸다.

"나는 이 길로 경찰서에 가 너를 사기꾼으로 고발할 것이다. 각오해라."

"고발을 하든 말든 맘대로 하시요. 내 능력이 되면 갚지 말라고 해도 갚을 겁니다."

"도둑놈 새끼, 형무소에 처박혀 고생을 해야 정신을 차리지."

준봉이 씩씩거리면서 방문을 열고 나오려는데, 남상봉이 준봉의 멱살을 움켜잡고 흔들었다.

"뭐, 도둑놈의 새끼? 이게 얻어터질라고."

"넌 인륜도 모르고 도덕심도 없는 무례한 놈이었구나. 불쌍하다. 이 손 놓지 못해!"

두 사람이 서로의 멱살을 잡고 밀고 당기면서 욕을 하고 있을 때 남상봉의 부인이 방으로 들어와 두 사람을 말렸다.

며칠 후 남상봉은 가족들에게도 얘기도 없이 집을 나가버린 후 연락이 되지 않았다.

연수정은 갑자기 받은 엄청난 충격 때문에 유방암 수술한 곳이 악화되어 재수술을 하고 항암치료를 받았다. 준봉은 박 언니와 민 여사에게 사과하는 마음으로 박 언니 집 식당으로 초청해 저녁 대접을 했지만 남상봉에 대한 분노의 감정은 사그라지지 않았다.

영광의 대상(大賞)

 제비족 남상봉, 못된 놈! 죽일 놈! 의리 없는 놈!
 남상봉의 배신 때문에 준봉의 충격은 핵폭탄을 맞은 것처럼 엉망이 되었고, 허탈한 마음을 안정시키기 어려웠다. 남상봉을 생각하면 생각할수록 분하고 약이 올랐다.
 남상봉의 부모님이 상봉이를 낳고 길렀다면, 제대로 된 인간의 마음을 갖도록 만든 사람은 준봉이였다. 남상봉은 옆에 준봉이 없었더라면 군대 생활도 제대로 끝내지 못했을 것이며, 인간 낙오자가 되었을지도 모른다.
 삼십 년 전 서부전선 탱크부대에 근무할 당시 준봉은 상등병이었고, 상봉은 이등병 계급장을 달고 막 전입을 왔었다. 처음 자대배치를 받고 전입을 오는 신병들은 모든 것이 낯설고 생소하기 때문에 어리병병한 것은 당연했지만 그중에서도 남상봉은 유난히 고문관 노릇을 많이 해 매일 고참들에게 지적을 받거나 몽둥이찜질을 당해 준봉의 가슴을 아프게 했다.
 남상봉은 마음도 강하지 못했고, 체질도 허약해 아픈 날이 많아 부대 간부들의 관심이 집중되다시피 했다. 준봉은 남상봉의 불쌍한 모습을 보면서 자신이 남상봉을 보호해야겠다는 생각을 하고 부대 간부들의 허락을 받고 후견인이 되었다.

다행하게도 탱크부대에는 이름 끝에 봉(鳳)자를 쓰는 사병들 네 명이 있어 그 인연을 이유 삼아 사봉회(四鳳會)를 만들었다.

상병 백준봉(전역 후 소설가), 일병 강대봉(전역 후 소아과 의사), 일병 문경봉(전역 후 M대학 교수), 이병 남상봉은 의형제를 맺고 엄마 닭이 병아리를 돌보듯이 따뜻한 마음으로 서로를 감싸주었다. 보호를 해준 보람이 있어 남상봉은 체력도 좋아지면서 건강한 탱크병으로 성장했다. 준봉은 전역 후에도 남상봉이 아무 탈 없이 군대 생활을 잘 할 수 있도록 매일 편지를 보냈고, 두 달에 한 번 정도는 면회를 가 격려와 위로를 해주었다.

남상봉이 제대 후 요리사 자격시험에 합격하고 고급 요리사가 될 수 있었던 것도 백준봉, 강대봉, 문경봉의 도움이 컸다. 네 사람은 서로 돕고 위로하면서 끈끈한 우정과 의리를 지켜왔다. 그러나 남상봉은 단번에 삼십 년 우정과 의리를 차디찬 얼음판 깨듯 산산조각 내버렸기 때문에 준봉의 마음이 더욱 아팠던 것이다.

준봉은 강대봉과 문경봉을 만나 남상봉의 비열한 행동에 대해 설명해주고 형제의 의를 끊어버리기로 결정했다.

그로부터 한 달이 지난 후 준봉은 남상봉의 부인에게 걸려온 전화를 받았다. 남편은 준봉과 싸우던 날 집을 나가버린 후 아직도 연락이 없는데, 혹시 연락 받은 것이 있느냐고 되물어왔다. 부인은 울면서 남편을 찾아 달라고 애원을 했으나, 지금 상태로서는 찾아볼 방법이 없었기 때문에 답답하기만 했다.

한편 연수정은 퇴원 후 요양을 하면서 항암치료를 받고 있었으나 머리카락이 다 빠져버려 몰골이 말이 아니었다. 준봉은 박 언니에게 연수정이 항암치료를 받고 있다는 얘기를 들으면서 미안하고 죄송스러운 마음에 쥐구멍이라도 들어가고 싶은 심정이었다. 준봉은 연수정에 대한 마음의 빚을 조금이라도 갚아주고 위안을 주기 위해 박 언니가 주는 것으로 약속한 후 치료비 천만 원을 보내주었다.

며칠 후 준봉은 은하영, 박 언니와 함께 연수정 집에 병문안을 갔다. 예뻤던 얼굴은 하나도 없고 초라한 환자의 모습을 한 연수정을 보면서 준봉의 마음은 찢어질듯이 아팠다.

아무 말 없이 의젓한 척 앉아 있는 연수정의 얼굴에서 하염없이 흘러내리는 눈물을 닦아주던 은하영도 울었고, 박 언니도 울었고, 준봉은 마음속으로 울었다.

박 언니는 준봉이 연수정 때문에 항상 괴로워하는 모습을 보면서 준봉의 생각을 변화시켜주어야겠다는 생각을 했다. 무도협회에 전화를 해 아마추어 사교춤 대회 일정을 알아봤다. 오십 대는 장년부로 출전할 수 있다는 것을 확인한 다음, 준봉과 은하영을 불러내 의논했다.

"백 선생, 요사이 연수정 때문에 고민이 많지?"

"연 사장에게 큰 죄를 지어서 어떻게 해야 될지 모르겠습니다."

"백 선생이 연 사장에게 죄를 지은 것은 없지. 다만 남상봉 그놈이 백 선생 동생이었다는 것 때문이 아닌가."

"제가 그놈에게 조금만 더 관심을 가지고 눈여겨봤더라면 이런 일은 없었을 것입니다."

"내가 그놈을 처음 만났을 때부터 제비족 냄새가 나는 것 같아 연수정에게 조심하라고 몇 번이고 알려주었다네. 그런데도 이런 일이 벌어졌으니 그건 모두 연수정의 팔자요, 운이야."

"암 치료가 잘 되어야 할 텐데."

"자, 연수정 얘기는 이제 그만하고, 내가 재미있는 얘기 하나 해주려고 하네."

"무슨 말씀이세요?"

"백 선생하고 은하영, 사교춤 대회에 한번 나가보지 않을 거야?"

"사교춤 대회요?"

준봉과 은하영은 깜짝 놀라면서 박 언니를 바라봤다.

"무도협회에서 주관하는 행사인데, 백 선생이 은하영 씨하고 출전을 하면 좋겠어."

"저희가 그런 큰 대회에 나갈 실력이나 됩니까?"

"현재 실력은 조금 부족하다는 건 나도 잘 아네. 부족한 건 전문가를 초청해 중점적으로 보강하면 될 거야."

"은하영 씨하고 저는 그냥 취미생활로 춤을 춘 실력밖에 안 되는데 전국대회에 나간다는 건 무리인 것 같습니다."

준봉의 얘기를 듣고 있던 은하영도 똑같이 생각했다.

"언니, 생각은 고마운데요, 큰 대회에 나간다는 자체부터 우리 두 사람의 기를 죽이는 거예요."

"두 사람의 생각이 그럴 줄 알고 내가 잘 알고 있는 무도협회 임원하고 의논을 해봤지."

"의논을 하다니요?"

"작년 가을에 은하수무도장에서 건전한 춤을 알리는 캠페인을 할 때 춤을 춘 건 기억나지?"

"네."

"그때 두 사람이 춤을 추는 장면을 캠코더로 찍어놓은 것이 있거든. 그 CD를 임원에게 보여주고 자문을 받아봤지."

"뭐라고 하였습니까?"

"잘한다고 칭찬을 하였네."

"칭찬을 했다고요?"

"경험이 부족하기 때문에 세련미는 없지만, 기본기가 잘 되어 있어 부족한 부분을 중점적으로 연습하면 잘하겠다는 거였어."

"언니, 그런 말씀은 우리 두 사람이 듣기 좋으라는 말씀이 아니신가요?"

"내 말이 의심스러우면 나랑 같이 그 임원을 만나 다시 들어보면 알

수 있지."

"누님, 우리가 그렇게 춤을 잘 추었다고 합니까?"

"그 CD를 백 선생에게 줄 테니까 두 사람이 같이 보면 금방 알 것 아니야."

"대회는 언제 있는 거예요?"

"시월 중순에 있대."

"어디서 하는 거예요?"

"부산 시민체육관에서 한다는군."

"그럼 대회에 나갈 때까지 꼭 두 달이 남았네요."

"두 달 동안 열심히 준비를 하면 될 거야. 백 선생, 대회 나갈 거지?"

준봉이 은하영의 얼굴을 바라보자 은하영이 고개를 끄덕거렸다.

"나가겠습니다."

"좋았어, 고맙네."

박 언니는 진정 고마운 마음에 준봉과 은하영의 손을 꼭 잡았다.

"누님, 우리 두 사람이 상을 받지 못하더라도 나무라진 마십시오."

"그럼. 내가 두 사람에게 상을 받아 오라는 요구는 하지 않았잖아. 대회에 출전해보라는 것뿐이지."

"누님께서 처음으로 부탁을 하신 거니까 열심히 준비하겠습니다."

"두 달 동안 땀나게 연습을 하다보면 남상봉에 대한 속상한 마음도 사라지고 괜찮을 거야."

준봉은 그제야 박 언니의 배려 깊은 마음을 이해할 것 같아 가슴이 찡하도록 감동을 받았다.

"누님, 대회 준비는 어떻게 해야 합니까?"

"내가 그동안 무도장 주인인 황수영 사장님과 의논을 해두었다네."

"벌써요?"

"매일 오전 열 시부터 오후 두 시까지 여기 무도장에서 연습을 하는 거야."

"우리 두 사람만 하는 겁니까?"

"무도협회에 등록된 강사 중에 춤을 잘 가르치는 남자선생과 여자선생이 매일 여기로 나와 지도를 해주기로 했네."

"실력 있는 강사들에게 집중적으로 배우면 춤 실력이 엄청나게 좋아지겠습니다."

"그게 다 황수영 사장님의 아이디어지. 강사 두 사람에게 지불하는 교육비도 황수영 사장님이 도와주기로 했다네."

"두 달 동안 강사비만 하더라도 돈이 많이 들 텐데요."

"그런 건 걱정하지 말고 춤이나 열심히 준비하면 되네."

"유니폼은 어떤 것으로 입는 거예요?"

두 사람의 얘기만 듣고 있던 은하영이 한마디 했다.

"두 사람이 입을 유니폼은 황수영 사장님이 준비해주기로 했으니까 색상과 디자인은 나랑 같이 유니폼 제작사에 가 의논하기로 하지."

"누님, 은하영 씨는 젊은 시절에 디자이너였습니다."

"어쩐지 옷 입는 맵시가 남다르게 세련되어 보였어."

"감사합니다."

"은하영이 잘 아는 회사에 유니폼을 맡길까?"

"아니에요, 황수영 사장님이 지정해주는 곳에서 만들도록 하세요."

"그렇게 하도록 하지. 유니폼 제작비를 포함해 이번 대회에 출전하는 모든 경비는 황수영 사장님이 도와주시기로 했으니까 아무런 부담 갖지 말게나."

"준비 잘 하겠습니다."

준봉과 은하영은 대회를 준비하기 위해 다음 날부터 은하수무도장에 나갔다. 박 언니와 황수영 사장이 기다리고 있었다.

"누님, 일찍 나오셨습니다."

"백 선생, 은하영. 어서와."

뒷짐을 지고 있던 황수영 사장도 두 사람을 반갑게 맞아주었다.

"백 선생님, 은하영 씨. 오랜만에 뵙습니다."

"이번 대회를 위해 여러 가지로 도와주셔서 감사합니다."

"두 분이 우리 은하수무도장을 대표해 출전을 하신다고 하니 성의껏 도와드리도록 하겠습니다."

"열심히 준비해 황 사장님께 보답하겠습니다."

"너무 부담 안 가지셔도 됩니다."

준봉 일행이 한참 얘기를 하고 있을 때, 주태준 상무가 춤 선생 두 사람을 데리고 들어와 황수영 사장에게 인사를 시켰다.

"사장님, 무도협회에서 선생님 두 분을 모시고 왔습니다."

"저는 여기 무도장 주인인 황수영입니다. 두 분 선생님 얘기는 많이 들었습니다. 두 달 동안 많이 도와주십시오."

남자선생이 자기소개를 했다.

"문장원입니다."

다음엔 여자선생이 자기소개를 했다.

"남희경입니다."

준봉은 아까부터 주태준 상무 뒤를 따라 들어오는 남희경 선생을 보면서 깜짝 놀라고 있었다. 황 사장이 준봉과 은하영을 가리키면서 소개를 했다.

"여기 계시는 백 선생님과 은하영 씨가 이번 대회에 출전하는 분들입니다. 인사 나누십시오."

준봉은 남희경 앞으로 다가서면서 반갑게 손을 잡았다.

"남 선생님, 여기서 뵙습니다."

"어머머머, 백 선생님 여기 계셨어요? 어떻게 된 거예요."

은하영을 비롯해 모여 있던 일행은 준봉과 남희경이 반갑게 인사를 주고받자 모두 놀란 눈을 하면서 둘을 번갈아 바라봤다.

박 언니가 말했다.

"아니, 백 선생은 남 선생님을 언제부터 알고 있었던 거야?"

"누님, 세상은 참 넓고도 좁다는 말을 이럴 때 쓰는 것 같습니다. 제가 사 년 전 남희경 선생님에게 처음으로 춤을 배웠습니다."

"뭐, 남 선생님에게 춤을 배웠다고?"

모여 있던 사람들은 모두 깔깔거리고 웃었다. 황수영 사장이 한마디 거든다.

"참으로 묘한 인연입니다. 두 분이 이번 대회에 나가게 되면 틀림없이 좋은 성과를 얻을 것 같습니다."

박 언니도 한마디 했다.

"그러게요. 이런 인연은 하나님이 미리 정해주신 것 같네요."

다음은 준봉이 문장원과 악수를 하면서 말했다.

"문 선생님은 구면인 것 같은데…… 어디서 한 번 뵌 것 같습니다."

"저도 백 선생님을 한 번 뵌 것 같습니다."

박 언니가 손바닥을 치면서 말했다.

"지난번 연 사장이 병원에 입원하고 있을 때 미스 진하고 병문안 하면서 만난 것 같아요. 그렇지요?"

준봉과 문장원은 동시에 대답을 하면서 손을 마주 잡았다.

"맞습니다. 병원에서 처음 만났습니다. 반갑습니다."

황수영 사장이 더욱 놀라면서 말했다.

"백 선생님과 문 선생님도 알고 계시는 사이인 걸 보면 은하수무도장의 복입니다. 세상에 이런 인연도 다 있습니다. 하하."

이날 모인 여섯 사람의 인사가 모두 끝나자 남희경이 두 달 동안 준비해야 할 내용을 자세하게 설명해주었다.

남희경과 문장원은 준봉과 은하영의 춤 실력이 어느 정도인지 궁금해 지르박, 트로트, 블루스 순으로 한 곡씩 춤을 보여 달라고 요청했다.

준봉이 세 곡의 춤을 추는 동안, 남희경은 깜짝 놀랐다. 사 년 전 황제무도학원에서 자신이 준봉을 지도해주었을 때와 지금 자신 앞에서 춤을 추는 준봉의 춤 실력은 천양지차였다.

지르박을 추는 준봉은 부드럽고 자연스러우면서도, 절도 있고 힘이 넘쳐흘렀으며, 블루스를 리드하는 모습은 파트너인 은하영의 얼굴만 보아도 만족스럽다는 것을 알 수 있을 정도였다. 사 년 동안 저렇게 많이 발전할 수 있을까? 남희경은 준봉이 춤을 추는 동안 몇 번이고 감탄하면서 놀라워했다.

두 사람의 춤이 끝나자 박 언니를 비롯한 일행은 격려의 박수를 보냈다. 박 언니는 남희경과 문장원의 눈치를 보면서 조심스럽게 말을 꺼냈다.

"백 선생과 은하영이 열심히 춤을 추었는데, 두 분 선생님 소감은 어떠신지요?"

남희경이 대답했다.

"백 선생님은 사 년 전에 비하면 놀라울 정도로 잘 추셨어요. 그런데 아직은 음악과 몸놀림이 따로따로일 때가 많이 있는데 한 가지씩 세심하게 교정해가면서 연습하실 수 있도록 알려드리겠습니다."

문장원이 대답을 했다.

"지금까지 추신 춤은 음악이 나오는 대로 여러 가지 피겨를 구사하는 것으로만 춤을 추셨는데, 앞으로 연습할 때는 남희경 선생님 지적대로 하면서 혼이 실린 춤을 추실 수 있도록 가르쳐드리겠습니다."

박 언니는 '혼이 실린 춤'이라는 말에 흥미를 느끼면서 되물었다.

"문 선생님, 두 달 동안 연습하면 백 선생과 은하영이 혼이 실린 춤을 출 수 있을까요?"

"장담하기 어렵습니다만, 그렇게 될 수 있도록 열심히 알려드리겠습니다."

황수영 사장은 무도장 사장이지만 운동신경이 무뎌 사교춤을 전혀 출 줄 몰랐다. 그러나 흥이 많은 성품이라 남이 추는 춤을 보기는 좋아해 춤방에는 자주 다녔다.

"문 선생님, 혼이 실린 춤은 어떤 춤을 말하는 겁니까?"

"예를 든다면, 굿을 할 때 무당들이 작두를 타도 발바닥에 아무런 상처가 나지 않는 것처럼 온몸에 힘을 빼고 신들린 사람처럼 춤을 춘다는 얘기입니다."

"그러면 용인 민속촌에 있는 남사당패들 중에 외줄타기 하는 것도 혼이 실린 묘기입니까?"

"네, 맞습니다. 그분들은 외줄 위에서 다람쥐가 뛰어놀듯이 마음대로 움직이는데, 그것 또한 혼을 다한 묘기입니다."

박 언니는 문장원이 하는 말을 듣고 반가운 얼굴로 말했다.

"두 달 동안 연습해 그렇게 되도록 가르쳐만 주세요. 두 분 선생님 수고비는 두둑이 드리겠습니다."

"열심히 노력하겠습니다."

여러 사람들의 얘기를 아무런 반응 없이 듣고만 있던 은하영은 마음 속으로 걱정되었다. 지금까지 자신은 춤을 출 때 마음을 집중해 혼이 실린 사람처럼 춤을 췄다고 생각했는데, 아직 그런 경지까지 다다르지 못했다는 문장원의 말을 듣자 기운이 빠졌다.

민 여사와 오 원장이 정성들여 준비해온 간식과 차를 마시면서 잠시 쉰 다음 연습이 시작되었다. 사 년 전 황제무도학원에서 워킹을 처음 배울 때처럼 한발 한발 정교하게 교정을 받으며 연습했다. 건축설계사가 설계도를 치밀하게 그리는 것처럼, 회전을 할 때나 턴을 하기 위해 발을 옮기는 각도, 거리를 준봉과 은하영의 체형에 맞도록 교정하면서 연습을 반복하니 짜증도 나고 지루했다. 발바닥이 따갑고 아픈 것을 방지하기 위해 하루에도 몇 번씩 밴드를 대고 파스를 붙였다. 발가락이 꼬부라질 정도로 아파왔고, 밴드를 붙인 위로 피가 스며 나올 정도로 열심히 연습했다.

준봉은 남자라는 자존심 때문에 아프다는 말도 제대로 하지 못했지만, 은하영은 힘든 고비를 넘기기 위해 자주 휴식해야만 했다. 민 여사와 오 원장은 휴식시간마다 은하영의 다리에 밴드와 파스를 새 것으로 붙여주었고, 종아리와 어깨를 안마해주면서 어르고 달래고 짜증스러운 기분을 풀어주기 바빴다.

준봉과 은하영이 춤이 완성되도록 피나는 노력을 했다면, 민 여사와 오 원장은 친정어머니의 마음으로 정성을 다해 도와주었다. 쉰 살이 넘은 준봉과 은하영의 나이에 하루 네 시간씩 강행군 연습은 무리였다. 그러나 준봉과 은하영은 고통을 참아내면서 요령 한번 부리지 않고 강사들이 시키는 대로 열성적으로 노력을 했다.

드디어 예상했던 일이 터졌다. 은하영이 힘든 연습을 참아내지 못하고 몸살이 났기 때문에 이틀 동안 병원에서 입원 치료를 받아야 했다. 일분일초가 아까운데 이틀 동안 연습을 하지 못하자 준봉을 비롯한 모든 사람들의 마음은 조바심 나고 안타까웠다. 은하영이 빨리 회복되기만 바랄 뿐이었다.

은하영이 몸을 추스르자 다시 연습이 시작되었다. 거센 파도가 여러 번 지나가 단련된 어부의 몸과 마음처럼 은하영의 몸은 지난번보다 엄청나게 힘이 있어 보였다. 그 부드러운 춤을 보고 모든 사람들이 놀라워했다. 두 사람의 춤 실력이 하루가 다르게 향상되어 춤 선생이나 춤을 배우는 사람이나 모두 기뻐했다.

남희경과 문장원은 무도협회에 등록된 강사 중에서도 춤 실력이 가장 우수한 강사들이었다. 삼십 대 초반에 춤을 시작한 두 사람은 영국 귀족 무도학교에서 이 년 동안 정식으로 공부하고 온 인재들이었다. 두 사람은 전국 프로 사교춤 대회에서 여러 번 우승한 실력 있는 강사였기 때문에 이들이 가르쳐주는 한 가지씩은 말 그대로 보약이 되어 준봉과 은하영의 춤 실력을 향상시켰다.

어느덧 시간이 흘러 열심히 땀 흘린 두 달이 지나가고 대회가 임박했다. 황주영 사장이 준비해온 새 유니폼을 입고 마지막 점검을 하는 준봉과 은하영은 누가 보아도 잘 어울리는 한 쌍이었다.

대회 이틀 전, 준봉 일행은 부산으로 내려가 해운대 바닷가가 잘 보이는 콘도에 숙소를 정했다. 대회가 개최되는 부산 시민체육관을 방문해 사전답사를 하면서 플로어의 재질과 마찰의 강도 등 주변 분위기를 익혔다.

황수영 사장과 친분이 있는 해운대무도장에서 준봉과 은하영은 몸풀기를 겸해 연습을 했다. 무도장에서 춤을 추던 손님들은 준봉과 은하영이 춤을 추는 모습을 보면서 감탄과 칭찬의 박수를 보내주었다.

해운대 횟집에서 저녁 식사를 끝낸 다음 준봉과 은하영은 바닷가로 나와 벤치에 앉았다. 시원한 밤바람과 함께 비릿한 바다내음이 두 사람을 스치고 지나갔다. 준봉과 은하영은 제주도에서 사 년 전에 만난 후 처음으로 두 사람이 자리를 같이했다. 그동안 두 사람은 주변 사람들로부터 의심을 받지 않고 깨끗한 고니 파트너로서 품위를 잘 지켜오고 있었던 것이다.

"은하영 씨, 저녁 식사 하실 때 회를 많이 드시지 않으셨는데, 맛이 없었습니까?"

"회 맛은 좋았는데 내일 대회에 나갈 생각을 하니까 긴장되고 떨려서 입맛이 없었어요."

"그렇게 떨리십니까?"

"걱정이 되고 마음이 불안해요. 내일 대회에 나가서도 이런 마음이 되면 춤이 안 되겠지요?"

"지금은 조바심도 나고 걱정이 되겠지만 막상 대회에 나가면 차분해지실 겁니다. 너무 걱정하지 마십시오."

"백 선생님은 남자니까 배짱도 좋으시지만 전 안 그래요. 겁이 나요."

"오늘 낮에 해운대무도장에서 연습하실 때 떨지 않고 잘 하셨습니다."

"구경을 하는 사람이 없으면 마음대로 할 수 있지만, 관중들이 보고 있으면 기가 죽어 잘 안 될 것 같아요."

"은하영 씨, 마음 푹 놓으십시오. 제가 그동안 은하영 씨와 춤을 춰 봐서 잘 알고 있습니다. 은하영 씨는 춤을 추실 때는 아주 차분하게 잘 추셨습니다. 관중이 있건 없건 아무런 관계가 없을 겁니다. 내일 대회에 나가시면 오히려 더 잘 하실 겁니다."

준봉은 살며시 은하영의 두 손을 잡아주었다. 은하영의 보드랍고 작은 손이 바르르 떨렸다. 준봉은 짜릿한 전율을 느꼈다. 두 사람은 삼 년 동안 춤을 추면서 수없이 많이 손을 잡았지만 오늘 저녁처럼 춤방이 아닌 곳에서 손을 잡아 보는 건 처음이었다.

해운대 밤하늘에는 수많은 큰 별과 작은 별들이 두 사람의 장래를 축하해주기나 하듯이 유난히 빛나고 있었고, 백사장 앞쪽에서 출렁이는 파도조각들은 별빛에 반사되어 아름다운 꽃무늬를 만들고 있었다. 파도의 힘과 별의 기운이 합쳐져 몸 안으로 꽉 채워지는 것 같은 느낌이 들어 두 사람의 가슴이 뿌듯해졌다.

내일 대회에 출전하면 지금까지 두 달 동안 노력한 수고가 헛되지 않도록 후회 없는 실력을 발휘하기로 약속한 후 콘도로 돌아왔다.

대회 당일, 부산의 날씨는 청명하게 맑았다. 높은 하늘은 구름 한 점 없이 푸르렀고, 산들산들 불어오는 바람과 함께 따뜻한 기온은 전형적인 부산 지방의 가을 날씨였다.

준봉 일행은 봉고차를 타고 부산 시민체육관에 도착했다. 오십 대 선수단 접수처에 접수를 한 후 77번이 새겨진 등번호 조끼를 받았다. 박 언니와 민 여사, 오 원장은 행운의 77번을 받았다고 박수를 치면서 좋아했다.

이날 대회는 연령대 별로 이십 대, 삼십 대, 사십 대, 오십 대, 육십 대로 나누어 경기를 하게 되었다. 준봉과 은하영은 오십 대 시합이 진행되는 경기장의 우측으로 이동해 77번이 적힌 대기석에 앉았다. 박 언니 일행은 관중석에 앉아 경기가 시작되기를 기다리고 있었다.

오십 대 출전 팀은 모두 100개 팀이었다. 100개 팀은 20개 조로 나누어졌고, 각 조는 십 분 동안 순서에 따라 지르박과 블루스를 추게 된다. 각 조가 춤을 추는 동안 열 명의 시험관이 채점을 한 후 점검관에게 넘기면 100개 팀의 춤이 끝남과 동시에 점수가 집계된다. 시상은 대상 한 팀, 최우수상 한 팀, 우수상 두 팀, 인기상 세 팀이 상을 받도록 되어 있어 어떤 팀들은 상을 받기 위해 일 년 동안 노력하는 사람들도 많이 있었다.

체육관 본부석 벽면에는 '제22회 전국 아마추어 사교춤 경연대회' 현수막이 걸려 있었다. 일만 이천 명을 수용하는 체육관은 입추의 여지없이 많은 관중이 자리를 함께해 사교춤에 대한 일반 시민들의 관심도를 잘 나타내주고 있었다.

이번 대회 대회장인 전국 아마추어 사교춤 협회장의 개회사와 대회 개시선언이 끝났다. 실내 스피커에서 나오는 지르박과 블루스 음악에 맞춰 각 연령대 별로 5개 조씩 25개 조의 춤이 계속되었다. 체육관 안은 응원 나온 사람들과 관중들의 함성과 박수소리에 맞춰 더욱 신나고 즐거운 춤 잔치가 이어졌다.

오십 대 선수단 대기석에 앉아 순서를 기다리고 있던 준봉과 은하영은 체육관 열기에 동화되어 저절로 어깨가 들썩거리면서 즐거운 표정이었다.

드디어 준봉과 은하영 조가 대회장 플로어에 나가 섰다. 스피커에서는 장내 아나운서가 백준봉과 은하영을 비롯한 25개 조를 소개하는 멘트가 들렸다. 마주 보고 서 있는 준봉과 은하영은 처음엔 초조했으나 시간이 갈수록 마음이 차분해지면서 안정감을 찾았다. 안내자의 구령에 맞춰 25개 팀이 관중들에게 인사를 끝내자 지르박 음악이 흘러 나왔다.

준봉과 은하영은 지르박 음악에 맞춰 평상시 연습하던 대로 침착하게 스텝을 밟으면서 경쾌하고 화려한 피겨만 연결시켰다. 군더더기 하나 없이 산뜻하게 춤을 추는 준봉과 은하영의 웃음 띤 모습이 체육관

전면에 설치된 대형 멀티비전에 몇 번 비춰졌다. 이 화면을 보고 있던 박 언니, 민 여사, 오 원장은 주위가 시끄러울 정도로 함성을 지르면서 박수를 쳤다.

　지르박 음악이 끝나고 블루스 음악이 흘러 나왔다. 준봉과 은하영은 평상시 지르박 춤보다 블루스 춤을 더 즐겨 추었기 때문에 더욱 자신감을 가지고 스텝을 밟았다. 리드를 하는 준봉의 부드러운 몸놀림도 보기 좋았지만, 회전을 하거나 턴을 하고 나오는 은하영의 모습은 옆에서 같이 춤을 추는 다른 팀보다 눈에 띌 정도로 월등했다. 은하영의 환하게 웃는 얼굴 모습과 시원시원하면서도 부드러운 몸놀림과 손놀림은 화려하고도 아름답게 보였다.

　블루스 음악까지 끝난 다음 25개 출전 팀은 관중석을 향해 정중하게 인사하고 대기석으로 돌아와 의자에 앉으면서 가쁜 숨을 가다듬었다.

　마지막 출전 팀까지 모두 경기를 끝내자 점수 집계를 하는 사이에 프로 사교춤 열 팀이 나와 지르박과 블루스 시범을 보였다. 프로 팀들이 보여주는 춤사위들은 노련한 맛은 있었으나, 경쾌하고 신나는 맛은 아마추어 팀들이 더 잘한 느낌이라고 준봉과 은하영은 생각했다.

　드디어 입상자 발표 순서가 되었다. 관중석은 쥐 죽은 듯 조용해졌다. 장내 아나운서가 각 연령대별로 인기상 세 팀, 우수상 두 팀, 최우수상 한 팀씩 호명하자 관중석은 박수소리와 함께 열광의 도가니가 되었다.

　마지막 대상 5개 팀 발표만 남았다. 준봉과 은하영은 자신들의 이름이 불려지기를 기대했으나 불리지 않자 즐거운 마음은 아니었으나 실망은 하지 않았다. 이번 대회에 출전했다는 것으로 만족을 하자고 준봉과 은하영은 속삭이고 있었다. 스피커에서 흘러나오는 드럼 소리가 선수단과 관중들에게 긴장감을 더해주고 있을 때, 장내 아나운서는 이십 대부터 대상 수상자 명단을 불렀고, 드디어 오십 대 수상자의 명단을 발표할 때 수상자는 77번 백준봉, 은하영 팀이라고 말했다.

준봉과 은하영은 자신들의 귀를 의심하면서 누가 먼저랄 것 없이 힘있게 부둥켜안았다. 이 장면이 체육관에 설치된 대형 멀티비전에 비춰지고 있어 일만 이천 관중들의 박수와 환호성이 체육관을 들썩이게 했다.

모든 수상자들이 본부석에 나와 대회장으로부터 메달과 상장을 받았다. 이번 행사의 마지막은 오늘 대회에 출전한 선수 중 각 연령대에서 대상을 차지한 5개 팀이 플로어에 나와 감사의 춤을 추는 것으로 막을 내렸다.

모든 행사가 종료된 후 준봉과 은하영 일행은 봉고차를 타고 개선장군처럼 숙소인 해운대 콘도로 돌아왔다. 민 여사는 방에 들어오자마자 은하영의 목에 걸고 있던 메달을 빼앗듯이 잡아당겨 자신의 목에 걸고 큰소리로 말했다.

"박 언니, 이 메달은 은하영 것이 아니라 내 것이에요. 그렇죠."

"아니, 그게 왜 민 여사 메달이라는 거야?"

"은하영이 우리 은하수무도장에 나타나지 않았더라면, 내가 백 선생님과 파트너가 되어 이번 대회에 출전했을 것 아니에요."

"아유, 아유 저 심술 좀 보라지. 그 메달이 그렇게 탐이 나?"

"탐이 나는 것이 아니라 그렇다, 이 말씀이에요. 은하영, 축하해, 호호."

민 여사는 괜히 너스레를 떨면서 은하영을 힘껏 껴안고 축하해주었다.

준봉의 메달을 매만지다가 목에 걸고 있던 박 언니가 말을 이었다.

"오늘 백 선생과 은하영은 이번 대회에서 대상을 받는 큰 성과를 거두었습니다. 이런 결과가 있도록 춤을 잘 가르쳐주신 남 선생님과 문 선생님께 감사드립니다. 그리고 우리의 뒷바라지를 정성스럽게 해준 민 여사와 오 원장도 고맙고, 두 달 동안 많은 경비를 들여가며 도와주신 황수영 사장님에게 감사의 박수를 부탁드립니다."

황수영 사장이 환하게 웃으면서 자리에서 일어났다.

"오늘의 영광스러운 대상을 받은 백 선생님과 은하영 씨께 다시 한

번 축하드리고, 춤을 잘 가르쳐주신 남 선생님과 문 선생님께도 감사드리고, 맛있는 간식을 준비해주신 민 여사님과 오 원장님께도 감사드립니다."

황수영 사장의 말이 채 끝나기도 전에 민 여사가 다시 끼어들었다.

"아니 황 사장님, 왜 우리 박 언니에게는 고맙다고 말하지 않는 거예요?"

"너무 서두르지 마십시오. 원래 주인공은 제일 나중에 등장하는 것 아닙니까."

"저는 황 사장님께서 우리 언니를 잊고 계시는 줄 알았어요."

"여러분도 다 아시다시피 오늘 이런 영광스러운 일이 있게 된 것은 모든 분들의 도움이 있었지만 그래도 일등공신은 박 사장님이십니다. 여러분, 박 사장님께 감사의 박수를 부탁드립니다."

일행은 대상 수상을 자축하기 위해 해운대 바다가 잘 보이는 횟집에서 밤늦도록 회식을 가졌다.

가슴속의 사랑

　은하영의 남편인 엄형주는 A병원 중환자 보호실에 대기하면서 안절부절 마음을 졸이며 걱정하고 있었다.
　은하영이 어젯밤 교통사고로 인해 의식불명이 되어 하루가 지나도록 깨어나지 못하고 있었기 때문이다. 형주는 은하영이 빨리 회복되기를 기대하면서 정성을 다해 기도했다.
　은하영은 부산에서 개최된 전국 아마추어 사교춤 대회에서 돌아와 친한 친구들과 함께 3박 4일 동안 설악산 단풍 구경을 갔다. 서울로 돌아오다 춘천고속도로 미사리 나들목 부근에서 기사가 졸음운전을 하는 바람에 차량이 전복되었다. 이 사고로 은하영과 동승했던 친구 두 명은 현장에서 사망했고, 은하영과 또 한 사람은 A병원으로 옮겨져 중환자실에서 치료를 받고 있었다.
　형주는 119 대원이 건네준 은하영의 등산가방과 등산복을 가슴에 안고 은하영이 빨리 깨어나기를 빌었다. 그때 마침 은하영의 등산 가방에 붙어 있는 작은 주머니 속에서 휴대폰 벨소리가 났다. 형주는 전화기를 꺼내 덮개를 열었다 금방 닫아버렸다. 조금 뒤에 또 전화가 오자 귀찮은 마음에 또다시 덮개를 열었다 금방 닫았다. 이번에는 문자 메시지가 도착했다.

— 은하영 씨, 전화는 왜 끊어버리는 겁니까. 전화해주세요.

형주는 메시지 내용이 특별한 것이 없어 덮개를 닫았다가, 불현듯 메시지 수신함을 열어봐야겠다는 생각이 들었다.

문자 메시지를 읽던 형주는 두 손과 온몸이 부르르 떨리면서 울화통이 터져 병원 밖으로 나와 찬바람을 맞으며 씩씩거렸다. 아내에 대한 분노와 배신감이 복받쳐 올라, 들고 있던 휴대폰을 콘크리트 바닥에 내동댕이쳤다. 둔탁한 금속성 소리와 함께 본체에서 배터리가 분리되었다. 형주는 휴대폰과 배터리를 내버려둔 채 자판기에서 커피를 빼내 마셨다.

불현듯 은하영과 연애하던 생각이 스쳐갔다. 부부싸움 하던 생각도 났고, 아이들과 웃고 뛰놀던 생각도 나면서 은하영이 불쌍하다는 생각이 들었다. 형주는 내버려두었던 휴대폰과 배터리를 다시 주워들고 결합시켜 전원을 켜보았다. 다행히도 기능은 정상이었다.

형주는 커다란 소나무 옆에 놓여 있는 의자에 앉아 자신을 화나게 했던 메시지 내용을 다시 읽어봤다.

— 은하영 씨, 설악산 단풍 예쁘죠. 단풍이 아무리 예뻐도 은하영 씨보다 못할 겁니다. 단풍 구경 잘 하고 오십시오.

— 속초 생선회 맛있게 드셨지요. 혼자 드시지 말고 냉동시켜 오십시오. 소주 한잔 하십시다.

— 춤을 추고 싶어 미치겠습니다. 빨리 올라오십시오.

— 다음부터는 '씨' 자를 빼고 은하영이라 부르겠습니다. 허락하십시오.

형주는 처음보다 더 분통이 터져 일어났다가 서성대다가 다시 앉기를 몇 번이고 반복하면서 마음을 안정시키려고 노력했다.

형주는 오른손으로 턱을 고이고 생각에 잠겼다. '춤을 추고 싶어 미치겠습니다' 라는 메시지 내용대로라면 이건 분명히 아내의 춤 파트너인 백 선생이라는 사람이 보낸 것이 틀림없을 것 같았다. 형주는 평상시 아내로부터 백 선생에 대한 얘기를 몇 번 들은 적이 있었다. 백 선생은 소설가로서 자신의 춤 파트너일뿐이니까 아무런 걱정과 의심을 하지 말라고 안심을 시켰었다.

작년 가을 백 선생과 TV에 출연하기 위해 형주에게 허락을 받을 때나, 지난 가을 부산 대회에 출전하기 위해 은하영이 의논해왔을 때, 형주는 아무런 의심 없이 흔쾌히 허락은 했었다. 하지만 남편으로서 찜찜한 마음은 한쪽 구석에 자리 잡고 있었던 것은 사실이었다.

형주는 아내가 보낸 메시지 발신함을 열었다. 아내가 준봉을 어떤 마음으로 생각하는지 궁금했기에 긴장이 되면서 마른침이 넘어갔다.

— 속초 단풍 예쁨. 백 선생님이랑 같이 왔으면 좋았을걸.

— 회는 속초 회가 최고. 백 선생님과 아직 단둘이 술 한잔 못해 아쉬움.

— 춤은 박 언니랑 같이 추심. 민 여사, 오 원장도 있음.

— 씨 없는 과일은 맛이 없음. 마음대로 씨를 빼버리면 남편에게 이르겠음. 호호.

— 서울 올라가면 멋있게 춤을 추고 싶어요.

형주는 평상시 아내의 성품과 몸가짐에 대해 믿고 있었지만 다른 남자와 주고받은 메시지를 읽어보면서 불쾌한 마음은 참기 어려웠다.

메시지 내용은 일상적인 것이라 의심할 것은 없었지만 남편 입장에서 기분은 나빴다. 그것은 자신의 자존심과 아내의 입장을 생각해 백 선생이 몇 살이고, 키가 큰지 작은지, 잘생긴 남자인지, 멋있는 남자인지 한마디 물어보지 않았던 것이다.

그만큼 아내를 믿고 있었기 때문에 아내가 춤 파트너로 선택한 사람이라면 괜찮은 사람일 거라고 생각은 하고 있었지만, 남자로서의 불안한 마음과 질투심은 감출 수 없었다.

작년 가을, 은하영은 준봉과 춤을 추는 내용이 TV에 방영되자 형주를 놀리듯 좋아했고, 부산 대회에서 최우수상을 수상하고 메달과 상장을 받아왔을 때도 건성으로 축하는 해주었지만 속마음은 기분 나빴다. 작년 가을 다른 남자와 몸을 부대끼며 일 등을 하고 받아온 메달을 목에 걸고 깔깔거리고 웃는 아내가 꼴 보기 싫을 정도로 미웠지만, 속내를 보이지 않고 의젓한 척 거드름을 피우기 힘들었던 것도 사실이었다.

"여보, 손톱만큼도 걱정하지 마세요. 백 선생은 오직 춤 파트너일 뿐이에요."

아내가 부산 대회에 출발하기 전 구두를 신으면서 하던 말이 아직도 귀에 쟁쟁하게 들리는 것 같았다.

형주는 아내의 휴대폰 수신함에 입력된 전화번호와 발신함에 입력된 전화번호가 동일하다는 것을 확인한 후 백 선생의 전화번호를 수첩에 메모해두었다. 보호자 대기실로 돌아와 의자에 앉아 졸고 있다가, 손에 들고 있던 휴대폰의 진동이 울리는 바람에 화들짝 깼다. 메시지를 읽어봤다.

─ 은하영 씨, 왜 전화를 안 받으십니까. 춤이 싫고 내가 싫어졌습니까. 메시지 확인하시면 즉시 전화를 주십시오.

형주는 놀라워하지도 않고 아무런 감정 없이 휴대폰 덮개를 닫아버렸다.

준봉은 은하영으로부터 단풍 구경을 끝내고 서울에 돌아오면 멋있는 춤을 추고 싶다는 메시지를 받은 이후 은하영과 전화 통화를 하지 못해 걱정하다가 박 언니와 의논했다.

"누님, 삼 일 동안 은하영 씨와 전화 연락이 안 되는데 다른 방법이 없습니까?"

"은하영 집 전화번호를 모르니까 다른 방법은 없을 것 같은데."

"에이, 이럴 줄 알았으면 주소라도 알아둘 것을."

"맹추 같은 사람아, 그동안 뭘 했기에 휴대폰 번호만 알아두었어. 집 전화도 알아둘 것이지."

"혹시 사고라도 난 것 아닐까요?"

"나도 며칠 전부터 그 생각을 하고 있었어. 은하영과 문자 메시지를 주고받던 날 저녁부터 연락이 안 된다고 했지?"

"그날 이후 삼 일째 전화가 안 됩니다."

"신호는 가는데 전화를 받지 않는다고 하면 틀림없이 무슨 일이 생긴 것 같네."

"무슨 일이 예상됩니까?"

"우선 은하영 남편과 백 선생과의 관계 때문에 부부싸움을 했다면 전화를 안 받을 수 있지."

"누님, 아시다시피 은하영 씨하고 저는 고니처럼 정말 깨끗한 사이가 아닙니까. 남편에게 의심받을 일이 없지 않습니까?"

"그래도 남편 마음은 그게 아니야. 항상 불편할 거야."

"부부싸움을 할 이유도 없습니다. 작년 가을에 TV 방송국에 출연한다고 했을 때도 남편 허락을 받았다고 했고요, 부산 대회에 출전하는 것도 남편 허락을 받았다고 했습니다."

"남편이 허락해주었다고 하지만, 남자의 속마음은 마누라를 의심하고 있기 때문에 항상 화약고나 마찬가지야. 몸을 부대끼며 춤을 춰 메달을 받고 왔으니 의심을 받을 만도 하지. 안 그래."

"은하영 씨 성품으로 봐서 남편과 싸울 사람은 아닙니다."

"남편과 싸우든 안 싸우든 백 선생 전화는 받아야 할 것 아닌가."

"또 한 가지는 어떤 일이 일어난 것으로 예상됩니까?"

"교통사고지."

"교통사고라고요?"

"요사이 사고가 났다 하면 교통사고가 아닌가."

"만약 사고가 났다 하면 신문이나 방송에 나와야 되지 않습니까?"

"큰 교통사고는 신문이나 방송에 나오지만 작은 사고는 나오지 않지."

"교통사고가 났다면 지금쯤 병원에서 입원 치료를 받고 있겠지요?"

"경상이라면 전화를 받을 수 있지만 중상이라면 전화를 받기 어려울 게 아닌가."

박 언니의 중상이라는 말에 준봉은 얼굴색이 변하면서 긴장했다.

"휴대폰 신호는 가고 있으니 누군가 전화를 가지고 있다는 것 아닙니까? 위치추적을 한번 해봅시다."

"그 방법이 좋겠군. 내가 잘 아는 사람이 통신회사에 임원으로 있는데, 사정 얘기를 하고 휴대폰 위치추적을 부탁해보세."

박 언니는 어디론가 전화를 걸어 통사정을 한 후 은하영의 휴대폰이 A병원에 있다는 얘길 들었다. 준봉과 박 언니는 깜짝 놀라면서 얼굴을 마주봤다.

"누님, 휴대폰이 병원에 있다면 교통사고로 봐야겠지요?"

"경상도 아니고 중상으로 생각되네."

"저도 그런 생각이 듭니다."

"어떻게 할 건가?"

"지금 당장 누님하고 A병원으로 가보시지요."

"병원에 가면 은하영의 남편과 만날 텐데."

"남편을 만날 수도 없고…… 어쩌지요?"

"지금 상황에서 은하영 남편을 만나면 조금 언짢아질 수도 있네. 백 선생은 병원 로비에서 기다려. 나만 은하영 남편을 만나고 오도록 하세."

두 사람은 곧 택시를 타고 A병원에 도착했다. 은하영이 중환자실에 입원했다는 얘길 듣고 준봉은 병원 로비에 기다리고 박 언니 혼자 중환자실로 갔다.

이때 형주는 은하영 휴대폰에 배터리를 충전시키려고 전원 코드를 연결시키고 있다가 박 언니가 두리번거리자 은하영을 찾아온 사람 같다는 예감이 들었다.

"누굴 찾아 오셨습니까?"

박 언니는 아주 조심스럽게 대답을 했다.

"은하영 씨가 여기에 입원하셨나요?"

"제가 은하영 씨 남편입니다."

"안녕하세요, 저는 박 언니라고 해요."

형주는 박 언니의 말이 채 끝나기도 전에 반가워하면서 박 언니의 두 손을 잡고 허리까지 구부린 채 정중하게 인사를 했다.

"아내에게 박 사장님 얘기를 많이 들었습니다. 친정어머니 같이 덕이 많은 분이라고 늘 저에게 자랑을 했습니다."

"별말씀을요."

형주는 충전시키고 있던 은하영의 휴대폰을 복도 바닥에 내려놓은 다음 주머니에서 수건을 꺼내 의자를 대충 닦았다.

"박 사장님, 여기 앉으십시오."

"근데 어떻게 된 일이예요. 은하영이 어디를 다쳤는데 중환자실에 있는 거예요?"

형주의 두 눈에 눈물이 고이는 것을 본 박 언니의 눈에도 금방 눈물이 고였다. 형주는 마른기침을 몇 번 하고 난 다음, 은하영이 교통사고가 난 후 중환자실에 입원하게 된 경위를 설명했다.

"아니, 그러면 오 일째 의식불명 상태라는 거예요?"

"그렇습니다."

"어디를 다친 거예요?"

"머리에 충격을 많이 받아 오른쪽 뇌에 피가 조금 고였고요, 허리뼈와 다리뼈도 두 군데씩이나 골절되었다고 합니다."

"의사 선생님은 뭐라고 하세요?"

"허리와 다리는 통 깁스를 해두었으니까 시간이 지나면 완쾌될 수 있다고 합니다. 하지만 아직 의식이 회복되지 않아 의사 선생님도 아내가 빨리 깨어나기를 기다리고 있을 뿐이랍니다."

"엄 사장께서 많이 걱정되시겠지만 용기를 가지시고 힘을 내세요. 은하영은 평상시 착한 일을 많이 했으니까 별일 없이 깨어날 거예요."

"저도 그렇게 되길 매일 기도하고 있습니다."

"저 말고 누가 찾아온 사람이 있으세요?"

"저희 가족과 처가집 식구들만 다녀갔고, 아내 친구 쪽에서는 아직 한 분도 오지 않으셨습니다."

"은하영은 마음이 넓어 친구들도 많겠지만, 우리 무도장에서도 완전히 스타예요. 얼마나 착하고 멋있는데요."

"모두 박 사장님께서 도와주신 덕분이라고 항상 감사하게 생각하고 있었습니다."

"앞으로 우리 무도장 친구들이 많이 찾아올 거니까 귀찮아하지 마시고 만나주세요."

"그렇게 하겠습니다."

박 언니는 형주의 마음이 많이 풀어졌다고 생각하자 준봉의 얘기를 꺼내도 될 것 같다는 판단을 했다.

"은하영이 지난번 부산 대회에 나갔을 때 대상을 수상한 것은 알고 계시지요?"

"네, 아내가 큰 상을 받을 수 있도록 도와주셔서 감사합니다."

"그날 은하영은 정말 멋있게 춤을 잘 추었어요. 구경을 하던 관중들이 박수를 치면서 함성을 지르고 난리가 났어요. 그날 엄 사장님께서 같이 가셨더라면 좋았을 걸 그랬어요."

"멋있는 장면은 사진을 봐서 잘 알고 있습니다."

"그날 은하영과 춤 파트너를 한 사람이 백준봉 선생인데, 다음에 무도장 친구들이 면회 올 때 같이 와도 되겠지요?"

"그럼요, 아무런 부담 느끼지 말고 같이 오셔도 됩니다. 저는 아내에게 백 선생이라는 분의 얘기를 많이 들었습니다."

"이해해주셔서 감사합니다. 그럼 다음에 또 뵙겠습니다."

박 언니는 형주와 인사한 다음 병원 로비에서 준봉을 만났다.

"누님, 은하영 씨 만나셨어요?"

"은하영은 지금 중환자실에 있는데, 오 일째 의식불명이라네."

"네에, 오 일이나 되었다고요? 어디를 다친 겁니까?"

"머리에 충격을 많이 받았나봐."

"담당 의사는 뭐라고 한답니까?"

"담당 의사는 은하영 남편과 아주 절친한 사람인데, 그래서 A병원으로 입원을 시켰지만 의식불명이라 빨리 깨어나기를 바랄 뿐이라네."

"은하영 남편은 뭐라고 합니까?"

"엄 사장도 태연한 척하고 있지만 넋을 놓고 있을 뿐이지."

"은하영 남편은 어떤 사람입니까?"

"백 선생이랑 똑같은 모습이야."

"저랑요?"

"성품도 너그럽고 시원시원하게 보였다네. 나중에 만나면 두 사람이 좋은 친구가 될 걸세."

"친구가 되겠다고요?"

"내가 이런 말을 해두었지. 무도장 친구들이 면회를 자주 올 것이다. 그리고 은하영과 춤 파트너인 백 선생도 온다고 그랬지."

"그러니까 뭐라고 합니까?"

"아내에게 백 선생 얘기를 몇 번 들었기 때문에 잘 알고 있다고 하면서 아무런 부담 없이 오라고 하더군."

"정말 그런 말을 했습니까?"

"그렇대도."

"이제야 마음이 놓입니다. 은하영 남편이 저를 의심한다든지 화를 낼까 봐 걱정을 많이 하고 있었습니다."

"마누라가 의식불명이 되어 긴장하고 있었지만, 마음이 넓은 남자로 보였다네."

"은하영 남편 일은 해결이 잘 되었는데 은하영은 언제 깨어난답니까?"

"의사도 모르는 일인데 낸들 어떻게 알 수 있겠는가. 은하영 운명은 하나님에게 맡기고 기다려보는 수밖에 더 있겠나."

"누님, 민 여사나 오 원장에게도 연락을 해야지요?"

"이렇게 하세. 내일 민 여사하고 오 원장을 데리고 면회를 다시 오는 거야. 그러면서 백 선생이 은하영 남편과 인사를 하면 부드럽게 넘어갈 걸세."

"좋은 생각입니다. 그렇게 하도록 하시지요."

다음날 준봉 일행은 A병원으로 가 형주를 만났고 민 여사부터 소개를 했다.

"은하영은 착한 일을 많이 했으니까 빨리 깨어날 거예요. 너무 걱정하지 마세요."

"아내에게 민 여사님이 좋은 친구 분이라는 얘기 많이 들었습니다. 와주셔서 감사합니다."

다음은 오 원장이 말을 이었다.

"얼마나 걱정을 많이 하셨어요. 부처님께서 은하영을 지켜주고 계실 거예요. 기운 내세요."

"오 원장님, 와주셔서 감사합니다. 지난번 대회 준비할 때 여러 가지로 많이 도와주셨다고 얘기를 들었습니다. 고맙습니다."

다음은 준봉이 차례였다. 준봉은 자기소개를 하면서 형주와 두 손을 꽉 잡았다.

"백준봉입니다. 얼마나 놀라셨습니까?"

"백 선생님, 반갑습니다. 바쁘신데 찾아주셔서 감사합니다."

"은하영 씨가 빨리 깨어나시길 하나님께 기도드리고 있습니다."

"아내가 평상시 백 선생님이 쓴 소설 얘기를 해주었기 때문에 백 선생님이 낯설지가 않습니다."

준봉은 마음속으로 무척 놀라워하면서도 반가웠다. 자신의 아내와 매일처럼 몸을 부대끼며 춤을 추는 남자와 첫 대면을 하면서도 눈빛과 얼굴이 부드러웠기 때문에 준봉은 긴장하던 마음을 조금씩 풀 수 있었다. 사실 준봉은 형주가 혹시 화를 내거나 기분 나빠하지 않을까 무척 걱정하고 있었던 것이다.

"아, 그랬습니까. 고맙습니다."

형주와 세 사람의 인사가 끝나자 박 언니가 말을 꺼냈다.

"은하영은 아직도 차도가 없습니까?"

"변화되는 모습이 하나도 없어 걱정입니다."

"인간의 힘은 미약하니까 이럴 때 하나님께서 기적을 내려주실 수 있도록 빌어보는 거야. 백 선생하고 나는 기독교니까 하나님께 기도를 올리고, 민 여사하고 오 원장은 불교니까 부처님께 기도를 올리도록 해."

민 여사가 대답을 했다.

"안 그래도 오 원장하고 오늘 새벽부터 법당에 나가 기도를 하고 왔어요."

형주가 반가운 듯 민 여사와 오 원장을 바라보면서 인사를 했다.

"두 분께서 정성으로 기도해주셔서 감사합니다. 저도 매일 새벽 하나님께 기도를 올리고 있습니다."

오 원장이 말을 받았다.

"민 여사하고 같이 매일 부처님께 기도를 올려 은하영이 빨리 깨어나길 기원할 테니 너무 상심하지 마세요."

"감사합니다."

준봉 일행은 형주와 인사를 하고 병원을 나와 무거운 발걸음을 옮겼다.

며칠 후. 형주가 보호자 대기실 소파에서 졸고 있는데 간호사가 불러 중환자실로 들어갔다. 담당 의사가 반가운 얼굴을 하면서 말했다.

"환자 의식이 돌아오는 것 같습니다. 손도 움직이고 눈꺼풀이 떠지려고 움직이고 있습니다."

"네, 정말입니까? 선생님, 감사합니다. 감사합니다."

형주는 의사 선생님의 두 손을 잡으면서 진정으로 감사한 마음의 인사를 하면서 아내의 얼굴을 내려다봤다. 두 눈은 감고 있었지만, 오른쪽 손가락이 조금씩 움직이는 것이 보였다. 형주는 두 손으로 아내의 손을 힘주어 잡으면서 은하영을 불렀다.

"여보, 여보. 나야 눈 좀 떠봐. 내가 왔어. 당신이 제일 좋아하는 형주가 왔다고."

형주는 자신의 볼을 아내의 볼에 살짝 대고 귓속말로 계속 말했다. 그때 은하영 얼굴을 주시하던 간호사가 놀라면서 말했다.

"선생님, 환자가 눈을 떴어요."

은하영은 두 눈을 뜬 채 동공은 움직이지 않고 천장만 주시했다. 형주가 큰소리로 말했다.

"여보, 여보. 나 알아보겠어?"

은하영은 남편의 말소리가 들리는지 두 눈을 아주 힘겹게 깜박거렸다. 형주는 아내의 볼을 비비다가 은하영의 두 손을 잡고 감격의 눈물을 흘렸다. 은하영의 두 눈에서도 눈물이 흘러내렸고, 옆에서 보고 있던 의사나 간호사도 소매 끝으로 눈물을 닦았다.

"이제 환자분께서 의식이 돌아왔으니 조용히 쉴 수 있도록 보호자분께서는 밖에서 기다려주세요."

형주는 중환자실에서 나와 가족, 친척들에게 아내가 의식이 돌아왔다는 소식을 알렸고, 박 언니에게도 알려주었다.

박 언니는 형주에게 전화를 받은 즉시 은하영의 깨어난 모습을 보려고 준봉과 함께 A병원으로 달려왔으나 일반 병실로 옮길 때까지 면회가 불가능하다는 얘기를 듣고 안타까워했다. 그러나 하나님과 부처님의 도움으로 은하영이 깨어났다는 기적 같은 사실에 기쁨을 감출 수 없어 박 언니는 활짝 웃으면서 얘기를 했다.

"엄 사장님의 정성으로 은하영이 깨어났으니 얼마나 기쁘셔요. 그동안 마음고생 많이 하셨어요. 이제 한시름 놓아도 되겠네요."

"감사합니다. 모두 여러분께서 도와주신 덕분입니다."

준봉은 반가운 마음에 형주를 힘껏 껴안은 채 한참 동안 말없이 있었다. 남자들의 강력한 심장박동 소리와 따뜻한 체온이 교차되고 있었다.

"엄 사장님, 수고하셨습니다. 얼마나 기쁘십니까?"

"백 선생님과 여러분께서 도와주신 덕분입니다. 고맙습니다."

두 남자가 껴안고 있는 모습을 보던 박 언니가 웃으며 한마디 했다.

"두 분이 그렇게 껴안고 있으니 친형제처럼 사이좋게 보이네요."

이날 이후 준봉과 형주는 친구처럼 하루에도 몇 번씩 안부전화를 하면서 은하영의 상태를 물어봤다.

며칠 후 준봉은 형주의 숨넘어가는 전화를 받고 박 언니와 함께 병원으로 갔다. 은하영은 중환자실에서 일반 환자실로 옮겨져 깨끗한 환자복을 입고 누워 있었지만, 두 눈에서 굵은 눈물이 흘러내리고 있어 준봉과 박 언니의 마음을 아프게 했다.

준봉이 형주에게 물었다.

"엄 사장님, 무슨 일이 있었습니까?"

준봉의 손을 잡고 있던 형주는 준봉을 끌다시피 복도 끝으로 나와 참고 있던 울음을 터트리며 흐느껴 울기 시작했다.

"엄 사장님, 왜 이러십니까. 진정을 하시고 말씀해보십시오."

박 언니도 눈물을 글썽이며 형주의 등을 토닥거렸다.

"엄 사장님, 어려운 일이 있으면 의논을 해보십시다. 무슨 일이 있는 거예요?"

한참 울고 있던 형주는 눈물을 닦으면서 울음 섞인 말투로 말문을 열었다.

"아내가, 말을 못합니다."

"뭐라고요? 말을 못한다고요?"

준봉과 박 언니는 은하영이 교통사고가 났다는 얘기를 들었을 때보다 더 놀랐다.

"아니 언제부터 말을 하지 못하는 거예요?"

"어제 오후에 병실로 옮겼는데 그때부터 말을 한마디도 하지 못합니다."

"의사 선생님은 뭐라고 얘기를 합니까?"

"교통사고 날 때 갑작스러운 충격을 받으면 말을 하지 못할 수도 있다고 하면서 조금 더 기다려보자고 했습니다."

"엄 사장님, 의사 선생님 말씀대로 조금 더 기다려보시지요. 보름 만에 의식이 깨어났으니까 말을 하는 것에도 변화가 있지 않겠습니까."

준봉은 형주를 안심시키기 위해 말은 했지만 형주 말대로 은하영이 말을 영영하지 못하게 될까 몹시 걱정되었다. 눈물을 닦던 박 언니가 형주의 손을 잡으면서 위로를 했다.

"엄 사장님, 조금 더 여유를 가지고 기다려보시지요. 의사 선생님도 여러 가지 경험이 있으니까 그런 말씀을 하셨을 거예요."

형주는 대답 대신 고개만 끄덕거렸다.

병실에 돌아온 박 언니는 깨끗한 물수건으로 은하영의 얼굴이며 손과 발을 정성스럽게 닦아주면서 속삭이듯 말했다.

"이렇게 예쁜 얼굴로 빨리 환하게 웃어야 할 것 아니야."

은하영은 박 언니가 말하는 것을 알아듣고 살며시 미소를 지으면서 박 언니의 손을 꼭 잡았다. 박 언니의 두 눈에서 굵은 눈물이 흘러내려 은하영의 환자복을 적셨다. 누워 있던 은하영은 손을 뻗어 박 언니의 눈물을 닦아주었다. 그 모습을 보던 준봉은 화장실 가는 척하면서 복도 끝으로 나와 창문을 열고 울었다. 눈치 빠른 박 언니가 바로 뒤따라 나와 울고 있는 준봉의 등허리를 두드리며 말했다.

"백 선생이 은하영을 무척이나 좋아하고 있나 봐."

준봉은 아무런 대꾸도 하지 않고 어깨가 들썩이도록 울었다.

"이제 그만 울어. 엄 사장이 눈치를 채지 못해 그렇지, 잘못하다가 엄 사장에게 들키면 백 선생은 병문안도 못 오게 될 거야, 안 그래?"

준봉은 은하영이 말을 하지 못한다는 얘길 듣는 순간부터 은하영에 대한 애처로운 마음이 강하게 일어나면서 울음이 복받쳐 나왔지만 형주가 곁에 있었기 때문에 어쩔 수 없이 밖으로 나왔던 것이다.

준봉 자신도 은하영이 입원한 후부터 은하영이 더 보고 싶고 그리워짐을 느끼면서 자신이 은하영을 많이 사랑하고 있었다는 것을 생각하던 차에, 박 언니는 벌써 준봉의 속마음을 꿰뚫어보고 있었던 것이다.

은하영은 상대방의 말을 알아들을 수는 있었으나 말을 할 수 없어 필답으로 의사표시를 해야 했기 때문에 주변 사람들의 마음을 애타게 하고 있었다.

연말이 지나고 해가 바뀌어 따뜻한 삼월이 되었지만 은하영은 말을 하지 못했다. 엎친 데 덮친다는 속담과 같이 허리 기브스를 풀고 걸어보려고 했으나 하반신 마비가 되어 걸을 수 없어 휠체어를 타고 다녀야 했다. 은하영이 하반신 마비가 되어 걷지 못한다고 하자 형주는 그 자리에서 기절했다.

형주는 의류 수입업을 하는 사업가였다. 신제품 수집 차 이십 일 동안 이태리와 프랑스로 출장을 가야 했기 때문에, 준봉과 박 언니가 대신 은하영을 돌봐주기로 했다.

햇살이 따뜻한 어느 날, 준봉은 은하영을 휠체어에 태우고 밖으로 나와 병원 산책길을 가고 있었다. 은하영이 손짓을 해 휠체어를 세웠다. 주변 화단에는 예쁜 꽃들이 만발해 은하영을 반기는 것 같았다. 은하영이 글 쓰는 흉내를 내자 준봉은 휠체어 바구니에 준비하고 다니는 공책과 펜을 은하영에게 건네주었다.

— 꽃이 아름답네요, 장미꽃이 예뻐요.

준봉은 가슴속으로 울음을 참으면서 억지로 환하게 웃으며 말했다.

"은하영 씨는 얼굴도 예쁘신 만큼 글씨도 예쁘게 잘 쓰십니다."

은하영은 예쁘게 미소를 지으면서 고개를 끄덕거렸다.

"은하영 씨, 어서 말을 해보세요."

은하영은 대답을 종이에 썼다.

— 말이 안 돼요. 답답해 죽겠어요.

준봉은 더 이상 조르지 않았다.

은하영이 다시 글을 썼다.

— 커피 마시고 싶어요.

준봉은 휠체어를 밀고 커피 자판기 앞으로 가 커피를 뽑아 은하영에게 건네주었다. 은하영은 한 모금 마신 후 준봉에게 건네주었다.

— 커피 한 모금씩 나누어 마셔요.

준봉은 고개를 끄덕인 후 커피 한 모금을 마시고 은하영에게 주었다. 은하영이 다시 한 모금 마시고 준봉에게 주었다. 은하영은 살짝 웃으면서 행복한 표정을 지어보였다. 준봉은 무릎을 구부려 은하영의 두 손을 잡으면서 말했다.

"용기를 잃지 마세요. 꼭 일어나 걸으실 겁니다. 말도 옛날처럼 하실 수 있을 겁니다. 힘을 내셔야 합니다."

은하영의 두 눈에서 굵은 눈물이 흘러내렸다. 준봉은 주머니에서 손수건을 꺼내 은하영의 눈물을 닦아주면서 자신은 가슴속으로 펑펑 울었다.

은하영이 다시 글을 썼다.

— 춤을 추고 싶어요.

준봉은 큰소리로 웃으면서 말했다.

"은하영 씨, 빨리 회복하세요. 그러면 제가 매일 모시고 다니면서 춤을 출게요."

은하영은 고개를 끄덕이면서 글을 썼다.

— 다른 여자하고 춤을 추지 마세요, 내 마음 아파요.

준봉은 가슴이 철렁 내려앉는 것 같았다. 은하영이 가슴에 품고 있는 자신에 대한 마음을 알 것 같았다. 준봉은 순간 은하영에게 믿음을 보여줘야겠다는 생각을 했다. 준봉은 곧 은하영이 쓰고 있는 공책 한 장을 찢었다.

자신의 오른쪽 두 번째 손가락 끝을 송곳니에 맞추고 한 번에 힘을 주자 빨간 피가 나왔다. 준봉은 얼른 흰 종이에 '약속'이라고 혈서를 썼다. 은하영의 두 눈이 커졌다. 두 손으로 그런 짓을 하지 말라는 시늉을 했다.

"은하영 씨, 저는 은하영 씨 때문에 오 년 전 춤을 배웠습니다. 그리고 파트너가 되어 전국대회에서 일 등을 했습니다. 은하영 씨는 우리나라에서 춤을 제일 잘 추십니다. 은하영 씨 같은 예쁜 분을 놔두고 절대로 다른 여자하고 춤을 추지 않을 겁니다. 맹세하겠습니다."

은하영이 글을 썼다.

— 나 안아주세요.

준봉의 가슴은 쿵쾅쿵쾅 뛰었다. 준봉은 무릎을 구부린 채 은하영을 껴안고 한참 동안 있었다. 오 년 동안 두 사람이 마음에 담아두었던 서로 간의 그리움과 존경, 믿음과 사랑의 마음이 교차되는 순간이었다.

박 언니는 현관 로비 기둥에 기대어 준봉과 은하영이 안고 있는 모습을 보면서 흐르는 눈물을 닦고 있었다.

변신

　준봉은 오른쪽 두 번째 손가락에 붙인 일회용 반창고를 새 것으로 교환하기 위해 붙이고 있던 반창고를 떼어냈다. 아릿한 통증이 스쳐 지나갔다. 이빨로 깨물어 상처가 난 자리에 피는 멈추었고, 상처가 아물기 위해 깨끗하고 하얀 응고물이 조금 보였다. 약솜으로 상처를 닦아내고 새로운 반창고를 붙이면서 은하영의 얼굴을 떠올렸다.
　준봉이 손가락을 깨물어 '약속'이라는 혈서를 써주었을 때, 놀라워하면서도 기뻐하던 은하영의 얼굴이 스쳐 지나갔다. 준봉은 은하영이 써주던 글을 되새겨봤다.
　'다른 여자하고 춤을 추지 마세요. 내 마음 아파요.'
　준봉은 고개를 끄덕이며 두 주먹을 불끈 쥐었다. 은하영이 자신에게 바라고 있는 마음을 반드시 지켜주리라 다시 한 번 각오를 되새겼다. 준봉이 은하영을 생각하는 만큼 은하영도 자신을 많이 생각하고 있다는 것을 느끼면서 준봉은 행복한 마음으로 가슴이 벅찼다.
　제주도에서 은하영을 만난 지 오 년이 지났다. 처음에는 은하영이 꼴 보기 싫을 정도로 미웠지만, 은하영 때문에 춤을 배웠고, 신기한 인연으로 다시 만나 파트너가 되어 전국대회에서 대상을 받을 만큼 춤꾼으로 변신했다. 그런데 은하영은 불의의 사고를 당해 실어증 때문에 말도 하지 못하고 필답으로 의사표시를 하게 되었고, 하반신은 마비가 되어 휠체어를 타고 다녀야 하는 처량한 신세가 된 것이다.

사 년 동안 자신과 몸을 부대끼며 춤을 같이 춘 은하영, 은하영에게 형주라는 남편이 울타리가 되어 지켜주고 있다면, 준봉은 은하영의 정신적인 지주가 되어 지켜주리라 생각했다.

준봉은 은하영에게 믿음과 기쁨을 주기 위해 어떤 방법이 있을까 생각하다가 박 언니를 만나 의논하기로 하고 박 언니네 식당으로 갔다.

"아니, 이게 누구야. 이 사람이 소식도 없이 불쑥 나타났구만. 어서 들어와. 또 무슨 일이 있는 거야?"

"누님이 영업을 잘 하시나, 농땡이를 치고 계시나, 감시하러 왔습니다, 하하."

준봉은 오랜만에 호탕하게 웃어봤다.

"백 선생이 시원스럽게 웃는 걸 보니 오늘은 좋은 일이라도 생겼는가?"

"네, 좋은 일이 있습니다."

"좋은 일이 생겼다니 반갑군. 그래, 무슨 일이야?"

"우선 제 술부터 한잔 받으신 다음 말씀드리겠습니다."

준봉은 정중하게 박 언니의 술잔에 맥주를 따랐다. 두 사람은 건배를 했다.

"누님, 지난번에 은하영 씨가 이런 글을 썼습니다."

"난 은하영이 쓴 글 내용을 알고 있네."

"알고 계시다고요?"

"내가 누군가, 호호."

"은하영 씨가 쓰고 있는 노트를 보셨습니까?"

"봤지. '다른 여자하고 춤을 추지 마세요, 내 마음 아파요' 이거 아니야."

"야, 우리 누님 못 말려. 남의 노트까지 열어보셨군요."

"이 사람아, 열어본 게 아니고, 은하영이 자랑을 했어."

"자랑을 하다니요?"

"백 선생이 혈서를 써준 것도 봤다네."

"그것까지 보셨다고요. 어휴 은하영 씨도 못 믿을 사람이네요."

"못 믿긴 뭘 못 믿어. 그게 얼마나 값지고 귀한 건가. 세상에 춤 파트너와 약속을 지키기 위해 혈서까지 써준 남자가 있다는 건 특종감이야."

"누님까지 저를 놀리시는 겁니까?"

"난 백 선생이 부럽네. 사 년 전에 내가 백 선생을 처음 만났을 때부터 백 선생을 내 파트너로 만들어야 했어. 아깝네, 아까워."

"누님도 못 말리는 분이십니다."

"이 사람아, 얼마나 아름다움 마음인가. 반신불구가 된 파트너를 위해 우정과 의리를 지키는 사람은 백 선생밖에 없을 거야. 신문기자들이 그걸 본다면 틀림없이 기사를 쓰려고 할 걸세."

"은하영 씨는 노트를 혼자만 잘 보관하고 계실 것이지, 누님에게 보여드리고……"

준봉은 투덜거리는 척은 했지만, 오히려 은하영이 박 언니에게 노트를 보여준 것은 잘한 것이라고 생각했다.

"나는 그날 백 선생이 휠체어에 은하영을 태우고 산책하러 나갈 때부터 어떤 일이 있을 것 같은 예감이 들어 1층 로비로 내려가 두 사람의 행동을 지켜보고 있었다네."

"누님께서 그렇게 하셨다고요?"

"내 짐작대로였어. 은하영은 남편이 출장을 간 틈을 이용해 백 선생이랑 단둘이 있고 싶었을 것이고, 백 선생의 마음을 확인해보고 싶었던 거야."

준봉은 박 언니의 말에 동의한다는 뜻으로 고개를 끄덕이며 맥주를 마셨다.

"사 년 동안 백 선생과 은하영은 춤을 추었으니까 자연스럽게 정이 든 게지. 두 사람은 오로지 춤에 빠져버려 그런 것을 못 느끼고 있다가, 이번에 은하영이 사고를 당하면서 잠재해 있던 마음이 나타났을 뿐이야. 이를테면 두 사람은 사랑한다 표현만 하지 않았을 뿐이지, 오래전부터 사랑을 하고 있었던 거야. 백 선생, 내 말이 맞지."

준봉은 고개를 끄덕이면서 박 언니 술잔에 맥주를 따라주었다.

"백 선생, 은하영이 얼마나 백 선생을 마음에 두고 있었으면 그런 표현을 했을까? 난 그 글을 보면서 감동을 받고 마음속으로 얼마나 울었는지 몰라. 그런 표현은 은하영만 가지고 있는 사랑의 표현인지도 모르지."

맥주 한 컵을 단숨에 마셔버린 박 언니의 얼굴은 진지해 보였다.

"은하영은 그만큼 백 선생을 사랑하고 있었기 때문에 믿고 싶었던 거야. '다른 여자하고 춤을 추지 마세요, 내 마음 아파요' 얼마나 멋있는 표현인가. 내가 만약 몸을 다쳐 은하영 입장이 되었다고 한다면, 나도 똑같은 심정이었을 것 같아."

박 언니는 말을 마치자 또 다시 맥주 한 컵을 단숨에 마셨다.

"백 선생, 은하영을 실망시키지 말고 잘 지켜줘야 해. 알았지."

박 언니는 준봉의 두 손을 잡으면서 굵은 눈물을 흘렸다.

"누님 말씀대로 꼭 약속을 지키겠습니다."

"그래, 꼭 그렇게 해. 그게 모두 백 선생과 은하영의 운명이 아니겠는가."

"저도 그렇게 생각을 했기 때문에 그 문제를 상의하려고 연락도 없이 누님을 뵈러 온 겁니다."

"잘 왔어. 나도 지난번에 은하영 노트를 본 다음 백 선생과 의논하려고 생각하고 있었다네. 백 선생, 고맙네."

"누님이 계셔서 저는 정말 든든합니다."

"그래, 앞으로 은하영을 위해 어떻게 하려고 하는가?"

"제가 춤 선생이 되면 어떻습니까?"

"춤 선생이 되겠다고? 그건 왜?"

"은하영 씨가 지난번 산책을 할 때 '춤을 추고 싶어요' 라고 썼습니다."

"나도 그것을 봤지."

"그런 글을 썼다면 저하고 계속 있고 싶다는 뜻 아니겠습니까?"

"맞아, 역시 백 선생은 대단한 추리력을 가졌어."

"그러나 은하영 씨는 춤을 출 수 없잖아요. 저라도 춤을 춰야 하는데 다른 여자하고 춤을 추면 안 된다고 했으니까, 제가 춤을 가르치고 있는 것을 보고 있으면 은하영 씨는 저절로 만족할 것 같은 생각이 들었습니다."

"바로 그거야. 좋은 생각을 했군. 그런데 지금 백 선생 나이에 춤을 가르칠 수 있을 정도로 공부를 해야 하는데, 그게 문제네."

"저도 그게 제일 걱정입니다. 나이 쉰다섯 살에 춤 공부를 한다는 건 어려운 일이겠지요."

"이 사람아, 그런 걸 모두 극복하기 위해 '약속' 이라는 혈서를 쓴 게 아닌가?"

"맞습니다. 그날 은하영 씨가 '다른 여자하고 춤을 추지 마세요, 내 마음이 아파요' 라고 썼을 때 제 머리에 번개처럼 그 약속을 지켜야겠다는 생각이 들어 혈서를 쓴 것입니다. 제 다리가 부러지든, 힘들어 꼬꾸라지든, 다리에 힘이 남아 있을 때까지 은하영을 위해 열심히 노력하겠습니다."

"자네는 분명히 잘 해낼 거야. 내가 인정해. 백 선생, 은하영과 우리를 위해 건배하세."

두 사람은 시원스럽게 맥주 한 컵씩 마셨다.

"그래, 춤 선생이 되려면 춤을 배워야 되는데 어떻게 할 것인가?"

"며칠 전에 남희경 선생과 문장원 선생을 만나 의논해봤습니다."

"벌써 그 사람들과 의논까지 했다니 빠르군. 그 사람들은 뭐라고 하던가?"

"두 사람은 영국 귀족 무도학교에서 이 년 동안 공부를 하고 왔는데, 기왕 춤을 배우려면 영국 유학을 권유하고 있습니다."

"그 말이 맞겠네, 당연히 정석으로 시작해야지."

"저도 그렇게 해야겠다고 생각을 굳히고 있습니다."

"소설가 백준봉이 춤 선생으로 변신한다, 야, 멋있는 말이다. 백 선생, 고맙네. 은하영이 이 얘기를 들으면 얼마나 고마워할까. 내일 당장 은하영에게 달려가 알려줘야겠네."

"그런데 누님, 은하영 남편이 뭐라고 하지 않을까요?"

"왜?"

"남편은 눈이 시퍼렇게 살아 있는데 남편 노릇을 하려고 하느냐면 어떻게 합니까?"

"그런 걱정은 하지도 말게. 자기 마누라 잘 되게 해주려고 그러는데 왜 심술을 부리겠는가. 절대로 그런 생각은 말게."

"나중에라도 오해를 하지 않도록 말씀이나 잘 해주십시오."

"만약 은하영 남편이 괜한 심술을 부린다고 하면 내가 그냥 두지 않을 걸세."

"누님의 말씀을 들으니 이제야 마음이 놓이고 용기가 생깁니다. 도와주셔서 감사합니다."

"이 사람아, 내가 고맙지. 백 선생하고 은하영하고 나, 세 사람은 전생에 무슨 인연이 있었던 사람이 틀림없어. 그렇게 생각 안 하나."

"저도 그런 생각을 여러 번 했습니다, 하하."

"백 선생이 유학을 끝내고 돌아오면 무도학원을 개설해야 하는데, 그것까지 생각해봤는가?"

"지하철 역 가까운 곳에 학원을 개설한 후 학생들에게 춤은 제가 가르쳐놓으면 누님께서 학생들 실습을 맡아주시면 좋겠습니다."

"그렇지, 그렇게 하면 백 선생이 한결 수월할 거야. 대신 수당을 많이 줘야 해."

"드리고말고요. 누님, 무도학원에서 기초 스텝을 배운 학생들이 제일 좋아하는 것이 무엇인지 아십니까?"

"뭔데?"

"실습입니다. 제가 오 년 전에 춤을 처음 배웠을 때 가장 아쉬웠던 것이 금방 배운 스텝이나 피겨를 숙달시키는 것이었는데, 혼자 연습한다는 것은 말뿐이지 상당히 어려웠습니다. 누군가가 조금만 도와준다면 금방 좋아질 수 있거든요."

"나 혼자 도와주면 힘이 들겠지."

"누님 혼자 하시는 것보다 민 여사님과 오 원장님이 같이 도와주면 좋겠습니다."

"그게 좋겠군. 그건 내가 알아서 할게. 민 여사나 오 원장이 도와준다면 나도 좋을 것이고 은하영도 좋아하겠네, 호호."

박 언니는 무슨 생각을 했는지 깔깔거리고 웃었다.

"역시 백 선생님은 은하영의 파트너 자격이 충분해. 은하영이 심심해할까 봐 옛날 친구들까지 은하영 옆에 묶어둘 것을 생각하고 있었군."

"민 여사님과 오 원장님께서 도와주신다면 제가 수고비는 별도로 드리도록 하겠습니다."

"그럼, 그래야지. 수고비는 좀 주어야 그 사람들도 재미를 느끼고 잘 해줄 거야."

준봉은 박 언니와 술 한잔 하면서 영국 유학과 무도장 운영에 대해 충분히 의논했다.

준봉은 유학 준비를 하면서 영국 런던에 있는 귀족 무도학교 교장 앞으로 한 통의 영문 편지를 보냈는데 그 내용은 이랬다.

— 나는 한국인으로서 나이는 쉰다섯 살이고 소설가다. 쉰 살 때 춤을 배웠고, 쉰네 살 때 전국 아마추어 사교춤 대회에서 대상을 수상했다. 그 당시 파트너였던 여인이 불의의 교통사고를 당해 실어증 때문에 말을 하지 못하고 필답으로 의사표현을 하고 있으며, 하반신 마비가 되어 휠체어를 탄 채 무도장에 나가 춤추는 사람들을 구경할 정도로 춤에 대한 애착이 많다. 이 여인은 나에게 '다른 여자하고 춤을 추지 마세요, 내 마음 아파요'라는 글을 써주었고, 나는 이 여인에게 약속을 지키겠다는 의미로 혈서를 써주었다. 앞으로 이 여인에게 믿음을 주면서 좋아하는 춤을 계속 보여주기 위해 나는 춤 선생이 되기로 생각했다. 세계에서 가장 오랜 역사와 전통을 자랑하고 실력 있는 귀족 무도학교에서 체계적인 공부를 한 다음 춤 선생이 되고 싶어, 귀족 무도학교에 입학하고자 한다. 그런데 내 나이 쉰다섯 살에 귀족 무도학교에 입학이 가능하겠는지 궁금해 이 편지를 보낸다. 귀족 무도학교의 교칙에 어긋나지 않는 범위 내에서 입학을 허락해줄 것을 간곡히 바란다. —

한 달 후 영국 귀족 무도학교에서 이런 내용의 답신이 도착했다.

— 귀하가 보낸 편지는 잘 받았다. 우리 학교는 이십 대에서 삼십 대의 젊은 남녀들만 학생으로 선발해 지도하고 있기 때문에 귀하는 연령적인 면에서 우리 학교에 입학이 어려운 나이다. 그러나 당신은 쉰 살에 춤을 배웠으면서도 쉰네 살에 대상을 수상할 정도로 젊은이 못지않은 실력과 체력을 갖추었다. 더욱이 춤 파트너 여인을 위해 혈서까지 써주면서 믿음을 주고 우정을 지키는 아름다운 마음에 감동을 받아 귀하를 귀족 무도학교 학생으로 받아들이기로 결정하였다. 입학을 축하

한다. ─

 준봉은 영국 귀족 무도학교에서 온 편지를 받아들고 얼마나 기뻐했는지 모른다. 지성이면 감천이구나 하는 말은 이런 일을 두고 하는 말인 것 같았다.
 박 언니, 민 여사, 오 원장도 준봉의 영국 유학 소식을 듣고 자신들의 일보다 더 좋아했다. 은하영의 남편도 준봉에게 직접 찾아와 축하를 해주었다. 준봉은 영문 편지를 번역해 편지 원문과 같이 코팅한 다음 은하영에게 건네주었다. 은하영은 그 편지를 휠체어에 부착해놓은 바구니에 노트와 같이 담고 다니면서 심심할 때마다 꺼내어 봤다.
 어느 날, 병원에 신문기자가 찾아와 취재를 요청했다. 은하영은 준봉과 의논한 후 취재를 하도록 허락했다. 그 다음날 신문에는 '아름다운 인연과 우정'이라는 제목의 기사가 실렸다. 기사에는 휠체어를 탄 은하영의 얼굴 사진과 함께 준봉이 영국으로 유학을 가게 된 경위가 자세히 실려 많은 독자들에게 잔잔한 감동을 주었다.
 준봉이 유학 준비를 위해 동분서주 바쁘게 돌아다니고 있는데, 박 언니에게 전화가 왔다. 은하영이 춤방 구경을 가고 싶다고 연락이 왔으니 A병원으로 빨리 오라는 내용이었다.
 준봉이 A병원에 도착했을 때 벌써 장애인 수송차량에 은하영과 박 언니가 탑승한 채 준봉을 기다리고 있었다. 차량이 은하수무도장 입구에 도착하자 길옆 인도에는 민 여사, 오 원장, 황수영 사장과 남자 직원 몇 명이 기다리고 있었다. 장애인 차량의 뒷문이 열리면서 휠체어를 탄 은하영의 얼굴이 보였다. 민 여사와 오 원장은 은하영의 손을 잡고 반가워했고, 황수영 사장이 허리를 숙여 인사했다.
 남자 직원들이 은하영의 휠체어를 들고 지하계단을 내려가 무도장 프런트에 들어서자 직원들이 은하영의 얼굴을 알아보고 반갑게 인사를 해주었다. 무도장 안에 들어서자 조용한 블루스 음악이 흘러나왔다. 준봉은 은하영의 휠체어를 밀고 에어컨 옆에 자리를 잡고 섰다. 무도장 부킹 직원인 긴 머리 언니가 음료수를 들고 와 은하영에게 건네주며 인사를 했다.

"언니, 빨리 회복하셔서 춤을 추셔야 해요."

이 말을 듣고 있던 주위 사람들은 마음이 아파 콧마루가 찡해왔다. 민 여사와 오 원장은 플로어에 나가 춤을 추었고, 준봉과 박 언니는 은하영이 탄 휠체어 옆에 앉아 춤추는 사람들을 구경하고 있었다.

준봉이 긴 머리 부킹언니를 불러 귓속말로 몇 마디 전하자, 한참 후 사십 대 중반 남자를 데려와 박 언니에게 부킹을 시켜주었다. 박 언니는 사양하는 척하다가 은하영에게 미안하다는 미소를 보이면서 플로어에 나가 신나게 춤을 추었다. 예순 살이 넘은 박 언니는 뚱뚱한 아줌마였지만, 누가 보아도 아주 잘 추는 춤이구나 할 정도로 멋있고 시원스럽게 빙글빙글 돌아갔다.

은하영이 준봉에게 펜을 달라는 사인을 보냈다. 준봉은 펜과 노트를 건네주었다. 은하영은 글을 썼다.

— 박 언니 춤 최고죠, 멋있게 잘 추네요.

준봉은 고개를 끄덕이면서 오른쪽 엄지손가락을 세워 '최고'라는 표시를 해주었다.

— 백 선생님, 춤 안 추세요?

준봉은 은하영이 쓴 글을 읽자마자 대답을 썼다.

— 앞으로 저에게 춤추라는 말은 절대로 하지 마십시오. 저는 은하영 씨가 춤을 출 수 있을 때까지 기다릴 겁니다.

은하영은 고개를 끄덕이며 미소로 대답했다. 준봉은 은하영이 자신의 마음을 테스트하고 있다는 것을 미리부터 알고 있었기 때문에 은하영의 마음을 편하게 해주려고 노력했다. 여자들의 마음은 계속적으로 확인하고 싶어 한다는 것도 준봉은 알고 있었으므로 아무런 내색을 하지 않았다.

박 언니, 민 여사, 오 원장이 춤을 끝내고 은하영이 있는 곳으로 오자 준봉이 반갑게 맞았다.

"누님 춤은 여전히 멋있습니다."

"고맙네. 은하영, 우리만 춤 춰서 미안해."

은하영은 고개를 가로저으면서 괜찮다는 표정을 지었다. 민 여사가 깔깔거리고 웃으면서 분위기를 맞춘다.

"언니, 은하영은 작년에 전국대회 준비하느라 춤을 많이 추었으니까 조금 쉬어도 되는 거예요. 은하영, 그렇지?"

오 원장도 한마디 했다.

"백 선생님이 은하영과 약속을 지키기 위해 유학을 가 춤을 배운다고 했으니, 은하영은 얼마나 행복한 여인이야. 아유, 부러워 죽겠네."

일행은 은하영을 즐겁게 해주기 위해 한마디씩 너스레를 떨었다. 준봉이 말을 이었다.

"누님, 오늘은 은하영 씨가 모처럼 무도장에 외출하셨으니까 제가 저녁 대접을 하도록 하겠습니다."

"아니야. 오늘은 백 선생 유학 가는 송별회를 하기로 우리끼리 미리 약속을 했거든. 우리 집으로 가도록 해."

"송별회를 한다고요?"

"유학 갈 날짜가 얼마 남지 않았으니 당연히 백 선생 장도를 축하해 주어야 할 것 아니야. 은하영, 그렇지."

박 언니의 말에 동의한다는 뜻으로 은하영이 고개를 끄덕이며 미소를 지었다.

일행은 박 언니가 운영하는 갈비집에 도착했다. 준봉과 은하영은 또 한 번 놀랐다. VIP룸에는 황수영 사장과 남희경, 문장원 선생이 기다리고 있었고, 방 안 벽에는 '백준봉 선생의 유학을 축하합니다'라고 씌어진 플래카드가 걸려 있었다.

"누님, 어떻게 된 겁니까?"

"뭘 어떻게 되긴 어떻게 돼, 이렇게 된 거지."

일행은 모두 호탕하게 웃었고, 은하영의 눈에는 눈물이 고였다.

남희경 선생은 그동안 은하영을 한 번도 만나지 않았기 때문에 미안한 마음이 들어 사과하면서 은하영의 두 손을 잡았다.

"언니, 다치셨다는 소식은 들었는데, 찾아뵙지 못해 죄송해요. 용기를 잃지 마시고 꼭 회복하셔서 춤을 추셔야 해요."

은하영은 남희경의 예쁜 얼굴을 쓰다듬으며 미소로 대답을 했다.

박 언니는 준봉의 영국 유학을 축하하는 건배 제의를 했고, 황수영 사장은 준봉의 유학비 절반을 지원해주기로 했다. 민 여사와 오 원장은 준봉이 무도학원을 개설하면 도우미 역할을 해주기로 약속했고, 남희경과 문장원은 무도학원 개설 준비를 도와주기로 했다. 한자리에 모인 사람들은 밤이 늦도록 떠들면서 준봉의 유학을 축하해주었다.

드디어 준봉은 꿈에 그리던 영국 귀족 무도학교에 입학했다. 준봉은 입학한 날부터 학교 내에서 동료 학생들이나 선생님들로부터 관심과 인기의 대상이 되었다. 입학하는 날, 런던의 여러 신문사 기자들이 몰려들어 취재 경쟁을 벌일 정도로 준봉은 움직이는 기삿감이었다.

런던타임즈에는 '춤과 사랑을 위해 혈서를 쓴 남자' 라는 제목 하에 준봉과 은하영이 대상을 받는 사진과 은하영이 휠체어를 타고 노트에 글을 쓰고 있는 사진이 게재되어 영국 독자들에게 감동을 주었다.

준봉은 수업시간에는 젊은 학생들에게 뒤지지 않으려고 열심히 노력했고, 방과 후에는 학교 측의 허락을 받고 잠자리에 들기 전까지 학교 연습실에서 연습을 계속했다. 다행히 준봉은 영어 회화를 잘했기 때문에 의사소통에는 전혀 지장이 없었다.

다만 젊은 학생들과 함께 모든 것을 따라하려고 애를 써서 그런지 무릎에 통증을 느껴 휴식을 하는 시간이 많아져 고민이 되었다. 신발창이 두꺼운 신발도 신고, 무릎 보호대를 하고 춤 연습을 했으나 좀처럼 회복되지 않아 학생들이나 선생님들의 마음을 안타깝게 했다. 그러나 준봉의 춤에 대한 열정은 조금도 변하지 않았고, 오히려 시간이 지날수록 춤 실력은 더욱 향상되어 주위 사람들을 놀라게 했다.

이 년 간의 유학 기간 동안 방학이 네 번이 있었지만, 준봉은 단 한 번도 귀국하지 않은 채 오로지 춤에 미쳐 공부만 했다. 영국 유학 이 년의 세월은 말 그대로 쏜살처럼 흘러가 드디어 졸업을 하게 되었다. 졸업식 날 준봉은 학교 측으로부터 특별상을 받았고, 이백여 명의 동급반 학생들의 뜻을 모아 제정된 우정상도 받았다. 귀족 무도학교 개교 이래 우정상을 받은 사례는 단 한 번도 없었으나, 동료 학생들이 학교 측에 건의해 새로운 상을 만든 것이다.

준봉이 영국 유학을 끝내고 귀국하는 날, 인천공항 입국장 출구에는 박 언니가 은하영의 휠체어를 잡고 기다리고 있었고, 민 여사와 오 원장은 꽃목걸이를 하나씩 들고 서 있었다.

잠시 후 닫혀 있던 입국장 문이 열리면서 비행기에서 내린 다른 손님들과 함께 준봉의 얼굴이 보였다. 은하영의 얼굴에 반가움의 미소와 함께 그리움의 눈물이 흘러내렸다. 민 여사와 오 원장이 뛰어가 준봉의 목에 꽃목걸이를 걸어주면서 반갑게 인사를 주고받았다.

준봉이 카트를 끌고 은하영 옆으로 왔다. 준봉은 박 언니의 손을 잡으며 인사를 했다.

"누님, 나와 주셔서 감사합니다."

"야, 이 사람, 안 본 사이에 멋있어졌군."

"모두 누님과 여러분 덕분입니다."

"말소리도 영국 사람처럼 변했어, 호호."

"그래도 누님께서 보내주신 고추장은 하나도 남기지 않고 꼬박꼬박 먹었기 때문에 한국말은 정확하게 합니다."

"그래, 잘했어. 이 사람, 은하영에게는 인사 안 해?"

준봉은 일부러 너스레를 떨면서 허리를 굽혀 은하영의 두 손을 잡았다.

"아까부터 제일 먼저 눈으로 인사를 드렸습니다. 은하영 씨, 얼굴이 더 예뻐지셨습니다."

은하영은 준봉의 말소리를 듣고 감격의 눈물이 흘러내려 눈물을 보이지 않으려고 애썼다. 그 모습을 본 주위 사람들은 마음이 안타까웠다. 준봉이 고개를 돌려 주위를 살펴봤으나 은하영의 남편인 엄형주의 얼굴이 보이지 않아 박 언니에게 물었다.

"엄형주 사장은 안 나오셨습니까?"

"그 사람은 오늘 이태리에서 온 바이어를 만난다고 바쁘대. 백 선생이 은하영 휠체어를 밀고 주차장까지 가야 되겠어."

"그렇게 하겠습니다."

준봉은 은하영의 휠체어를 밀고 주차장으로 이동했다.

"은하영 씨 얼굴을 뵈니까 많이 건강해지셨습니다."

은하영은 고개만 끄덕거렸다.

"허리 힘은 많이 좋아지셨습니까?"

은하영이 고개를 끄덕거리자 민 여사가 중간에 끼어들었다.

"백 선생님은 은하영 안부만 묻고 꽃목걸이를 걸어준 우리 안부는 안 묻는 거예요?"

"은하영 씨에게 인사가 끝나면 바로 민 여사님과 오 원장님께 말씀을 드리려고 했습니다. 마음 놓으십시오."

박 언니가 못마땅하다는 듯 한마디 했다.

"민 여사, 안부 인사는 차를 타고 가면서 해도 늦지 않겠어."

민 여사가 다시 구시렁거렸다.

"백 선생님은 영국 유학 갔다 오니까 엄청 멋있어지셨어요. 부러워 죽겠네."

은하영은 민 여사의 말을 못 들은 척 조용히 앉아 있었다.

준봉은 귀국 후 박 언니와 함께 무도학원 개설 준비를 위해 바쁘게 설치고 다녔다. 다행히도 계약을 무사히 마쳤고, 곧 '귀족 무도학원'

간판을 걸었다. 개업하는 날 귀족 무도학원 플로어에서는 자축연이 있었다.

박 언니와 황수영 사장의 인사말이 끝난 다음 축하 케이크를 자르고 샴페인을 터트리며 축하를 했다. 다음은 준봉과 남희경이 플로어에 나와 개업식에 참석한 손님들 앞에서 춤을 추기 시작했다. 플로어 안은 박수와 환호의 도가니가 되었다. 누가 보아도 멋있는 춤을 추었기 때문에 저절로 감탄사가 쏟아져 나왔고, 모두들 멋있는 춤이라고 칭찬을 아끼지 않았다.

준봉은 개업식 날 영국에서 배우고 온 춤을 선보이기 위해 은하영에게 양해를 구하고 남희경 선생을 파트너 정한 다음 며칠 동안 연습을 했던 것이다.

일반 손님들이 모두 돌아간 후 박 언니는 땀을 닦고 있는 준봉에게 말했다.

"백 선생, 이 년 동안 춤을 잘 배웠네. 춤을 추는 모습이 이 년 전하고 전혀 다르고 멋이 있어. 앞으로 귀족 무도학원 대박 나겠네."

"감사합니다. 모두 누님 덕분입니다."

감초인 민 여사가 한마디 했다.

"나도 귀족 무도학원에서 백 선생에게 개인지도를 받으면 백 선생님과 춤을 출 수 있을 거야. 그렇지요, 백 선생님."

"민 여사님과 오 원장님께서 배우시겠다면 잘 가르쳐드리겠습니다."

준봉은 은하영을 바라보고 손을 들어 양해를 구하면서 민 여사 말을 받아넘기자, 오 원장이 한마디 했다.

"백 선생님, 저하고 민 여사님에게 춤을 잘 가르쳐주시면 도우미도 잘 할 거예요, 호호."

"네, 잘 가르쳐드리겠습니다."

박 언니가 언성을 조금 높여 말했다.

"이것들아, 너희 나이가 몇 살인데, 백 선생처럼 춤을 추겠다는 거야!"

"언니는 아무것도 모르시면서 괜히 그러셔. 우리가 어디가 어때서 춤을 못 배우는 거예요?"

"백 선생은 나이에 비해 운동신경이 발달했으니까 영국에서 춤을 잘 배워왔지만 여자 나이 쉰 살이 넘으면 할머니인데, 무슨 춤을 더 배우겠다는 거야."

"어머머머, 우리가 할머니야? 아유, 원통해."

"너희는 손자 손녀만 없다뿐이지, 할머니 맞잖아."

민 여사와 오 원장은 팔짝팔짝 뛰면서 우는 흉내를 냈다.

"은하영, 박 언니가 우리 보고 할머니래. 엉엉."

은하영은 살며시 미소만 지었고, 일행은 한바탕 신나게 웃었다.

개업식이 끝나고 며칠이 지나자 귀족 무도학원에서 춤을 잘 가르친다는 소문이 나면서 연습실이 비좁을 정도로 춤을 배우러 오는 학생들이 많아졌다. 준봉은 춤을 처음 배우는 초보 학생들에게 정성을 다해 가르쳐주었고 박 언니, 민 여사, 오 원장은 쉴 틈도 없이 학생들 실습을 도와주었다.

은하영도 매일 무도학원에 나와 준봉이 춤을 가르치는 모습을 보면서 행복해했고, 틈틈이 박 언니, 민 여사, 오 원장과 필답으로 잡담을 하면서 시간을 보냈다.

준봉이 무도학원을 개설한 지 일 년이 되는 날, 은하영을 위해 자축연을 준비했다. 은하영을 가운데로 준봉, 박 언니, 민 여사, 오 원장, 남희경, 문장원, 황수영 사장이 모여 축하 케이크를 자르고 샴페인을 터트렸다. 일 년 동안 준봉에게 춤을 배운 사람 중에 실력이 좋은 몇 팀을 초청해 시범으로 춤을 보여주었고, 박 언니, 민 여사, 오 원장은 각자 파트너를 모시고 와 그동안 준봉에게 배운 실력을 마음껏 발휘해 참석자들의 많은 박수를 받았다.

무도학원 자축 분위기가 최고조에 달해 즐거워하고 있을 때, 출입문이 열리면서 강대봉, 문경봉, 남상봉이 꽃다발을 한 개씩 들고 나타났다. 모여 있던 사람들이 깜짝 놀라 어리둥절하고 있을 때 강대봉과 문경봉이 은하영에게 꽃다발을 건네주었고, 남상봉은 준봉의 발 앞에 꽃다발을 놓고 큰절을 하면서 흐느껴 울었다.

"형님, 이 못난 놈을 용서해주십시오."

남상봉이 흐느껴 울자 즐거웠던 무도학원은 초상집처럼 무거운 분위기가 되었다.

준봉이 팔짱을 낀 채 아무 말 없이 남상봉을 내려다보고 있자, 치과의사 강대봉이 말했다.

"형님, 우리가 의형제를 맺고 지내온 삼십 년 우정을 생각해서라도 상봉이를 용서하십시오. 상봉은 그때의 일을 많이 반성하면서 앞으로 인간다운 삶을 살겠다고 약속했습니다."

문경봉 교수도 한마디 했다.

"상봉이 형님은 큰형님에게 지은 잘못을 뉘우치고, 살고 있던 집까지 팔아 돈 일 억을 가지고 왔습니다. 형님, 상봉이를 받아주십시오."

문경봉은 저고리 주머니에서 봉투 한 장을 꺼내 준봉이에게 건네주었다. 준봉이 봉투를 열고 내용물을 봤다. 틀림없이 일 억 원짜리 수표 한 장이었다.

박 언니가 앞으로 나와 준봉의 손을 잡고 한마디 했다.

"여러분, 여러분 앞에 무릎을 꿇고 있는 남상봉 사장님은 저도 잘 알고 있고, 또 저분이 저지른 죄도 잘 알고 있기 때문에 많이 미워했습니다. 그러나 지금 자신의 잘못을 뉘우치고 돈 일 억까지 가지고 와 용서를 빌고 있습니다. 백 선생이 당장 용서해줄 수 있도록 큰 박수를 부탁드립니다."

모여 있던 모든 사람들이 박수를 치며 "용서, 용서!"를 외치자 준봉은 상봉을 일으켜 세우고 말했다.

"상봉이를 용서하겠습니다."

준봉과 상봉이 억세게 힘주어 끌어안자 강대봉과 문경봉도 동시에 껴안았다. 또다시 박수가 터져 나왔다.

박 언니가 다시 말했다.

"오늘은 참으로 의미 있는 날입니다. 백 선생이 은하영을 위해 무도 학원을 개업한 지 일 년이 되는 날인데, 남상봉 사장이 돈 일 억을 가지고 나타나 잘못을 빌었습니다. 이 즐거운 날 저녁 식사는 제가 쏘겠습니다. 우리 집으로 갑시다."

민 여사와 오 원장이 박 언니의 손을 잡고 앞서 나갔고, 제일 뒤에 준봉이 은하영의 휠체어를 밀고 뒤따라갔다.

춤은 가장 고상하고 가장 감동적이며
가장 아름다운 예술이다.
춤은 단순히 생명의 변형이나 발췌가 아니라
생명 그 자체이기 때문이다.

-H. 엘리스